더월

The Wall 더월 1

초판 1쇄 인쇄 | 2011년 12월 21일
초판 1쇄 발행 | 2011년 12월 26일

지은이 | 우영창
펴낸이 | 임인규
편집 | 허시내
디자인 | 넘버나인
펴낸곳 | 동화출판사/문학의문학

주소 | (413-756) 경기도 파주시 교하읍 문발동 509-3 [파주출판도시]
전화 | (031) 955-4961~5
팩스 | (031) 955-4960
등록번호 | 제 3-30호. (1968.1.15)
홈페이지 | www.dhmunhak.com

isbn 978-89-431-0391-0(03330)

The
Wall

우영창 장편소설

①

백기보다 검은

교황청의 눈물이 세계의 지표에 흐를 때
이미 충분한 자는 충분하고 나머지는 침묵한다
50억은 굶고 수상들의 회의 끝에 찻잔이 치워진다
시위대는 흩어지고 청소차가 물을 뿌린다
선거가 돌아오고 정책은 이어진다
인류는 줄을 지어 지구 위를 걸어다닌다
사라지고 채워진다
성자들의 명부는 좀 더 이어진다
모든 것은 말해졌으나 피는 아직 채워지지 않았다
밤과 낮이 꼬리를 물고 지구를 동여맨다
신음소리와 사랑의 찬가가 뒤섞이고

태아는 꼬리표를 달고 죽음의 대열에 합류한다
달러를 캐기 위해 허리를 굽히는 자들 위로
미래를 선물 계약하는 무선이 엇갈린다
하늘엔 인공위성이 유영한다
중계되는 것들은 선별 재방송된다
우리의 하루는 비공개로 마감된다
팬티를 내리는 여자 뒤로 세계의 하루가 저물고
하루치의 잠이 산 자들에게 배분된다
우리의 꿈은 쓰레기 하치장으로 수거되어
검은 연기를 피워올린다
그것은 백기보다 검다

| 차례 |

하소야   31세. WFJ(WORLD FINANCE JUSTICE SOLIDARITY, 세계금융·정의연대)
여대원. 프리랜서 기자

김시주   38세. '꿈날개' 치킨 종업원. 전직 증권회사 자산운용 과장.
대학 투자동아리 '메아리' 전 멤버

송보휘   36세. 계간 '사상과예술' 주간. '메아리' 전 홍일점

지 유   38세. 고려경영컨설팅 대표. '메아리' 전 멤버

강하상   38세. 대호투자금융 서초센터장. '메아리' 전 멤버

김희정   36세. 김시주의 동생이자 강하상의 전 부인. '꿈날개' 주인

최 관장   55세. FJ 초대 대원

빌   40세. FJ 대원. 재미교포 2세. 전직 사모펀드 매니저

별장지기   34세. FJ 대원

주 회장   48세. 대자산가

먹물   45세. 지하 금융업자

기타   조성연(김시주 조카), 리처드(오리건 사모펀드 부사장),
피터(오리건 사모펀드 대표), 가르마 사내(건달), 최유나(대학 휴학생),
오승호(대호투금 본부장), 솔개(여대원. 최 관장의 내연녀), 이마 주름(대원),
긴 얼굴(대원), 체코 여자(대원), 공인회계사(대원), 원로 소설가, 전직 판사,
출장 뷔페 청년 A, 출장 뷔페 청년 B, 검은 피부 여자 등

A 캠프의 비밀

해가 지며 어스름이 깔렸다.

하늘에서 내려다본 해발 650미터의 우거진 산 중턱, 1만 8천여 평의 캠프 중앙에 자리 잡은 목조 산장이 신호를 보내듯 하나둘 석등을 켜들고 있었다. 산장 좌상 방향에 착륙장을 뜻하는 H 표지가 어둠 속에서 하얗게 빛났다. 프로펠러를 돌리며 밤하늘에 떠 있던 민간 헬리콥터는 고도를 낮춰 천천히 하강하기 시작했다.

"조금 전에 누가 올라갔게?"

붉은 나비넥타이에 크림 빛 연미복을 차려입은 날씬한 청년이, 화장실 쪽에서 걸어 내려오고 있는 같은 복장의 청년에게 소리쳤다. 두 사람은 모두 흰 면장갑을 꼈고 왼손에 직사각형의 검은 무전기를 들고 있었다. 귀에는 흰 선으로 연결된 이어폰이 꽂혀 있었다.

"우리 집 꼰대라도 올라갔어?"

"여울이 올라갔어."

"누구?"

"강여울 말이야."

"탤런트 강여울?"

"그래. 니 사랑 강여울이 바로 내 눈앞을 지나갔다고."

"혁, 왜 하필 그때야."

"니가 직접 봤어야 했는데. 스키니 진을 입었는데 엉덩이가 장난 아니었어."

눈앞에 실물이 떠오르는 듯 청년은 감회에 젖은 표정이 되었다.

"거긴 니가 하세요. 난 가슴 쪽이니까."

"엄청 고맙다. 그런데 너 뭘 잘 못 먹었냐? 왜 그렇게 오래 앉아 있었던 거야."

"먹긴 뭘 먹어. 점심 먹을 시간도 없었어. 그냥 배가 아픈 거야……."

"실적 증진 대회니 뭐니 대기업치들 대낮부터 드시는 거 보니까 배가 아파 그런 거 아냐?"

"아직도 그런 생각 하냐? 난 그저 계속 연어만 먹어대는 미친년들만 없으면 좋겠어."

"그래놓고 음식 하나 떨어지면 우리만 개쌍욕 얻어먹지."

"야, 우리 이러고 있으니까 뭐 같다. 출장 뷔페가 아니라 대통령 경호원 같지 않냐?"

두 청년은 서로를 바라보며 킥킥대고 웃었다.

"근데 우리 이따 뭐 먹을 시간 있을까?"

여울의 엉덩이를 차지한 청년이 날이면 날마다 하는 우려를 표명했다.

"진작 좀 먹지. 너 파티 음식 드시다간."

여울의 가슴을 챙긴 청년이 손으로 목을 그었다.

"근데 아깝긴 하다. 오늘 음식이 사장님 일생일대의 작품이라잖아. 총리 만찬에 버금가니 모두 자세를 가다듬으라고."

목을 그은 손을 내려놓고 청년이 위와 같이 덧붙였다.

"하긴 강여울이 올 정도니……. 야, 뷔페도 물린다. 서울 가서 야식이나 먹자."

"참, 오늘 미자 나온다 했지?"

"미자는 나올 거야. 희수는 모르지만."

"넌 희수 개가 어디가 그렇게 좋냐? 키는 작달만 하고."

"미자는 뭐 나은 줄 알아? 그 나이에 벌써 배가 볼록해가지고."

"배 베고 누워 있으면 잠이 얼마나 잘 오는데 그래?"

"잘도 오겠다. 야, 손님 온다."

화장실에 앉아 있느라 강여울을 놓친 연미복이 몇 발 앞으로 나서서 남녀 한 쌍을 맞이했다. 남녀는 30대 후반으로 보였는데 여자는 사방 풍경이 적군이나 되는 듯 눈에 힘을 주고 둘러보며 파티장으로 올라갔다.

청년들은 승용차에서 내려 걸어오는, 고급 슈트와 화려한 드레스로 성장한 신사 숙녀들을 산장 진입로로 안내하는 중대 임무를 맡고 있었다. 두 사람은 이미 두 시간 가까이 여기 서 있었지만 20대 중반의 장정들인지라 별반 지친 기색은 없었다. 그들은, 여성이 화장실을 찾을 땐 온화한 미소를 짓되 화장실 방향으로 서너 걸음 먼저 움직이며 두 팔로 모시는 형태를 취하라고 상부로부터 지시를 받고 있었다.

신사 숙녀들은 너나 할 것 없이 통나무 그루터기와 검은 자갈과 붉은 보도블록을 차례대로 밟고 뼛가루빛 화강암 계단을 하나하나 올라갔다. 마지막 계단을 올라서면 열두 개의 석등과 네 개의 키다리 옥외등이 밝히고 있는 푸른 정원이 그들 눈앞에 전격 펼쳐졌다.

이제 정원은 파티의 필요 정족수를 채운 듯했다. 황금빛으로 물든 대기가 꿈결처럼 흐르는 정원 곳곳, 잘 가꾸어진 정원수 사이사이 탐스러운 꽃봉오리들이 수줍게 얼굴을 내밀고, 촉촉한 겹겹의 입술로 미혹적인 향기를 퍼뜨리며 절정의 봄을 속삭이고 있었다. 파티가 시작되었다.

현악 사중주단이 라벨을 연주하고 있는 가운데, 상징과 은유의 숲을 거느린 풍자 문학의 대가, 노벨문학상 후보로 그 이름이 세 차례나 거론된 바 있는 노 소설가가 위압적일 정도로 당당한 풍채를 정원 입구에 드러내자, 여기저기서 웅성거림이 일어나며 파티는 아연 활기를 띠기 시작했다. 아직까진 파티의 성격과 취지는 분명치 않아 보였다. 그러나 드물게 멋진 파티가 될 것임은 누구도 부인할 수 없었다.

강남구 신사동에서 한 시간 반 거리인 캠프는, 새 휴양지로 떠오르고 있는 '옛 바람' 수목원과 강 하나 사이로 마주하고 있었다. 휴일이면, 피톤치드가 살아 있는 수목원의 공기를 한입이라도 삼켜보려는 남녀노소를 가득 실은 각종 차들로 Y군의 진입도로는 마비되다시피 했지만, 진입로에서 1킬로미터 들어간 지점에서 우측으로 휘어지는 작은 도로는 마치 현실의 길이 아닌 듯 텅 비어 있기 일쑤였다. 계단식 논밭을 끼고 있는 일차선 시멘트 도로를 따라 한참을 올라가도, 볼 수 있는 건 돼지를 치고 닭과 오리를 키우는 농가 몇 채와 자재 및 잡동사니를 쌓아놓은 슬레이트 창고들뿐이었다. 몸뻬 바지 여인들과 밀짚모자 내지 스포츠 모자 사내들이 손에 농기구를 들고 논밭 가운데서 허리를 숙이고 일

14

을 하거나 우두커니 서 있는 광경이 볼거리라면 볼거리였다. 그러나 마지막 농가를 뒤로 하고 10여 분 더 올라가면 아랫마을과는 전혀 다른 세계가 A 캠프라는 이름으로 펼쳐져 있었다. 평소엔 적막에 쌓여 있던 그 세계가 오늘은 오랜 잠에서 깨어나 수런거리고 있었다.

저녁 무렵부터 헬리콥터 한 대가 요란한 소리를 내며 날아드는가 하면, Y 군 시가지에서도 좀체 만나기 힘든 고급 승용차들이 꼬리에 꼬리를 물고 헤드라이트를 켜고 산길을 따라 올라갔다. 지금도 엉덩이에 벤츠 500마크를 단, 시커먼 유리로 인해 그 내용물이 보이지 않는 차 한 대가 낡은 점퍼 차림의 할아범과 코흘리개 두 사내아이를 갓길로 밀어내며 산 중턱으로 올라가고 있었다. 차의 뒷좌석에는 터질 듯한 가슴이 트레이드마크인 20대 여배우가 다리를 꼬고 앉아 있었다. 그 차뿐 아니라 앞서간 수많은 차의 승객들은 하나같이, 길가에 나와 있는 이곳 주민들을 그 자들이 키우는 개, 돼지와 따로 구분해서 생각하지 않고 있었다. 차로 깔아뭉갰을 때에만 문제가 됨직한 희귀 동물 정도로 여기고 있었다는 건 결코 과장이 아니다. 원주민들의 존재를 잠시라도 의식하기엔 그들의 머리는 너무도 복잡했던 것이다. 끊임없이 생각해야 겨우 실마리를 풀 수 있는 아주 중요한 문제들이 그들 주변에 널려 있었다. 그들이 A 캠프의 파티에 참석하고 있는 건, 그러므로 그다지 한가한 놀이가 아니었다. 누구에게는 삶의 재충전, 누구에게는 거래의 현장, 누구에게는 허영심의 충족이라는 심오한 의미가 살아 있는 모임이었다.

캠프에서 한눈에 내려다보이는 Y 군의 수려한 전원 경관과 도시의 먼지에 찌든 폐를 정화하는 차갑고 신선한 공기는 이들 - 나날의 격무에 지친 사람들 - 의 얼굴에 오랜만에 생기를 돌려주었다. 정치가들, 법조인들, 금융인들, 기업인들, 학자들, 예술가들, 연예인들, 가히 21

세기의 전문직종을 망라하는 이들 중엔 국민의 반은 알아볼 만큼 유명한 자가 있는가 하면, 성공하고자 하는 야망으로 머리가 터질 것 같은 청년과 새로운 만남과 자극에 대한 기대감으로 눈을 반짝이는 숙녀도 끼어 있었다.

3월의 마지막 주 금요일 밤이었다.

캠프의 주인인 주치원 회장은 착 달라붙은 머리에 검은 뿔테 안경을 쓴 40대 후반의 깡마른 남자였다. 정원을 끼고 있는 산장의 2층 서재에서 그는 저 멀리 어둠에 묻혀가는 강줄기를 바라보고 있었다. 그는 늦은 오후 내내 여기 머물러 앉아 강을 가로지르는 새들의 퍼덕이는 날갯짓 소리를 들으며 비행의 궤적 뒤에 남겨진 텅 빈 공간을 응시하였다. 이윽고 저녁이 오면서 강 건너 마을에 번지듯이 등불이 켜지자 마을을 감싸고 있는 거무튀튀한 산의 희미한 윤곽이 드러났다. 부드러운 능선을 그리며 뻗어가는 산등성이 위로 노을이 잠시 머물렀다 스러져갔다.

회색빛이 도는 검은 슈트를 갖춰 입은 주 회장은 중후하게 울려 퍼지는 현악 사중주단의 베토벤 연주에 맞춰 현관문을 열고 천천히 나무계단을 내려왔다. 그 모습이 언뜻 신전을 내려오는 제사장의 권능과 위엄을 내비치면서 정원은 일순 침묵에 빠져들었다. 주 회장의 공식적인 직함은 '전통혼례 계승 중앙협회 고문'이었다. 그는 여러 해에 걸쳐 숱한 직함을 고사, 반려하였으나 어찌된 셈인지 이 직함만은 떨쳐내지 못하고 있었다. 바로 그 점을 상기시키려는 듯 불 밝힌 정원의 식탁엔 스카치, 와인, 사케 외에도 전통 곡주인 안동 소주가 자리 잡고 있었다. '서울 막걸리'가 빠지지 않은 건, 웰빙 트렌드 외에도 앞다투어 주당 클럽에 가세하고 있는 젊은 여성들의 종잡을 수 없는 취향을 반영한 것이리라.

차려진 음식들로 말하자면, 개개인의 예민한 식성들을 감안하여 각종 신선한 식재료를 굽고 데치고 삶고 버무려 다양하게 제공하고 있었다. 대세라고 할 수 있는 이탈리아 요리와 떠오르는 타이 요리를 발견하고는 쾌재를 부르거나 크게 안도하고 있는 자들도 있었다. 초특급 호텔의 VIP 고객들에게나 제공되는 엄선된 특선 요리들이, 여기서는 그저 손님의 비위를 맞추려는 평범한 음식처럼 식탁 위에 길게 차려져 있었다. 네 가지 크기의 접시와 빛나는 은제 수저 및 포커들은 호텔 뷔페에서 흔히 볼 수 있는 그런 범용한 세트가 아니었다.

이제 사람들은 이미 요리를 한두 점씩은 맛보았고 술도 약간은 입에 댄 상태였다. 그리하여 다소 흐트러지고 느슨해진 그들에게 주 회장의 전격적인 등장은 새로운 긴장을 요구해왔다. 주 회장의 공식적인 언급이 없는 한 파티는 아직 시작되었다고 할 수 없었다.

"우리를 초대하신 주치원 회장이십니다. 십여 년 전 경제계를 은퇴하신 후 이곳에서 맑은 공기와 자연을 벗 삼아 명상 활동에 주력하고 계십니다."

'고려경영컨설팅 대표이자 금융 칼럼니스트'라고 신분을 밝힌, 지유라는 이름의 남자가 마이크로 주 회장을 소개했다. 밝은 하늘색 슈트에 흰 셔츠를 받쳐 입은 지유는 군더더기 없는 몸매에 눈매가 날카로운 30대 후반 남자였다. 곳곳에서 박수소리가 나자 주 회장은 오른손을 들어 가볍게 제지하였다. 그는 사람들 곁으로 다가와 일일이 악수를 건넸다. 그들 중엔 구면도 있었지만 초면이 대부분이었다. 파티가 다시 열린 게 2년 만인 데다 참석 명단의 반 이상을 지유 대표와 '사상과예술' 주간인 송보휘가 짠 탓이기도 했다.

"시장의 복수라는 투자 칼럼으로 올 초부터 인터넷을 뜨겁게 달구고 있는 붉은 천사가 바로 회장님이라는 설이 있습니다. 사실입니까?"

주 회장이 지유의 자리로 와 샴페인을 한 모금 입에 물었을 때, 둘러선 자들 중 검은 드레스의 젊은 여자가 한 발 앞서 나오며 물었다. 약간 쉰 목소리에 풍성한 흑갈색 머리와 볕에 보기 좋게 탄 구릿빛 피부가 인상적인 여자의 이름은 하소야였다. 여자는 자신을 프리랜서 기자라고 소개했지만 지금이 공식적인 인터뷰 자리는 아니었다.

"낭설입니다. 난 시장을 예측하는 일엔 흥미가 없습니다. 실제로 잘 알지도 못하고요."

"붉은 천사는 올 하반기에 V자 경기회복이 있을 거로 보고 원자재 비중을 늘릴 것을 적극 권유하고 있습니다. 회장님께선 어떻게 생각하십니까?"

"나는 아무 생각이 없습니다."

"그의 칼럼을 읽어본 적 있습니까?"

"그에 관해서 방금 처음 들었습니다."

사람들은 올 봄까지 두 차례나 코스피의 사이클 곡선을 적중시킨 붉은 천사의 명성을 들어본 적도 없다는 주 회장의 발언에 충격을 받았다. 과연, 사이트 사이트로 몰려드는 전국 방방곡곡 투자자들의 오두방정을 조용히 묵살하는 거인의 풍모가 예사롭지 않았다.

"그렇군요. 사이버 논객들이 익명으로 활동하면서 이런 오해가 일어나는 것 같습니다. 한편으론 코스닥 2,900의 정점에서 손 털고 물러나며 세기말의 전설이 되신 주치원 씨, 바로 그분의 복귀를 바라는 투자자들의 열망이 내비친 게 아닌가 싶기도 하고요. 한 가지 무척 궁금한 게 있는데요. 실제로 그 당시에 어느 정도의 성과를 거뒀는지 알고 싶습니다."

"제가 대신 말씀 드려도 되겠습니까?"

컨설턴트 지유가 손을 치켜들고 끼어들자 주 회장이 엷게 웃으며 고개를 끄덕였다.

"회장님께선 파생상품으로 150배 투자수익을 내셨고 이 캠프도 그 결과물의 하나입니다. 참고로 캠프는 평상시엔 공개하지 않고 있습니다."

"150배라면 금액으로 어느 정도를 말하나요?"

지유가 머뭇거리자 주 회장이 나섰다.

"나는 증권회사의 내 선물 계좌에서 497억 2,531만원을 출금하였소이다."

정원은 일순 침묵에 빠졌다. 사람들은 그 구체적인 숫자가 던지는 실물감에 충격을 받았다.

"대단하시군요. 비법이 있으신가요?"

여자는 궁금하다는 표정을 바로 만들어냈다. 듣고 싶은 얘기가 나오자 모두 숨을 죽였다.

"비법이라? 그런 게 있기를 바라오?"

주 회장이 신랄하게 되물었다.

"믿기지 않아서요."

"정말 믿기지 않는 건 우리가 함께하는 이 시간이 아닌가 싶군요."

"……그렇군요. 무엇보다 인연을 중요시하는 회장님의 소박한 마음이 감동적입니다. 속되게도 저희는 497억 하고도 2천 5백 몇십이 10년 뒤 오늘 얼마가 되었는지 또 궁금합니다."

"얼마가 되었겠소?"

사람들은 회장의 갑작스러운 반문에 놀란 얼굴로 입을 다물고 있었다. 몇몇은 여자의 당돌한 질문이 파티의 주관자이신 회장님의 비위를 상하게 하지 않았나 불안한 기색을 내비쳤다.

"먹고 살 만큼 되었소."

순간 정원에 얼음 같은 침묵이 드리웠으나 한참 후, 그 침묵을 깨고 누군가 킥킥 웃기 시작했다. 뒤이어 여기저기서 산발적인 웃음소리가 났다. 그제야 사람들은, 이제는 안심이라는 듯 와— 하고 웃음을 터뜨렸다. 몇몇 남자는 열렬히 박수를 치기 시작했다. 질문을 한 여자는 특별한 반응을 보이지 않고 잠자코 있었다. 그녀는 주위가 조용해지기를 기다렸다가 다시 입을 열었다.

"생활 걱정은 없으시다니 부럽습니다. 마지막으로 한 가지만 여쭐게요. 회장님이 생각하는 삶의 목표는 뭔가요?"

주 회장은 질문이 흥미롭다는 표정을 지었다.

"돈은 아니오. 나는 거래를 사랑했소. 거기엔 열정과 두려움, 탐욕과 낙담, 고통과 환희가 함께하오. 그리고 거래가 끝난 후의 짧은 휴식이 좋았소."

회장의 심술궂은 시선이 여자의 얼굴에서 떠나 주위 사람들을 쭉 훑었다. 투자의 비법과 삶의 목표는 여전히 베일에 싸여 있었다(이제 10년 전 일은 밝혀졌으나 광활한 캠프는 새 비밀을 품고 있었다. 그리고 현재의 재산 규모에 대해서도 비밀이 유지되고 있었다). 이 자리엔 마침, 스스로를 베일에 싸인 입지전적 인물이라고 생각하는 Y 군 유지 오 사장이 지역 인사로는 유일하게 참석하고 있었다. 잦은 시련 끝에 자수성가해 연면적 8백 평의 5층 건물주가 되었지만, 상대적으로 독서 경력은 일천한 오 사장은, 주 회장의 형이상학적인 발언에 두 손을 앞에 모으고 숙연한 얼굴로 고개를 끄덕였다.

"지나고 나니 선생은 돈을 벌었고 그건 우연인데 마치 선생의 능력처

20

럼 알려지고 있는 것 아닙니까?"

오 사장보다 목 하나가 더 있고 눈빛이 쏘는 듯 강렬한 턱시도 차림의 남자가 오 사장의 바로 뒤에서 주 회장을 똑바로 쳐다보며 말했다. 남자는 30대 후반으로 보였는데 육군 중사의 체형을 하고 있었다.

"일리가 있는 얘기요. 하지만 그 많은 패배자들이 우연히 패배하는 것 같소? 그들은 시장의 위험을 장기적인 안목에서 제대로 검토 못 한 것이오."

"패배자들이 모두 어리석다는 뜻인가요?"

"그런 말은 안 했소."

주 회장은 가볍게 얼굴을 찌푸렸다. 그때 낭랑한 여자 목소리가 끼어들었다.

"여긴 풀포기 하나 돌멩이 하나까지 자기 얼굴을 갖고 있군요. 유럽은 너무 인공적이에요."

목소리와 달리 나이가 벌써 50줄에 들어선 민하늘 건축 디자이너가 분위기를 바꿔보려고 애썼다. 그녀는 주 회장을 너무 늦게 만난 탓에, 언제 들어설지 모르는 제2캠프에나 기대를 걸 수밖에 없었다. 사람들이 눈여겨보지 않는 이런 외진 곳에까지 장인의 솜씨를 발휘하려는 자신의 갸륵한 의지를 생각하며, 민하늘 디자이너는 참 예술가의 자존심과 긍지에 대해서 다시금 생각해보고 있었다. 캠프에 대한 그녀의 높은 식견에 고개를 끄덕인 주 회장은 한곳에 지나치게 머물렀다는 듯 몸을 틀고 있었다.

"인공적인 건 바로 이 자리, 이 모든 것들이지."

뒤통수를 향해 날아드는 턱시도의 말에 주 회장은 어색하게 웃으며 돌아섰다.

"하고 싶은 말이 무엇이오?"

"배우려고 마음먹었으면 나도 진작 배웠습니다. 시장엔 전문가들이 넘쳐나니까. 공적 직함을 가진 자들, 분석가니 펀드매니저니 수석부행장이니 금융전문가니 이름이야 넘치죠. 비공식적인 전문가도 많더군요. 무협지의 사부 같은 자들 말입니다. 은근히 돈을 밝히더군요. 심지어 국밥 한 그릇과 소주 한 잔에 전설 같은 경험담을 넘기고 싶어 안달하는 자도 있었습니다. 침을 튀기며 밤새도록 떠들지만 대개가 하품 나는 얘기였습니다."

턱시도가 말을 멈추고 숨을 골랐지만 그가 무슨 말을 하려는 건지 또는 한 건지 알 수 없는 사람들은 잠자코 있었다. 주 회장도 미간을 찌푸린 채 그저 듣고만 있었다. 그래서 그는 계속 얘기했다.

"물론 살다보면 누구나 쓸모 있는 얘기를 몇 마디는 지껄이게 되는 법이죠. 강간범도 평소엔 목사도 감탄할 얘기를 늘어놓기 일쑤니까. 그러니까 나 또한 한두 마딘 대꾸하는데, 사람을 찌르는 쾌감과 한탕의 쾌감엔 통하는 게 있다는 식으로 말이오. 그때 상대의 눈을 보면 바닥에 전 재산을 던진 자의 절망 같은 게 떠오르는데 거기엔 돌이킬 수 없는 후회도 묻어 있죠. 아무튼 전문가라는 건 협잡꾼의 또 다른 명칭이라는 걸 알아두는 게 도움이 됩디다."

턱시도의 연설이 끝났다. 지유는 이 자가 술을 몇 잔 마셨는지 알아볼 방도가 없었다.

"많은 걸 알고 계시구만. 한 가지만 더 알면 되겠소. 귀하는 왜 질문하고 난 대답하느냐는 거지. 무식해도 어리석어도 부자가 될 수는 있소. 하지만 냉소는 투자자의 덕목이 될 수 없소."

주 회장이 그 말을 끝으로 자리를 뜨자 턱시도는 입술 끝으로 웃더니

Y 군 유지 오 사장을 붙들고 지역 경기와 부동산 시세 따위를 물어보기 시작했다. 오 사장은 어리둥절한 가운데서도 전문가다운 식견으로 성심껏 그러나 다소 거만하게, 충고를 하듯 답변하고 있었다.

지유는 한 무더기의 신사들과 얘기 중인 '사예(사상과예술)' 주간 송보휘에게 걸어갔다. 그녀의 매력은 군중 속에 있을 때 좀 더 두드러져 보였다. 165센티의 키를 하이힐로 5센티 더 높이고, 붉은 드레스는 매듭을 풀어줄 영웅을 기다리고 있는 듯 두 갈래 끈을 뒤로 우아하게 늘어뜨리고 있었다. 드레스 속 하얀 육체는 필요시 강도 높은 탄력을 예감케 했다. 고전적인 단아함과 도시적인 퇴폐미가 묘하게 어우러진 얼굴이 밤하늘에 떠다니는 가면처럼 움직이고 있었다. 그런 그녀가 어젯밤에도 그의 아래에 있었다는 사실이 이 장소에서는 무시되고 있는 느낌을 지유는 받았다. 그녀의 육체는 오늘 어딘가 공적인 데가 있었다.

지유는 저 시건방진 턱시도가 누구인지 그녀에게 물어보았다. 명단에 없는 걸 봐선 캠프 측 손님인 것 같다고 그녀는 대답했다. 지유는 고개를 갸웃거렸다. 현악 사중주단도 매니저를 두냐고 농담이라도 던지고 싶었으나, 따분한 작자들의 홍일점(늙은 페미니스트가 하나 있었지만 그녀를 여자라고 생각하는 자는 이 무리 중엔 없었다) 청중을 자처하고 나선 보휘는 이미 한 중년 남자의 두 번 면도한 얼굴을 바라보고 있었다.

"거긴 계급사회였죠. 우린 어떻게든 그들 맘에 들어 정규직으로 올라가야 했습니다. 지난 정권 때 상당수 기업이 정부의 압력과 여론에 떠밀려 정규직 승격을 감행했는데 대주주와 경영진 심지어 기존 직원들의 불평이 이만저만이 아니었어요. 자격미달 직원들을 끌어올렸단 소리까지 들었죠. 성급했단 소리도 나왔어요. 왜냐하면 밍기적대며 최대한 시간을 끌던 이들이야말로, 결과적으로 회사를 살찌우고 미래성장을 위한 싼 자원을 비축하는 일등공신이 되었으니까요."

계약직의 신분으로 은행 지점장까지 올라갔다가 최근에 투신 상무로 자리를 옮긴 남자가 두 번 면도한 얼굴로 말했다. 토론이라면 빠지지 않는 경기도 소재 사립대학 상법 전공 황 교수가 재빨리 말을 받았다.

"비정규직, 그거 참. 그러니까 현대는, 결혼해서 정규직의 배필로 재탄생하는 게 비정규직 신분으로 남아 있는 것보단 고상하다고 볼 수 있죠."

황 교수는 말을 끊고 잠시 반응을 기다렸다.

"정규직의 아내나 남편으로 살아가는 게 비정규직으로 일하는 것보다 고상하다고요?"

늙은 페미니스트인 김 여사가 언짢은 얼굴로 반문했다. 황 교수는 당연히 이러한 질문이 제기될 수 있다는 듯 곧장 입을 열었다.

"물론입니다. 기업 경영자들에겐 이 비정규직이야말로 건국 60년이 주신 선물입니다. 그들은 절이라도, 그 엄청난 덩어리에 대고 절이라도 하고 싶죠. 고용, 해고의 신축성과 유연성이야말로 시장경제의 근간 아니겠습니까?"

황 교수는 약한 의문형으로 짧은 연설을 끝마쳤다. 그는 자신의 발언에 완전히 만족하고 있었다. 교수는 그 비비꼬인 언변 때문에 이런저런 강연에 불려 다니고 있었다. 교수가 입맛을 다시며 반응을 기다리고 있는 가운데, 쥣빛 양복 남자가 누가 나서랴 재빨리 말을 꺼냈다.

"아, 그들 경영자들로 말하면 그럴 만도 하죠. 세상은 예나 지금이나 변치 않는 거 아니겠습니까? 있는 자들 세상이죠. 그러니 억울하면 공익이니 공공이니 그딴 걸 위해 투쟁하기보다 피나게 노력해서 상류 세계에 진입하는 게 수입니다. 그럼 인식이 바뀌죠. 경영자들을 더 잘 이해하게 되고 그들의 남모를 고충에 고개를 끄덕이게 된다 이겁니다. 세계 경제의 실상을 꿰뚫고 옳게 행동하며 미래를 위해 R & D 투자를 하는 게 그들 아닙니까? 그들이 국가경제를 위한 파이를 키우면 비정규직들에게 돌아가는 몫도 덩달아 커지지요."

"그러니까 이 사회의 문제점은 사회 지도층과 기업이 더 나은 대우를 받지 못하는 데 있군요. 근로자들이 그들의 고충을 안다면 집회나 파업 따위를 하며 세월을 보내진 않을 텐데요."

황 교수가 잘 들었다는 듯 끼어들자 쥣빛 양복이 혀를 차며 말했다.

"왜 아니겠소. 난 이번 주 주제로 '기업도 좀 살자'라는 걸 잡았소."

"좌파들이 가만 있겠소?"

"오히려 좋아하겠죠. 그들이 제일 싫어하는 게 우리가 근로자를 위해 내놓는 효과적인 정책 아니겠소? 투쟁할 거리가 없어지면 안 되니까."

"듣고 보니 그렇소이다. 캐비어좌파도 있다면서요?"

"유행이죠. 부드러운, 관대한 좌파 나으리가 장안의 인기입니다. 사실 처먹는 건 비슷해요. 부동산과 주식 지분이 상대적으로 적다뿐이지, 먹는 건 비슷하다고요. 호텔 메뉴판이 정권 바뀔 때마다 좌우 메뉴를 새로 짜지는 않을 테니 말입니다."

쥣빛 양복은 인터넷 신문 논설위원으로, 빈정대는 말투와 관점의 자유로운 이동과 애매모호한 논지로 나날의 직무를 성실히 수행하고 있었다. 그렇다 하더라도 오늘의 발언엔 신세 한탄 내지는 교묘한 원망과 질시가 숨겨져 있지 않다고 자신할 수 없었다. 이는 '가정폭력추방수도권실천본부' 상임위원이자 유명한 여성학자인 김 여사를 즉각 자극시켰다.

"말씀들을 들어보니 자식이나 조카 중에 비정규직은 없나 보네요. 정부통계가 잘못되었거나 자녀분이 외국에 계셔서 통계에 잡히지 않나 보죠? 생각해보면 지난 십 년 동안 좌파에 줄을 못 대어 발을 동동 구르던 자들이 바로 보수파 나으리들 아니었나요? 줄타기는 좌파만 한 게 아니죠."

김 여사는 '줄타기'란 말을 무턱대고 꺼내놓았다. 그녀는 이제 사회적 영향력도 미미했고 매체로부터 과거와 같은 대우도 받지 못했다. 가정폭력 문제라면 너도 나도 전문가 행세를 하는 데다 페미니스트란 말도 언제부터인가 신파가 되어 있었던 것이다.

"오바마가 한 번 더 한다고 보면 그 다음엔 라틴계나 몽골족 할매가 덤빌 차례인가?"

황 교수가 뜬금없이 중얼거렸다. 김 여사는 평소 그의 생김새와 언행 모두 맘에 들지 않았는데 오늘로써 자신의 느낌에 확신을 갖게 되었다. 송보휘는, 잘난 척 떠들어대는 세 논객과 전성기가 지난 한 여성학자가 한국 사회 진단에 이어 각자의 처방전을 앞다투어 내놓기 전에 미끄러지듯 자리를 떴다. 그들 중 계간 '사상과예술'에 한 번이라도 얼굴을 비친 자는, 그나마 배설 같은 잡문을 실은 황 교수 한 분이었다. '사예' 주간이 보기에 앞으로도 그 사실은 변함이 없을 성싶었다.

가수 임저리 양을 소개하는 사회자의 소리가 허공에서 들려왔다. 사람들은 모두 고개를 돌려 피아노 앞에 앉은 임저리 양을 바라보았다. 아까는 없던 그랜드 피아노가 어떻게 해서 저기 정원 한가운데에 있게 되었는지 의문을 품을 법했으나, 그보다는 떠오르는 대형 신인 임저리 양

26

이 눈앞에 있다는 사실이 예기치 않은 흥분과 만족을 안겨주었으므로 모두들 입 다물고 그녀의 입술만 쳐다보고 있었다.

빛바랜 청바지에 흰 정장 상의를 입은 그녀는 마이크 앞에서 "안녕하세요?" 하고 인사말을 했다.

"음…… 제가 아시는 분도 계시고, 몇 분은 뵙고 싶어도 뵐 수 없는 분이고, 굉장히 매력적이고 멋진 남성분들도 많고, 친구 하고 싶었던 연예계 동료도 계시고, 그 외에도 처음 뵙는 분들도 정말 매력적이세요. 여기 밤하늘의 별과 숲과 공기, 불빛 모두 너무 아름답습니다. 이런 밤에 여러분들 앞에서 노래를 부르게 되어 무척 기쁘고 영광입니다. 여러분이 너무나 잘 아시는 휘트니 휴스턴의 아이 해브 나싱 보내드리겠습니다."

그녀는 즉각 노래를 불렀고 애절하면서도 가슴을 꼬집는 노래가 끝나기가 무섭게 사람들은 박수를 쳤다. 남자들은 그녀의 보디가드가 된 듯, 그녀를 안고 피에 젖은 계단을 내려가는 사내의 비장감으로 그녀를 바라보고 있었다. 여자들은 그녀의 매력이 지나치게 발산되는 데에 대해 초조함을 감추지 못하고 있었다.

그들은 그녀의 다음 곡을 기다렸다. 그녀는 숨을 고르고 '감사합니다.' 하고는 '1집 앨범에 실었던 곡 사랑하지 않아 보내드리겠습니다. 스페인에 갔을 때도 불렀는데요, 반응이 뜨거웠거든요. 원래 뜨거운 사람들이긴 하지만요.' 하고 부르기 시작했다.

이제는 너를 사랑하지 않아
내 마음에 잿더미의 불티 날아다니고
사랑했던 기억조차 꺼져가는데

밤이 다하도록 그 다리를 건너 갔네
내 눈동자에 흐르는 강물
눈동자를 덮어오는 흐린 강물

이제는 너를 사랑하지 않아
거리엔 차들이 흐르고
사랑했던 기억조차 희미해져가는데
밤이 다하도록 그 거리를 걸었네
내 눈동자에 번지는 불빛
눈동자를 덮어오는 뿌연 불빛

노래가 끝나고 그녀는 일어서서 앵콜을 외치는 이들을 깡그리 무시하고 별장 안으로 들어갔다. 그녀는 후문으로 빠져나가 브라질대사 주최 만찬 장소로 출발하였다. 그녀가 사라지자 '접대부 같은 년' 하며 중얼거리는 여자가 있었다. 영화배우 성숙 양이었다.

"그 인간은 무조건 달려들어."
"그걸 이용해 뜬 게 산하 아니니?"
영화배우 성숙 양의 돌발 발언에, 뜨는 탤런트 강여울 양이 화답했다. 성숙 양은 '난 그런 소문 못 들었는데.' 하고 대답한 모 여배우와는 의절을 생각하고 있었다. 두 사람은 뿌얀 막걸리가 찰랑대는 백자 사발에 붉은 입술을 한번씩 경배하듯 갖다대고 있었다. 성숙 양을 위한 맞춤 시나리오 '미녀 독살사건'에선 침대에 엎어진 미녀의 백옥 같은 손에서 막걸리 사발이 힘없이 떨어져 나뒹군다. 침전한 독극물로 사발 바닥이 납빛으로 변색된 것을 확인한 강력계 형사는 국과수에 성분 분석을 의뢰한다. 여기서 눈여겨봐야 할 것은 독극물 성분보다는 죽은 여자의 미모와 피가 식어가는 풍만한 여체라고 작가는 메모해놓았다. 시나리오야 버리면 그만이지만 성숙 양의 째진 눈에 오늘의 강여울은 독살을 부를 만큼 아름답다. 아름다움 앞에서는 죽음도 다툰다.

"그게 연기니? 상은 누구를 위해 존재하는 거니? 수상 소감 들었지? 인기에 연연하지 않는 진정한 연기자로 거듭 태어날 기회를 주셔서 고맙다고. 그게 무슨 말이니? 넌 그 뜻을 아니?"

성숙 양이 숨을 쉬지 않기로 작정하고 의문 부호를 남발하자 여울양이 한숨을 쉬며 말했다.

"내가 그걸 몰라서 그년이 내 대신 그 자리에 선 거 아니니."

여울양은 치솟는 인기를 가둬둘 수 없어 작년에 여러 남자 편력하는 영화에 출연한 바 있다.

"하긴 너도 후보에 올랐더라."

촬영 카메라가 돌아가고 있어도 하등 부족함이 없어 보이는 시상식용 황금 드레스에 검은 솔을 걸친 영화배우 성숙 양과, 오락 생방송을 끝내자마자 달려와 운동모, 티셔츠, 스키니진을 미처 벗어던지지 못한(바쁘다는 인상을 줘야 한다는 매니저의 권유로) 탤런트 겸 영화배우 강여울 양은 모 감독 사단 여배우 한 명을 추가로 씹고 조니 뎁과 호나우드의 애인 애기로 넘어갔다. 금발을 포함해 외국 남녀가 여섯이나 있었지만 자기네보다 유명한 것들은 없어 보였다. 외국인을 우습게 보는 건 있어 보이는 한국인 사이에선 유행처럼 번지는 최근의 경향으로, 그들은 중앙아시아, 아프리카, 라틴 아메리카는 말할 것도 없고 마침내 영국인도 신분, 재산, 학벌, 직업에 따라 구분해서 대할 줄 알게 되었다. 대한민국 연예인은 '대장금' 탓도 있지만 이슬람권까지 지명도가 상승하고 있는 별정직이었다.

신성으로 불리는 젊은 뮤지컬 감독이 십여 분의 대화 끝에도 두 여배우의 특별한 재능을 알아보지 못하고 자리를 뜨자, 재벌 3세 하나가 슬그머니 다가와 돈 냄새가 풍기는 미소를 던졌다. 아는 사람은 알고 본 사람도 있다시피 그는 아까 프로펠러를 돌리며 밤하늘에서 내려온 자였다. 여기 모인 인사들 중 일부는 돈 냄새가 특히 화끈했는데 그 돈의 일부는 자신들 차지라고 두 여배우는 굳게 믿고 있는 눈치였다. 그건 차기작의 펀딩을 기대하고 있는 뮤지컬 감독도 마찬가지여서 그는 벌써 모그룹 기획실장 곁에서 발언 기회를 초조하게 기다리고 있었다.

두 여배우가 보기에 유명세와 미모, 그 밖에 뭘 더 믿으라고 진정한 연기 운운하는지 세상은 꼴값 떠는 것들로 가득 찼다. 그들은 실내면 실내, 야외면 야외, 변기 비데에서부터 스포츠웨어까지 소구력이 남다른 광고 모델을 재벌 후세와 기업 실세들이 특별히 눈여겨봐주길 바랐다. 그게 보휘 언니가 그들을 부른 이유며 잘되면 수수료라도 내놓으라는 것 아니겠는가, 생각했다. 그들의 운전기사, 매니저이자 20대 후반 남성인 두 청년은 신작로가 있는 마을까지 내려가 김치찌개를 먹고 4구 당구를 치며 시간을 보내고 있었다. 성숙 양과 강여울 양, 누가 더 스타인지 적어도 두 시간 후엔 판가름 날 것이었다.

누가 더 상대를 원하는지는 엉켜 붙은 모습만 봐서는 알 수가 없었다. 스커트를 젖히고 셔츠를 풀어헤쳐 엉덩이와 쇄골을 드러낸 금발의 캐나다 여성은, 별빛이 천장의 마름모 창에 부서지는 별채의 간이침대에서, 지금까지의 수세적인 자세에서 벗어나 턱시도를 벗어던진 젊은 사업가를 통나무 벽 쪽으로 힘껏 밀어붙이고 있었다.

본채 주차장에서 5분 거리, 주위에 선베드와 그늘막을 거느린 별채엔 소형 냉장고와 커피포트, 원탁 탁자와 등나무 의자가 있고 원예와 문화유산 관련 잡지가 비치되어 있지만 커튼과 방음장치는 없었다. 로프와 함께 유리관에 들어가 있는, 사용한 적 없는 붉은 소화기는, 힘차게 움직이는 백인 여자의 두툼한 엉덩이에서 한참 떨어진 구석 쪽에 뻘쭘하게 세워져 있었다. 육군 중사의 체형을 한 남자는 들썩이는 여자의 어깨 너머 붉은 소화기를 바라보며, 불타는 캠프와 미친 불길 속에 비명을 지르며 뛰어다니는 벌거벗은 남녀들을 떠올리고 있었다. 사정을 늦추려는 의도적인 상상이라고 보기엔 잔인함이 도를 넘은 아비규환의 지옥도였다. 석연치 않은 쾌감이 남자의 얼굴에 번져갔다.

팔각 정자에 띄엄띄엄 엉덩이를 걸치고 앉아 서로 소 닭 쳐다보듯 하거나 차 안에 머문 채로 라디오 음악을 듣고 프로 야구 시즌 개막전을 소형 TV로 보고 있는 운전수들에게 음식을 좀 갖다주라고 도우미에게 지시한 후 뒷마당을 둘러보고 있던 캠프의 집사는, 멀리 그늘막의 초록이 밝아진 걸로 미루어 별채의 우측 선반 쪽 색전등이 켜져 있는 걸 알 수 있었다. 오랜만에 별채에 손님이 머물고 있었다. 아름다운 밤이었다.

대호투자금융 서초센터장 강하상은 허리둘레가 40이 넘는 남자치고는 심하게 뒤뚱거리지는 않았다. 강은 중앙그룹 전략기획실장과 미추디지텍 상무와 함께 최근 경영이 어려워진 세창그룹 얘기를 나누다가 정원을 가로지르고 있는 지유를 발견하고 그를 좇아갔다. 강은 마침내 지유의 소맷자락을 잡았다.

"주 회장을 소개시켜줄 수 있나?"

"인사 정도라면 직접 해도 돼."

"따로 설명 드릴 게 있어. 그가 관심을 가질 만한 거지."

"글쎄, 그건 네 능력이지. 워낙 흥밋거리가 제한된 분이라서."

지유는 내키지 않는 걸음걸이로 강하상을 주 회장에게 데려갔다. 주 회장은 법사위원회 위원인 여당의원의 정책적인 발언을 지루한 표정으로 듣고 있다가 몸을 돌려 강에게 미소를 보냈다. 의원은 주 회장의 관심이 멀어지면서 돈은 없고 의견만 난무하는 자들만 그를 쳐다보고 있자, 불편한 기색을 감추지 못하고 하던 말도 버벅대기 시작했다.

"선생은 저번에 오신 적 있지 않습니까?"

주 회장의 기억은 정확했다. 그 당시 강하상은 주 회장의 뻣뻣한 태도가 못마땅했던 데다 그가 이룩한 재산에 대한 사람들의 경의에도 경멸감을 갖고 있었다. 충청남도 양조장의 아들로 탄생해 대학 4년, 육군 2년 6개월, 대학원 2년 과정을 거쳐 초대형 금융기관에 입사, 십여 년간 굴곡 많은 자본시장에서 프로로 자처해온 강에게 최종 학력과 출신 성분조차 알 길 없는 주 회장은 아마추어의 신화에 머물러줘야 했다. 게다가 강은 그날 게이트 모스를 빼다 박은 모델에 정신이 팔려 그녀를 에스코트 하며 서둘러 이곳을 벗어났기에, 주 회장이 그를 어떤 이미지로 기억하고 있을지 꽤나 난감했다. 초토화된 자본시장은, 왕년의 큰손들이 하나둘 돌아와 저평가된 물건들을 헐값에 마음껏 거두어주시길 간절히 바라고 있었다. 펀드의 몰락으로 비굴하도록 겸허해진 투자금융회사는 살아남기 위해 신규 실적에 목말라 하고 있었다.

"기억하시는군요. 2년 전 그때도 봄이었고 플롯 연주가 아름다웠죠."

강하상은 예술을 비평해본 바가 없어 섬세한, 격정적인, 흐느끼는 같

은 전문적이고 심미적인 용어가 곧바로 떠오르지 않았다. 아름답다는
건 사실이었다. 모델과 함께 퇴장할 때 관상용 괴석 사이 자갈 깔린 소
로를 따라 플루트 소리가 작은 새처럼 따라왔던 것이다.

"그래, 하시는 일이?"

"대호투금 서초센터를 이끌고 있습니다."

"센터라면?"

"지점이 커지다 보니 그렇게 부르고 있습니다."

"아, 거기라면 예전에 거래한 적이 있습니다. 오 지점장으로 기억하
는데……."

"오승호 지점장 말씀입니까? 지금 강남본부장으로 재직 중입니다."

"그렇군요. 거기 내 계좌는 이제 휴면 계좌가 되었겠소."

"제가 확인해보겠습니다."

"아니에요. 그럴 필요 없습니다. 차명이에요."

"차명이라도 계좌명을 알면."

"아닙니다. 그냥 두세요. 참 지유 대표와 송보휘 주간의 친구시라고."

"네, 우린 대학 때부터 절친한 사이입니다."

"괜찮으시다면 세 분을 언제 따로 초대하고 싶군요."

"영광입니다."

"별 말씀을, 그럼."

주 회장이 자리를 떴다. 주 회장은, 캠프 내 사소한 불법 건축물들을
이 자리에서 승인하고 말겠다는 듯 두루두루 살피고 돌아온 Y 군 군수
를 맞이하기 위해 양팔을 아래로 45도 벌리고 걸어갔다. 강하상은 주
회장이 투자에서 발을 뗐다는 사실을 좀체 믿을 수 없었다. 실속에 강한
지유가 비밀관리하고 있는지도 몰랐다. 고객을 나눠 갖기 싫은 건 인정

할 수 있는 부분이지만 지금은 강의 발등에 불이 떨어진 시기였다. 친구라도 독점권을 허락할 순 없었다.

강은 어느새 사라진 지유가 사람들 가운데서 웃음을 터뜨리는 걸 보고 있었다. 지유의 곁에는 갈색머리에 체격이 좋은 '오리건 사모펀드' 부사장 리처드와 '동서강관'의 2대 대주주이자 전무이사인 50대의 뚱뚱한 남자가 있었지만 강은 그들을 알아보지 못했다. 강에게 그들은 다만 같이 웃고 있는 자들이었다. 평생 호탕하게 웃어본 적이 없는 자들(강의 눈에는 세상사람 대다수가 그렇게 보였다)의 폐쇄된 웃음은 영화 배트맨에서 '고딕' 시의 고약한 펭귄들이 모여 낄낄대는 소리 같았다.

김시주가 파산하던 날도 지유는 저렇게 웃어댔고 그 자리에 송보휘와 강하상도 있었다. 한때 강의 손위 처남이었던 동창 김시주의 몰락은 당시 처해 있던 곤경으로부터 그들을 구해냈고, 공신 김시주는 홀로 우주선에서 떨어져 나와 이날 이때까지 외로운 유영을 하고 있다. 그건 김시주의 업이지만 지금 다시 그때와 비슷한 느낌이 폭풍의 기미처럼 몰려온다. 이번에는 누구지? 강하상은 그들에게서 등을 돌리고 새 술을 가지러 갔다.

송보휘는 남자를 보고 있었다. 홀의 안락의자에 파묻힌 남자는 건강한 혈색에 품위가 몸에 밴, 최초의 등장부터 이 자리의 주목을 받고 있는, 조끼 딸린 슈트를 입은 바로 그 위압적인 풍채의 소설가였다. 만 68세의 나문만 소설가는 자신이 두 번이나 문광부 장관직을 고사한 사실을 세상이 알고는 있을까 염려하는 자였다. 실은 그는 청문회를 통과할 자신이 없었다. 우여곡절 끝에 통과한다 해도 자신의 이미지를 먹칠할 게 분명한 생중계 과정이 불쾌했으며 결과적으로 득이 없다고 생각했다.

8,90년대는 누구나 몇 떼기의 토지라도 사려면 위장전입을 해야 했고, 자식들은 어미의 강권으로 태평양 건너 아이비리그 물을 먹고 봐야 했다. 병역이야 공익요원도 있고 면제도 가능했다. 지방 운수업체 대표의 딸이 가난한 소설가에게 시집와, 친정에서 떼어준 돈 몇 푼으로 뭘 할 수 있었겠는가? 그 당시 부동산과 교육에 투자하지 않고 누가 미래를 말할 수 있었던가? 놈들이, 어쭙잖은 사명감 따위를 입에 달고 다니는 어린놈들이 등본을 떼서 침을 발라 들여다보고, 병역 서류철을 뒤적거리고, 선산까지 탐문조사를 하는 등 그를 능멸하고자 작정하고 뛰어다니는 꼴을 볼 수는 없었다. 게다가 장관이라니? 국무회의석 상에서 대통령의 호통 아래 지시 사항을 메모하는 끔찍함을 견딜 수는 없지. 아직도 오매불망 신작을 기다리는 대형 출판사와 구름 떼 같은 독자가 있고, 재산 보고 따위는 필요 없는 자리, 자율성이 꽤 보장되는 예술단체장에 취임할 기회도 있다.

겉으로 보이는 게 중요해. 그거야 말로 만고불변의 진리지. 나문만은 바로 그의 눈앞에서, 자신의 체형에 딱 어울리는 가볍고 모던한, 푸른 천을 친친 감아놓은 의자에 앉아 또박또박 질문을 해대고 있는 송보휘를 약간 초조하게 보고 있었다. 이년은 만만하지가 않아, 무슨 의도가 있는 것 같고 순수함이라곤 찾아볼 수가 없네. 마치 우린 서로를 잘 아니 형식을 갖춰 그 잘난 보수 잡지 구색이나 맞춰보자고 작정한 것 같아.

"동북아에 관한 자료는 최근에 많이 나오고 있어요. 선생님께서 새 의견을 보탠다 해도 크게 주목할 것 같진 않아요. 차라리 인류의 미래, 좀 추상적인 주제를 잡아 비전을 제시하는 게 어떨까 싶네요."

"그러기 위해선 인간이 어떻게 변화할 것인가에 초점을 맞춰야 해요. 외부 환경뿐 아니라 근본적인, 즉 내적이고 혁명적인 변화가 일어날 것인가 하는 거죠. 종교가 변화를 주도하는 시대는 아니라고 봅니다. 종교는 특히 문제예요. 우리나라는 종교가 그나마 평화공존하고 있고 그 어떤 나라보다도 삼권분립처럼 서로 견제하며 잘 운영되어 왔지만, 그렇다고 안심할 수만은 없어요. 계기가 주어지면 골이 깊어지면서 불합리한 광신도들에 의해 사회가 생채기를 입을 수 있어요. 조선 오백 년을 보세요. 숭유억불 정책이 낳은 많은 억압들이 그 시대의 산물이었죠."

"자료로 만들어줄 수 있나요?"

"내겐 그럴 만한 식견도 시간도 부족한 것 같소."

"선생님, 시간을 약간만 내주시죠. 제가 알기론, 3년에 걸쳐 북유럽과 동구를 돌며 고대 신화를 채집해온 작업도 이제 마무리 단계인 걸로 알고 있거든요. 참 핀란드의 요한슨 씨가 선생님 얘기를 하더군요. 클럽에서 있었던 유쾌한 에피소드도요."

"그를 어떻게 아오?"

에피소드는 어린 여자에 관한 것이었다. 녀석이 그런 말을?

"그는 피셔 장관의 고문을 지낸 바 있죠. 북유럽 노동정책의 공과에 관해 인터뷰 할 때 그가 자료를 제공해주었습니다."

"의외군. 우리 차차 생각해봅시다."

"선생님 같은 분을 못 모시면 저희 잡지는 권위를 잃고 평범한 그저 그런 잡지들 속에 묻히고 말 거예요. 도와주세요."

"글쎄, 필진들을 보니 분야별로 쟁쟁한 사람들인데 나 하나가 무슨 큰 의미가 있겠소. 대체할 만한 인물은 많지 않소?"

"우린 필진과 글의 내용, 이 둘의 조화를 꾀하고 있어요. 보시다시

피 그 공존이 항상 우리가 기대한 바대로는 아니에요. 실상이 그렇습니다."

"난 이제 머리를 비우는 일에 주력하고 있소. 그동안 너무 많은 글을 써왔고 찬사도 비난도 받을 만큼 받았어요. 좀 쉬며 자신을 뒤돌아보고 싶어요."

"이 글을 마지막으로 쉬시기 바랍니다. 저희 사상과예술 직원 모두 선생님의 옥고를 기대하고 있어요."

"하나만 말씀 드리리다. 21세기는 여성을 이해하려고 시도한 최초의 세기로 기록될 것이오. 여성이 주제가 될 것이외다. 아니지, 주제가 여성이 될 것이오."

그 세기의 주제와 상관없이 작가는 최근 여자 소문이 좋지 않았다. 그래도 이런 자의 글을 싣는다는 건 잡지의 건재와 편집진의 건전성을 보증하는 일이었다. 경제공황이 왔다고 해서 시장경제의 실패를 인정하고 포지션을 좌로 트는 건 지조 없는 짓이었다. 보수 정치가들과 다국적 거대기업들은 이 노작가의 세계관과 상식을 높이 평가하고 있었다. 이런 인물을 상대할 땐 독문과를 나온 게 작은 도움이 되었다.

"앞으로 나올 소설에는 여자 주인공을 기대해봐도 될까요?"

"송 주간이 주인공이 되어준다면 기꺼이 시도해보겠소만."

"제가요? 저야 영광이지만 제가 그럴 만한 깜이 되나요?"

그녀의 얼굴에 교태 섞인 미소가 떠올랐다. 그 미소는, 그녀의 것이 아닌 뭔가가 입술에 달라붙은 것처럼 보였다.

"그야 그리기 나름 아니겠소?"

소설가의 얼굴에 자만에 찬 웃음이 번져갔다.

"멋진 남자와 사랑을 하는 역인가요?"

"모든 젊은 여자는 다 사랑을 하고 있소."

"그걸 제목으로 쓰시면 되겠네요."

"영화 제목으론 어떻소?"

"그것도 좋고요."

"내용은 여자 킬러를 사랑하는 여 편집인으로 할까 하는데, 괜찮겠소?"

"개봉 박두, 기대 만발이에요."

"허허, 나이 들수록 사랑이 위대해 보이는구려."

"선생님?"

"……."

"지금 사랑하고 있는 분이 계세요?"

"……그렇게 보이오?"

"네, 행복해 보이세요."

"행복한 건 맞소. 어제 노벨문학상 후보에 이름이 빈번하게 오르내리는 미국 작가의 근작 소설을 읽었는데 정말 형편없었소. 영어를 한 보람을 느끼오."

"올해의 경우 경쟁자가 하나 떨어져 나갔군요."

"꼭 그렇진 않소. 30년 전 작품으로 상을 주는 미친 친구들이니까."

소설가는 시계를 들여다보았다.

"어디 약속이라도?"

"조각가 친구가 이 근처에 작업실을 갖고 있다오. 3만 평이 좀 못 된다나? 나온 김에 들를까 싶소."

"언제 한번 식사를 모시게 해주세요. 선생님 댁 근처에 추억에 남을 만한 그런 곳 없을까요?"

'추억'이란 말만 들어도 가슴이 뻐근해지며 진실한 사랑이 하고 싶어지는 건 나이 탓인가. 남자는 은은한 촛불이 타들어가는 레스토랑 식탁 너머 자신을 바라보는 꿈결 같은 시선을 떠올리고 있었다. 남자가 뭘 꿈꾸나 마나 송보휘는 준비한 봉투를 재빨리 그의 상의 주머니에 찔러 넣었다. 허허, 남자가 웃었다. 거마비는 효과가 있다. 저명인사일수록 그런 걸 오래 기억해주었다. 훗날, 식사 중에 보휘는 슬깃한 제안을 할 생각이었다. 차명으로 모 기업에 약간의 지분 참여하고 약 세 배의 이익을 챙기라고 권유할 참이었다. 그는 향후 증인으로 참고인으로, 또 필진으로 다양한 활약이 기대되는 인물이었다.

하소야는 U자 등을 보이고 있었다. 지유는, 사람들로부터 떨어져 정원 구석의 연못가로 걸어가는 그녀의 뒷모습을 곁눈질했다. 밤이 깊어가며 정원에는 한지로 감싼 꼬마 등이 새로이 켜져 있었다. 수십 개의 등은 화려한 장미꽃잎 모양을 연출하며 어둠을 다양한 꽃빛으로 물들였다. 그 속으로 걸어 들어가고 있는 소야는 꽃잎 속의 꽃잎처럼 우아하게 피어나고 있었다. 싱싱한 관능이 숨소리를 내며 공기를 타고 전해왔다. 지유는 숨을 죽였다.

소야의 흑갈색 머리카락은 머리 좌측에서 갈라져 내려오다 웨이브가 지며 오른쪽 눈을 살짝 가렸다. 그리고 풍성하게 내려와 턱을 일부 감추고 목덜미를 덮었다. 목에는 가는 금줄에 방패 모양의 금장식품이 매달려 있고 장식 가운데 초록색 보석이 한 점 박혀 액센트를 주고 있다. 눈은 검게 빛나고 입술은 패션 사진의 모델처럼 반 열려 있다. 목이 깊이 V 라인으로 파인 검은 드레스는 가슴을 압박하고 허리를 파고들다가 둔부를 조이고 다리를 타고 흘러내려 발목을 둥글게 덮고 있다. 열

개의 손톱은 보랏빛으로 반짝인다. 담배 연기가 고요히 하늘로 오른다. 소야는 유혹자의 모습으로 나무에 비스듬히 기대어 있다.

지유는 정원을 가로질러 소야 앞으로 다가갔다.

"지루한 사람들을 피해 나와 있는 겁니까?"

"한 사람을 피해 나왔어요."

"누구 말입니까?"

"여기저기 바삐 돌아다니는 푸른 양복이 당신 아니었던가요?"

"네. 그 망아지로 말할 것 같으면 바로 저올시다."

소야가 소리 내어 웃었다. 지유는 그녀의 목젖이 움직이며 웃음을 토해내는 모습을 보고 있었다. 웃음을 그친 소야는 머리를 한 손으로 빗어 넘기며 들고 있던 와인을 조금 마셨다. 붉은 와인에 젖은 입술이 축축하게 빛났다.

"당신은 삶의 목표가 뭡니까?"

지유는 그녀가 주 회장에게 던진 질문을 기억하고 있었다.

"없어요."

"없다고요? 그럼 돈을 벌면 뭘 하고 싶소?"

그녀는 놀란 듯 입을 벌렸다. 어둠 속에서 흰 치아가 반짝였다.

"일반적인 욕구들."

"어떤 게 있을까요?"

"집, 보석, 가구, 미술품, 전자제품, 보잉기 일등석, 특급호텔 마사지, 특산 요리, 요트, 음⋯ 뉴욕 필하모닉, 됐나요?"

소야는 장 볼거리가 적힌 쪽지를 들여다보듯 쉬지 않고 말했다.

"당신, 가난한 여인이군요."

"알아주시네요."

"게다가 다 할리우드 영화에 나오는 것들이에요."

"댁은 안 나오죠."

"유감입니다."

소야는 소리 없이 웃더니 그녀의 그림자가 잠긴 곡선형의 생태 연못을 잠자코 내려다보았다. 멈춘 듯 흐르는 물결 위에 황금 불빛이 떠다니고 있었다. 물속엔 눈동자를 자극하는 금붕어 몇 마리가 빠르게 헤엄치고 있었다. 개구리 한 마리가 어디서 폴짝 뛰어올라 연못가의 작은 돌 위에 내려앉았다. 여름이면 이곳에 수련이 피리라. 소야의 이마에 정갈한 그늘이 드리워졌다.

지유는 연못가에 서 있는 봄밤의 여자를 보고 있었다. 여자의 어깨 너머 그믐달이 있었다.

"여기 좀 있어주세요."

소야는 고개를 들고 지유를 향해 미소 지었다. 그녀는 연못을 끼고 똑바로 걸어가, 정원의 경계를 빙 둘러싼 나지막한 백색 울타리가 끝나는 지점을 돌아 어두운 숲 속으로 사라져갔다. 흙을 파 들어가는 오줌 소리가 들리고 방울져 잦아드는 소리, 귓바퀴에 가득한 이 환청. 그리고 뒤이은 정적은 팬티 올리는 소리? 발목에 감기는 풀들을 헤치고 검은 나무 사이로 그녀가 걸어 나왔다.

"피곤하시면 나갈까요?"

지유가 말했다. 파티가 시작된 지 두 시간이 지나고 있었다.

"들어갔다 나가죠."

도록에서만 봐온 근대화가의 유화들이 사방 벽을 장식하고 있어 그런지, 축음기와 나팔 스피커, 손잡이 전화기와 깃털 펜이 있는 1930년

대 문화사랑방 분위기를 흠씬 풍기는 고풍적이고 아늑한 홀에는 추위를 느낀 30여 명의 손님이 북적이고, 거기서 보이는 가든에도 나머지 20여 명이 넉넉하게 차려놓은 식탁을 찾아 흩어져 있었다. 사람들은 주최 측이 마련한 공적 한마당에서 한시도 빠질 수 없다는 듯 삼삼오오 얼굴을 맞대고 쉼 없이 술과 음식을 입으로 가져가며, 그 입으로 또 대화를 나누고 있었다.

오늘의 가장 나이 많은 초대 인사는 83세의 홀쭉한 전직 판사 및 전직 로펌 대표로, 거실과 정원을 오가는 내내 젊은 여 변호사의 세심한 시중을 받고 있었다. 민경규 판사는 지금 거실의 가장 무겁고 크고 푹신한 의자에 앉아, 작은 은 스푼으로 한입 한입 아이스크림을 떠먹으며 그 녹아내리는 맛을 천천히 음미하고 때로는 덩어리째 혀 천장까지 굴렸다. 늘어진 눈꺼풀 아래 세상을 향해 가늘게 열린 판사의 작은 눈은 홀에서 일어나는 사소한 움직임들을 좇아가느라 쉴 새 없이 번뜩이고, 두 개의 축축한 구멍을 감춘 뾰족한 코는 아이스크림 외에 어떤 숨은 냄새를 맡느라 킁킁대고 있었다. 크고 작고, 중요하고 하찮고, 돈이 되고 안 되고, 수많은 판결을 내리고 변호해온 그이지만 오늘밤 캠프의 공기는 뭐라 해야 할까, 뭐라고 꼭 집어낼 수 없는 불온한 기운이 가득했다. 거기엔 오래된 돈 냄새, 짐승 가죽이 타는 냄새, 배설물 냄새가 스며 있었다. 판사는 그것들이 그 자신의 냄새와 일치한다는 걸 옆에서 쿠키 접시를 받쳐 들고 있는 여 변호사에게서 들을 수는 없었다. 자신의 큰 두개골과 상대적으로 빈약한 몸매를 변호하려는 듯 수시로 방어적인 눈빛을 하고 있는 검사 출신 여 변호사가 판사는 오늘따라 영 마뜩찮았다. 그녀는 사건 수임에 나서고 대신 그녀의 후배 김 양이 여기 왔어야 했다. 허나 김 양이 왔다 한들 이 냄새의 근원적인 친밀함을 대신할 수는 없었다.

냄새의 진원지를 찾아 나선 판사의 음산한 눈길은 마침내 한 여자의 검은 드레스 속 위험한 몸매에서 딱 멈추었다. 판사는 깊은 호흡을 하느라 횡격막을 끌어올렸다. 그러는 판사의 여윈 두 다리는 눈에 띄게 떨고 있었다. 그 떨림은, 이제는 그 기능이 하루하루 떨어져가는 신경다발을 독성 같은 달콤함으로 채워갔다. 판사는 몽정을 하듯 이 세계로부터 멀어져가고 있었다.

홀에 들어선 소야는, 한 손으로 난간을 잡고 몸을 약간 숙인 채 2층 계단을 천천히 올라가고 있는 주 회장을 우연히 볼 수 있었다. 그것이 이날 그녀가 본 주 회장의 마지막 모습이었다.

지유는 소야를 보휘에게 데려갔다. 두 사람이 마주하자 소야의 검은 드레스와 붉은 구두, 그리고 보휘의 붉은 드레스와 검은 구두가 선명한 대비를 이루었다. 마치 이 파티를 위해 특별히 연출된 듯한, 소름끼치는 대비였다.

"하소야 씨는 기자야. 국제적인 인사들을 자주 대하고 있어."

보휘는 그녀보다 몇 년은 젊어 보이는 소야를 흥미롭다는 듯 바라보며 미소 지었다. '이 미소로 널 보잘 것 없게 만들어주지.' 하는 뜻이 담긴 미소를.

"날 도와줄 수 있겠네요."

"그런 권위 있는 잡지에 실을 만한 주제가 못 됩니다."

"신고 나면 주제가 될 거예요."

소야의 한껏 겸손한 대답에 카운터펀치가 건너왔다. 소야의 얼굴이 붉어지기를 기대했던 보휘는 그녀가 다음과 같이 말하며 웃고 있는 것만 볼 수 있었다.

"영광입니다."

정당 주변부 인물들이 모여들면서 대화는 끊겼다. 보휘가 소야를 끌고 가 미술평론가 고와 시인 도에게 소개하자 지유는 따로 떨어져 구석의 의자에 머물렀다. 1조 원대의 뮤추얼 펀드를 운용하고 있는 최가 아는 체 다가와 말을 걸었지만, 잔인한 데다 비열하며 과다한 사례금을 요구하는 걸로 이름을 떨치고 있는 이 작자가 공정한 거래를 제안해올 리 없음을 알고 있는 지유는 건성으로 답하고 소야의 모습을 지켜보았다. 그녀는 수시로 천진한 웃음을 흘리며 시인의 얘기를 듣고 있었다. 시인의 얘기 따위에 솔깃해지는 여자라면 헤퍼 보이는 걸 넘어 모자라기까지 하다는 게 평소 지유의 생각이었지만, 오늘도 그 생각을 적용하기는 쉽지 않았다.

시인과 여자는 특별한 조화를 보이며 동떨어진 하나의 삽화처럼 거기 서 있었다. 그녀의 옆얼굴, 드레스의 흐르는 곡선, 불빛을 받아 양분되는 육체의 음영, 굽이치는 머리칼, 그리고 내밀한 대칭처럼 마주 선 시인의 모습, 어떤 통증이, 심장을 후벼 파는 찌릿한 통증이 가슴을 훑고 지나갔다. 지유는 매순간 채워지며 소멸되는, 쉼 없이 떠나가는 아름다움을 보고 있었다. 모든 것이 영원으로 이어지는 아득한 느낌에 사로잡힌 채 그녀를 감싸고 있는 원통형의 빛다발 속으로 분쇄되며 빨려 들어가고 있었다.

지유는 믿기지 않는 표정으로, 천천히 다가오고 있는 소야를 꿈결인 듯 쳐다보았다. 알코올의 습포가 살짝 드리워진 그녀의 얼굴에서 알코올을 걷어내는 또 다른 열기가 느껴졌다.

"정책기조가 바뀌리라고 보는 건 자기 기만이죠. 의원들은 결코 그럴 생각이 없어요. 그들은 고정자산을 유지하고 현금에서 이자를 먹고 사업체 투자분에서 이익과 환율차와 배당금을 챙길 겁니다. 그들의 부는 좌우 차이는 있지만 GDP 성장세보다 높은 율을 기록할 거예요. 그들은 불황이 반갑습니다. 특권을 누릴 수 있고 정치로 이를 돌파하겠다는 거짓 희망을 선사할 수 있으니까요. 그들은 달러, 부동산, 주식의 가치를 알고 있어요. 그들은 국민의 일반적 특성이 배제된 전혀 다른 별종입니다."

보휘는 그녀의 초청 명단에 없는, 혁신계 정당 산하의 노동정책 의장이 정치부 기자 출신 언론심의위원에게 하는 쓴소리가 귀에 들어오지 않았다. 그 구태의연한 내용 때문이 아니라 지유의 넋이 나간 모습이 아까부터 자꾸 신경에 거슬렸기 때문이었다. 소야라는 무서운 계집이 어떤 의도를 갖고 꼬리를 치고 있는 게 남자 눈에는 보이지 않는 모양이었다.

소야가 자동차 뒷좌석에 탔을 땐 예감이 맞았다는 느낌이 왔다. 그녀는 운전기사가 딸린 집에서 성장해 등하교를 그 차로 했을 것이다. 기사가 일거수일투족 감시하면서 반항적인 기질이 형성되었겠지. 그녀의 아버지는 중견 기업의 오너? 어머니는 한때 은막의 여배우? 지금은 몰락한 집안의 장녀로서 생활을 책임지고 있는지도 모른다. 그녀의 타고난 당당함은 남다른 성장배경을 필요로 하고 있다. 지유의 상상력은 여기까지였다.

차창을 열고 담배를 피우는 그녀를 위해 지유는 속도를 줄였다.

"어디다 버려요?"

지유는 물이 담긴 작은 생수통을 내밀었다. 그녀는 물을 한 모금 마시고 바닥에 담배꽁초를 떨어뜨렸다. 그의 입술이 닿았던 생수병 꼭지에 그녀의 입술이 닿았다 떨어졌다. 그와 동시에 지유의 입술에 스파크가 일어났다 사라졌다. 그 느낌은 물통 속으로 떨어진 듯하였다.

"바래다줄 건가요?"

"그래야죠."

너무 보면 눈이 먼다. 함께 있으면 몸이 굳는다. 널 생각하는 시간이 좋다. 결핍을 느끼며, 피부결을 상상하며, 몸을 젖히며 크게 웃던 너의 모습을 떠올리며, 무섭게 원하며, 존재에 대한 열망, 이데아에 대한 추구, 너의 근거, 너의 본질이 드러나는 너의 형식, 양태, 너라는 장르.

은빛 BMW가 자신의 의지처럼 스르르 미끄러져 선다. 지유가 먼저 내려 뒷문을 연다.

크림 빛 천을 씌운 둔중한 문은 여자를 떠나보내기 위해 자신을 뒤로 활짝 젖힌다. 소야가 드레스 자락을 움켜쥐고 천천히 내린다. 붉은 하이힐이 차례대로 바닥에 내려서며 상체가 곧게 일어선다. 그녀는 그를 향해 가볍게 웃어준다. 그것은 아무것도 바라지 않는, 여름날의 잠자리 날개처럼 투명한, 그냥 증발해버리는 웃음이다. 마치 이렇게 웃었다는 걸 잊어달라는 그런 웃음.

"반가웠어요."

여자가 입을 연다.

"연락주십시오."

명함을 받아든 소야가 돌아선다. 뒤돌아보지 않는 건 그녀의 관습이다. 자, 나의 뒷모습을, 오늘밤 다양하게 연출된 몸의 윤곽을 기억하는 드레스의 질감을, 멀어져가는 너의 여신을 지켜보라.

그녀의 모습이 주상복합 빌딩 내부의 뚱뚱한 기둥을 돌아 꼬리를 감추자 차가 출발했다. 빗방울 몇 개가 앞 유리에 떨어졌다. 그것은 무슨 예시처럼 눈앞에 나타나 지금의 너를 설명해보라고 말하는 것 같다. 지유는 브러시를 작동시켰다. 우측 창을 통해 회색 강줄기가 길게 뻗어가고 있었다. 외로운 갈증이 다시 솟구쳐 올랐다.

"주 회장이 그년을 지목했어."

휴대폰 속에서 보휘가 속삭이고 있었다. 뚜쟁이, 지유는 말없이 이어폰을 뺐다.

주상복합 빌딩 한쪽에 입주자용 엘리베이터가 기다리고 있었지만 소야는 그쪽은 쳐다보지도 않고 텅 빈 복도를 빠르게 통과해 반대편 계단으로 빠져나갔다. 그녀는 몇 개의 주상복합 빌딩과 대단지 아파트를 지나쳐 원통형 타워 다섯 개가 하늘 높이 치솟아 있는 곳으로 걸어갔다. 타워는 거대한 도시의 밤을, 강렬한 불빛을 분사하며 사수하고 있었다.

눈앞에, 광활하다고밖에 표현할 길이 없는 사설 파크가 펼쳐졌다. 그녀는 굳게 닫힌 정문 옆의 초소로 갔다. 30대 초반으로 보이는 보안요원이 초소 안에서 그녀를 바라보았다. 보안요원은 짧은 머리에 검은 양복을 입고 있었다. 제복을 입지 않음으로써 그는 공신력보다 더 위압적인 무엇인가를 대변하고 있는 것 같았다. 그의 눈이 소야를 빠르게 훑었다. 소야가 방문할 곳의 호수를 얘기하자 그는 모니터 화면을 보며 키보드를 쳤다. 그는 1509호의 인적 사항을 다시 확인하였다. 그리고 여자에게 신분증을 요구해 받아들고 폰을 집어 들었다.

"정문입니다. 하소야 씨라는 여성분이 찾아왔습니다……. 네, 알겠습니다."

보안요원은 전화를 끊고 두 개의 문 중 왼쪽 길로 통하는 문을 열어주었다. 오른쪽 길에서 주민인 듯한 남녀가 걸어 나오고 있었다. 오렌지빛 트레이닝복 차림의 20대 후반 여자는 고급스러운 점퍼를 입은 40대 남자의 팔짱을 살짝 끼고 있었다. 무성한 수목을 거느리고 밤의 허파처럼 숨 쉬고 있는 거대한 파크, 그리고 깨끗하게 조성된 초록 잔디밭은 천국의 융단처럼 부드럽게 펼쳐져 있었다.

조깅 트랙을 따라 뛰고 있는 젊은 여인의 허벅지가 숏팬츠 아래서 불빛을 받아 가죽 광택을 내고 있었다. 야외 수영장은 거대한 짐승처럼 캄캄하게 엎드려 있었다. 파크의 불빛들이 텅 빈 수영장 바닥에 어른거렸다. 지난여름 철수한 물의 요정들은 다가오는 6월의 어느 무더운 날 이곳으로 다시 돌아올 것이었다. 지금은 코트를 가르며 경쾌하게 울리는 테니스공 소리도 골대의 백보드 판을 때리는 농구공 소리도 실종된 3월말의 밤이었다.

소야는 검은 드레스를 끌며 타워의 두 번째 건물을 향해 걸어갔다. 건물 입구에서 또다시 젊은 여자 관리인이 방문 호수와 이름을 물어왔다. 그녀는 폰을 들어 방문객이 올라간다고 보고하였다. 그리고 소야를 향해 "기다리고 계십니다."며 비서처럼 말했다. 소야는 작지만 흠 하나 없이 단단해 보이는 엘리베이터를 탔다. 금빛으로 도금된 엘리베이터는 소음 한번 내지 않고 무엇에 끌려올라가듯 곧장 15층까지 올라갔다. 소야는 엘리베이터에 부착된 거울을 보며 머리를 한번 쓸어 올렸다. 거울 속에 비친 그녀의 왼쪽 어깨에는 숄더백이 들려 있었다. 그 백 안에는 은빛 권총이 들어 있다는 걸 그녀는 잊지 않고 있었다. 손잡이에 전갈 무늬가 들어간 예쁜 나이프도 한 자루 들어 있다는 것도.

죽거나 죽이거나

그러니까, 죽어야겠다고 결심한 게 오전 11시 경이었다. 5개월도 넘게 끌어온, 밑도 끝도 없는 무기력증에 진력이 나 있다 보니 그런 결심에 그다지 놀라지도 않게 되었다. 뒤치락거리며 세 시간여를 누워 있었는데도 마음이 바뀌지 않자 그제야 무서워졌다.

자리에서 일어난 시주는 얇은 감색 점퍼에 푸른 반팔 셔츠를 받쳐 입고 다락의 낡은 상자에서 끈 달린 구두를 꺼내 신었다. 구두는, 아내였던 여자가 2년 전 미국으로 떠나면서 부쳐온 그의 옛 소지품들 틈에서 건져 올린 것이었다. 구두엔 붉은 글씨로 '구두'라고 쓰인 스티커가 붙어 있었는데 죽은 아이의 짓이었다. 시주는 그걸 물끄러미 내려다보다 떼어서 주머니에 넣었다. 한때 집안 곳곳, 우산, 책, 양말, 시계에도 낱말 스티커가 붙어 있었다. 출근 전에 샤워를 하다 어깨에 붙어 있는 스티커를 떼기도 했다. 거기엔 '엉덩이'라고 적혀 있었다. 약간 계집애 같은 면이 있었던 녀석은 4년 전에 자동차 사고로 죽었다. 시주의 5미터 앞에서 질주하는 승용차에 부딪쳐 공중에 떴다가 내팽개쳐졌다. 그는 그 과정을 두 눈으로 보았다. 9월 27일 오후 3시 43분이었다.

라면 냄비를 가스레인지에 올려놓은 희정은 현관 앞에 엉거주춤 서 있는 오빠를 쳐다보았다. 오빠는 웃고 있었다. 그는 때로 저렇게 애매하게 웃는다. 8월 마지막 주 월요일, 그러고 보니 공과금 마감이 모레로 다가왔다. 가스가 끊기고 유선전화의 송신 기능이 정지되려면 연체 기일이 각각 90일을 넘어가야 한다. 그러니 아직 웃고 있는 것이리라.
　시주가 현관문을 밀고 나가자, 그 소리에 옆집 처녀가 고개를 들었다. 그녀는 허리를 숙이고 난간 너머 젖은 머리를 털고 있었다. 민소매와 비치용 반바지 밖으로 다크 초콜릿 빛 팔과 다리가 시원하게 드러나 있었다. 어느 휴양지의 햇볕에 신세를 졌으리라.
　"안녕하세요?"
　언제나 밝은 목소리.
　"네. 날씨가 좋네요."
　햇볕이 쨍쨍한 이런 날에 머리를 말리면 머리에서 반짝반짝 윤이 나지 않을까. 밤이면 남자가 들락거리고 아침 일곱 시면 어김없이 직장에 나가던 27세 여자는 보름 전부터는 집에만 틀어박혀 있었다. 새 남자와 새 직장, 어느 쪽이 먼저 생길까. 베팅을 한다면 직장 쪽에 걸고 싶었다.
　여자는 작은 방 한 칸과 작은 욕실 하나를 월세로 얻어 살고 있었다. '쟤는 무슨 생각을 하고 사는지 모르겠다.'고 언젠가 희정이 말했다. 무슨 생각은 몰라도 뭘 하는지는 알 수 있었다. 주말이면 섹스 하는 소리가 희미하게 들려왔다. 놈들 따윈 내다버리고 옆집 남자를 좋아하지 그 래? 밤마다 그녀를 거칠게 범하고 새벽에 돌아오는 상상을 자주 했다. 출근하는 그녀를 배웅하기 위해 시간 맞춰 현관문 앞에 나가보는 상상 도 즐거웠다. 이제 여길 내려가면 그 즐거운 상상도 끝이었다. 시주는 연립주택 2층의 좁고 가파른 시멘트 계단을 하나하나 내려갔다.

총 9평짜리 셋집과 셋집 내 2평짜리 그의 방과 난간에서 머리를 말 리는 처녀가 등 뒤에서 멀어지고 있었다. 미로 같은 골목을 빠져나가 자 문방구점 앞에 의자를 놓고 앉아 담배를 피우고 있던 박 씨가 그를 불러 세웠다.

"김 형, 어디 가시오?"

"아, 어디 좀."

"어디 좀에 가시오?"

그러곤 껄껄 웃었다. 박은 40대 중반으로 폭력 세계에서 은퇴한 자 의 껄렁한 모습을 완전히 버리지는 못하고 있었다. 시주의 문방구점 볼 일이라야 어쩌다 주민등록증을 복사하고 서류 봉투나 사는 게 다였지 만, 박은 일주일에 이틀은 가게에 출몰했다. 왈왈거리거나 행패를 부리 지 않는 것만 해도 다행인데 때론 그런 걸 경멸하는 듯한 인상까지 풍 겼다. 그렇다고 남의 싸움을 말리는 걸 본 적은 없지만. 이 시간에, 지 나가는 사람을 세워놓고 껄껄 웃는 게 즐겁다는 표정이다. 대답할 말을 찾지 못하는 시주에게,

"농담이오. 내일 밤에 가겠소, 허 사장이 한잔하자네." 하고 통보하 듯 말했다. 허 사장은 재건축업자로, 박 씨가 희정의 얼굴을 원 없이 보 기 위해서 몇 시간이고 붙잡아놓는 동네 동생이기도 했다. 저가형 치킨 집 '꿈날개'의 주인장인 희정은 박 씨를 정확하게 손님으로 대우했다. 2

만원 내외의.

"그러세요. 파라솔 하나를 빼놓으라고 하죠."

가게 밖의 파라솔에 앉아 있으면 닭을 튀기는 희정의 얼굴이 정면으로 보인다. 종일 붉게 타오르는 얼굴. 어느 때 보면 염라대왕이 환생한 듯.

"김 형은 안 나오쇼?"

"어디 좀 갑니다."

시주는 목례를 하고 그 자리를 떴다. 차마 '죽으러 갑니다.'라고 말하지는 못했다. 사람이 진실만을 말하고 살 수는 없다. '박 형, 잘 사시오.' 그의 어깨에 한 손을 얹고 묵시론 같은 말을 남길 수도 있었을 것이다. 어느 나라의 누군가는 그러겠지.

시주는 버스 정류장 근처의 '김밥마을'로 들어갔다. 4인용 테이블이 네 개 있는 작은 가게로 그나마 두 테이블에는 음식 재료를 쌓아놓았다. 언뜻 장사할 생각이 없어 보인다. 배달 전문 음식점은 대개 이 모양이다. 축축한 바닥의 음식 물기가 신발 밑창을 적시며 차오르는 느낌. 테이블 밑으로 들어가 있는 의자를 끌어당겨 앉은 시주는 그 느낌을 떨쳐버리려는 듯 두 발을 살짝 떼었다 내렸다 몇 번 반복했다. 입구 쪽의 아주머니는 손님이 들어서나마나 고개를 숙인 채 계속 김밥을 말고 있다. 그녀의 벌건 목덜미는 대충 만 김밥처럼 부풀어 있고 허리는 라인 따위는 없이 곧장 펑퍼짐한 엉덩이로 이어져 있다. 몸을 쥐어짜면 비계가 일어서고 털이 곤두서리라.

시주는 메뉴판을 건성으로 훑어보고 유부 우동을 시켰다. 사형수가 물웅덩이를 피해가듯 허기를 피하기로 한 건, 죽기 전에 배고프고 싶지 않아서였다. 후회하면서 국물을 마시는 이 강박증. 문제는 국물을 남김없이 마시는 거다. 국물의 염분이 혈압을 상승시킨다잖은가. '설렁탕을 그릇째 들고 마시는 버릇을 버렸습니다. 그리고 라면을 면 위주로 먹는 등의 노력을 했더니 혈압이 170에서 130으로 떨어졌어요.'라고 TV에서 증언한 남자를 시주는 알고 있다. 우동은 라면보다는 염분이 적다. 배에 물이 차는 게 숙제다.

　식당을 나선 시주는 버스 정류장으로 걸어갔다. 정류장 옆에는 먼지를 뒤집어쓴 자판기가 몇 년째, 오늘도 얌전히 입 벌리고 서 있다. 장사가 된다는 얘기다. 되는 놈 더 밀어준다고, 동전을 넣고 고급 커피를 뽑았다. 설렘처럼 김이 올라오는 그놈을 후후 불어가며 조금씩 마셨다. 우동에 커피 한 잔을 추가했을 뿐인데도 아랫배가 부풀어 오르고 신물이 올라온다. 변의가 느껴질 정도는 아니다. 시주는 음식을, 특히 국물을 자제하지 못하는 버릇을 후회하면서 커피를 바닥의 바닥까지 마셨다. 잠시 후 시외버스가 왔다. 땅딸막한 60대 여인이 팔을 휘저으며 시주를 밀치고 버스에 올라탔고 그도 뒤질 새라 얼른 승강대에 한 발을 올려놓았다. 시주를 밀친 여인은 비어 있는 1인용 좌석 하나를 향해 탐욕스럽게 돌진해서 그것을 차지하고는 앙칼진 표정으로 정면을 바라보았다. '이 무척 바쁜 여자는 나보다 먼저 천국에 가고 싶은 게로군.' 하고 시주는 생각했다.

　기사는 정류장마다 버스를 보도에 바짝 붙여 세우고, 오르내리는 승객을 일일이 지켜보았다. 머리가 하얗게 센 할머니가 요금 수납통 앞에서 돈을 꺼내느라 꾸물거려도 핸들에 손을 얹은 채 그저 무연히 바라볼 뿐이었다. 지갑을 카드 인식기에 댔다가 두 번이나 실패한 작달만한 50대 남자는 지갑에서 교통카드를 뽑아 손바닥에 움켜쥐더니 탕!

하고 한번 인식기를 때렸다. 카드가 바닥에 떨어지자 남자는 그것을 주워 이번에는 길게 접착을 시켰다. 기사는 남자가 그런 짓거리를 하는데도 말이 없었다. 기사는 계속 말이 없고 승객들은 유령처럼 버스를 오르내렸다. 그 인내심이 강한 버스는 한 시간 후 종점인 시외버스 터미널에 도착했다.

대합실 바닥에서 좀먹는 냄새가 올라왔다. 냄새는 바닥에서 피어올라 천장을 돌아 벽을 타고 내려온다. 순서가 그렇지 않은가? 잡화점에는 '사건과 실화' 류의 울긋불긋한 잡지들과 시사 주간지들과 베스트셀러들이 매대 전면에 나열되어 있었다. 네 개의 주간 타블로이드 중 두 개가 이 주일의 간판스타로 정치인을 내세웠다. 몇 년 전 오전 11시 무렵 동네 속옷가게 코너에서 느닷없이 나타나 그에게 악수를 청한 바 있는 야당 정치인은 한 군데서는 V자를 그려 보이고 또 한 군데서는 두 눈을 활활 불태우고 있었다. 이글이글 타는 두 눈 밑에는 취중 폭행 사건의 주인공인 아이돌 가수가 민소매 차림으로 나와 있었다. V자 밑에는 '왕년의 코미디언, 강남 빌딩 주인이 되다!'는 기사가 여자 얼굴과 함께 '폭탄' 처리되어 있었다. 폭탄처럼 웃긴다는 뜻인가? 왜 폭탄이 터져야 하는지는 신문을 사 봐야만 풀릴 것이다.

시주는 운행시간표를 쳐다보았다. 그때 경박한 신호음이 울리면서 눈앞의 청년이 이마에 힘줄을 돋우고 소리를 지르기 시작했다.

"야, 이런 싸가지, 너 지금 나 놀리냐? 꾸정물에 손 담그든 가랑이를 벌리든 내 알 바 아니고 내일 오후 피엠 세시까지 맞춰놔라, 이. 우리 그때 웃으면서 헤어져야 안 쓰겠냐?"

청년은 전화를 끊은 뒤에 "개쌍년." 나지막이 내뱉었다. 청년이 시주를 쳐다봤다. 시주는 시선을 돌렸다. "불 있소?" 하고 청년이 물었다. 시주가 라이터를 건네자 불을 붙이고 돌려줬다. 청년이 대합실을 나갔다. 버스 한 대가 들어오면서 꽁무니에 뿌연 먼지를 피워 올렸다. 마른 흙더미들이 버스 사이 군데군데 드러났다. 버스는 이제 도합 세 대가 정차해 있었다.

시주는 버스 차창에 붙은 행선지와 시간표를 읽었다. 버스의 종착지는 집을 나설 때부터 머리에 떠올리고 있던 바로 그곳이었다. 그는 대합실로 들어가 표를 끊고 소변을 본 후, 작은 생수를 샀다. 생수는 시중가보다 비싸느라 해양 심층수 상표를 달고 있었다. 눈썹을 짙게 그린 20대 후반 여자가 껌을 씹으며 화장실에서 나오자 싸구려 향수 냄새가 코끝을 스쳤다. 여자는 타이트 한 치마 속 엉덩이를 좌우로 흔들며 그의 앞을 지나쳐갔다. 저 엉덩이를 제압할 수 있는 건 이제 변기보단 버스와 식당의 의자일 거라고 그는 생각했다.

굵은 주름이 이마에 파인 삼베옷 노인이 대합실 의자에 다리를 벌리고 앉아 누런 이를 드러내고 웃었다. 노인은 개그 프로를 보고 있었다. 머리를 빡빡 깎은 아이 하나가 전속력으로 뛰어 들어왔다가 팔을 휘휘 내두르며 다른 문으로 빠져나갔다. 시주는 대합실 시계를 올려다보았다. 물을 한 모금 마시고 천천히 버스를 향해 걸어갔다. 구름이 해를 가리면서 빛이 엷어졌다. 그는 버스 승차대에 올라섰다. 운전사는 오른쪽 다리를 떨며, 그가 올라오는 모습을 보고 있었다. 서남쪽으로 가는 버스였다.

차창 밖으로 논과 들, 끊어질 듯 이어지는 산맥이 지나갔다. 소규모 촌락들과 낡은 아파트 동들이 간간이 나타났다가는 뒤로 처졌다. 여름이 가고 있었지만 자연은 아직 푸름이 배어 있었다. 보다 투명하고 옅어진 푸름. 계절의 경계선에 가 닿은, 머뭇거리는 푸름. 경운기들이 제자리걸음 하듯 탈탈거리며 가다가 언제나처럼 뒤늦게 길을 비켜주었다.

시주의 옆 자리는 처음부터 비어 있었다. 30여 명 승객 절반은 노인이거나 노인 문턱에 들어선 자들이었다. 운전사 뒷좌석의 30대 여자는 고생한 흔적이 얼굴에 새겨져 있었다. 그녀는 조선족으로 보였다. 아까 대합실 구석에서 사발면을 먹던 여자였다. 이 버스에서 그나마 볼 만한 여자였다.

한 시간 반 후, 시주는 차에서 내렸다. 그새 하늘은 잿빛으로 어두워져 있었다. 멀리 산등성이 위로 수제비 같은 회색 구름이 몰려 있었다. 하늘엔 단 하나의 외눈박이 별이 차갑게 빛났다. 벌판 저 멀리엔 콘크리트 굴뚝을 하늘로 치켜세운 거대한 공장이 음울하게 서 있었다. 근 3주째 이어지는 파업으로, 지역 최대 일터인 동서강관의 생산 공장은 정문을 굳게 닫아걸고 있었다.

머리 위로 도로를 가로지르는 전선줄들이 어지러이 뻗어갔다. 위이잉, 전선줄들이 바람에 울어대는 가운데 그중 한군데에서 날렵한 새 모양의 비닐이 맹렬하게 펄럭였다. 바다는 여기서 28킬로미터 떨어져 있었다. 시주는 그곳으로 가는 버스를 탔다.

"하늘에 계신 우리 아버지, 아버지의 이름이 거룩히 빛나시고……."

기도가 끝났다. 좌우로 어린 복사를 앞세워 신부가 퇴장하자 사람들의 뒷머리가 일어섰다. 시주는 본관의 넓은 계단을 내려가 뜰로 나왔다. 어둑한 뜰은 예배를 마친 남녀 신도들로 곧 메워졌다. 신도들은 중간 키에 약해 보이는 턱, 어깨를 움츠린 낯선 사내에게 눈길을 주었다. 모두

가 하나님의 자식이지만 이방인 중엔 도둑과 사기꾼으로 불리는 사탄들이 있었다. 여신도들에 둘러싸여 있던 신부가 고개를 돌려 화단 앞에 홀로 서 있는 그를 바라보았다. 시주가 최선을 다해 웃자 신부의 얼굴에도 웃음이 떠올랐다. 신부는 그 순간 약간 허공에 들려 있는 것처럼 보였다. 시주는 담배를 마저 피우고 서둘러 떠났다. 성경을 든 신도들이 그의 앞뒤로 느리게 걸어가고 있었다.

"형제님, 시련 또한 선택받은 자의 몫입니다. 하나님은 시련을 통해 당신을 드러내시고 그대를 탈바꿈시키고 새로이 태어나게 하십니다. 시련은 큰 은혜입니다."

5년 전, 동네 성당의 주임 신부는 시주가 무슨 일을 해왔는지 수중에 돈이 몇 푼 남아 있는지 꿰뚫고 있었다. 새 신도들 중엔 초월적 힘에 의존해 현실의 질곡에서 벗어나고자 하는 자들이 더러 있었다. 그들은 나름대로 절실했고 하나님의 충고를 원했다. 궁극적으로 그들은 지상의 천국을 갈구했다. 신부가 보기에 시주도 그런 자들 중 하나였다.

시주는 6개월에 걸쳐 교리 수업을 받고 2년 가까이 성당에 다녔으나 어느 무덥던 일요일 오전, 고시원 침대에 누워 그냥 텔레비전을 보기로 했다. 주임 신부와 신도들은, 붙임성이 없고 작은 목소리로 띄엄띄엄 성가를 불렀던 그를 기억해내고 특별히 염려했지만 당사자인 하나님은 침묵했다. 재현을 땅에 묻고 성당의 제단 아래 섰을 때도 하나님은 말을 걸어오지 않았다. 이제 어디로 가느냐? 어느 날, 그는 자신에게 물었고 자신은 대답하지 못했다. 그로부터 3년 후, 바다로 가는 좁은 길을 성당이 가로 막은 걸 뒤늦게 하나님의 뜻이라고 우길 수는 없었다.

시주는 해변의 작은 식당에서 칼국수를 먹었다. 부지런히 발라낸 바지락 껍질이 접시 수북이 찼다. 젓가락을 내려놓고도 그는 명동교자 김치를 그리워하고 있었다. 밤늦게까지 그는 해변에 머물렀다. 여기는 유원지고 바다는 자신의 일부를 전망으로 내어주고 있었다. 바다는 멀리 군함 한 척을 띄워 원경을 살려놓았다.

시주는 한발 한발 걸었다. 철 지난 바닷가, 그러나 모든 것이 한꺼번에 빠져나가지는 않은, 지난여름의 열기와 미련과 잔해가 여태 남아서 희미하게 맴도는 밤이었다. 어둠 속에서 사람들의 얼굴은 타오르는 혼불처럼 흔들렸고 파도는 흰 거품을 물며 발밑에서 조용히 스러져갔다. 그의 얼굴도 여기선 익명으로 해변을 부유했다. 모래알들이 발바닥 밑에서 한 발자국씩 달라붙고 있었다. 그믐달은 얼굴에 끼쳐오듯 요요한 숨을 내뱉었다. 지상의 온갖 생명과 사물의 호흡이 뒤섞이며 교감을 이루고 있는 듯했다. 이 교감 속에 현실 밖으로 확장되는 낯선 정서가 있었다. 그것이 그에게 잠시나마 두려움을 앗아가고 뜻밖의 위로를 주었다. 잠시였다.

다음날도 시주는 해변을 걸었다. 그는 여전히 살아 있고, 살아 있기에 죽음을 의식했다. 죽은 후 재현을 볼 수 있을까? 그런 생각은 어처구니없고 실효성도 없었다. 녀석을 바닷가로 데려간 건 5년 전 가을이었다. 여기서 남쪽으로 80킬로미터 떨어진, 개장 십 년이 채 안 된 한적한 해수욕장이었다. 3인 가족은 작지만 깨끗한 호텔에 묵었다. 유니폼이 빌려 입은 듯 헐렁한, 프런트를 보던 총각은 재현을 보면 악어 흉내를 내느라 상체를 좌우로 심하게 비틀었다. 재현이 무섭다며 엄마 뒤로 숨는 걸 보며, 매번 악어가 되긴 힘들 텐데 하며 감탄했었다. 요즘 들어서야 그놈이 유명한 아동 성추행범이 아닐까 생각하고 있다. 웃는 모습이 이상하게 지워지지 않았다.

그곳, 검은 진흙이 섞인 그해의 모래사장은 좁고 길었다. 해질녘 이리저리 겹친 세 그림자 위로 물결이 밀려왔다 밀려갔다. 세 살 아이는 부서진 물거품을 따라 걸어갔다 돌아오기도 했다. 그럴 때면 아내가 아이를 들어 올려 한 바퀴 돌았다. 녀석은 그때 바다를 처음으로 의식했을 것이다. 텔레비전과 동화 속 신화의 비늘을 띤 바다, 모험과 해적과 신대륙의 바다. 아이는 그 광활한 세계의, 쉼 없이 탄생했다 소멸하는 물거품의 언약을 보았을 것이다.

시주는 죽음의 암시에서 좀체 벗어날 수 없었다. 그는 어제와 오늘, 죽음을 미루고 있었다. 가져온 돈을 계산해보자 이틀 치 모텔비와 술 몇 잔 값이 남았다. 보험 해약금은 죽음으로 가는 여비가 되고 있었다. 어젯밤 바(bar)에서 스카치를 한 잔 시킨 후, 깜짝 놀라 내일의 식비를 호주머니에서 만지작거렸을 땐 진정 죽고 싶은 것인지 의심스러웠다. 자기 연민을 퍼 올려 위안을 받고자 했다면 이 정도로 충분하지 않나 싶기도 했다.

시주는 자살한 자들을 생각했다. 안방에서 화장실에서 모텔에서 목에 빨랫줄과 압박붕대를 감은 자들, 차를 몰고 달려와 엔진을 끄고 강을 주시한 다음 재시동을 거는 창백한 얼굴의 일가족, 절벽 위 세찬 바람에 머리를 나부끼며 무용처럼 우아하게 상반신을 기울여 공중에 뜨는 여자, 밀폐된 차에서 연탄을 피워놓고 지상의 마지막 음악을 듣는 남자, 한 컵의 물과 알약 뭉치를 입안에 털어 넣은 후 손을 굳게 잡고 바닥에 누운 젊은 연인들.

짧은 망설임과 단호한 행동만이 시체라는 결과물을 내어놓는다. 그들이 입을 연다. '넌 우리 류가 아니야. 절망을 가장하고 있을 뿐이지. 죽기엔 넌 너무 약해.' 그래, 그러나 살 만큼 강하지도 못하지. 그리고 아무엇도 남긴 게 없다. 하나 남은 보험을 해약하고 몇 푼 해약금을 들고 죽으러 온 남자가 여기 있다. 그러니 그의 혈육인 희정은 법정상속인의 지위 따윈 그만 잊어도 좋다. 희정이, 이제 여중 1학년인 조카 성연까지 보험금과 관련해 평생토록 오빠를, 외삼촌을 기념하고 추억한다면, 그건 견딜 수 없는 일이 되고 마리라. 그대들은 그런 감동을 원하는가? 코드를 뽑아버린, 영원한 암전인 죽음에서조차?

그는 검은 해변을 따라 걷고 있었다. 바다 끝 수평선은 무한한 공간을 감춘 채 일직선으로 뻗어가고 있었다. 바닷바람이 뺨을 거칠게 만지며 달아났다.

몸 여기저기 모래알이 서걱거렸다. 모래알은 두 겨드랑이와 사타구니, 발가락 사이, 혓바닥 밑에 끼어 있었다. 그것들은 꼼지락거리며 새끼를 치며 증식하고 있었다. 난생처음 자라(딱딱한 껍질 속 연약한 피부를 가진)가 된 꿈을 꾼 시주는 흰 망사 커튼 가득 부딪는 아침 햇살에 가늘게 눈을 떴다. 아침이면 눈을 뜨고, 눈을 떴으면 곧장 하루가 시작되는 건 여기라고 다를 바 없었다. 그는 침대에서, 웅크린 몸을 한 바퀴 굴려서 엉거주춤 일어섰다. 팬티를 내리고 샤워기 아래 서자 성기가 발기했다가 금방 죽어버렸다. 시든 성기에서 노란 오줌이 새어나와 발등을 타고 병약하게 흘러내렸다.

진정 내가 이걸 먹고 싶어 했었나? 그랬던 것 같다. 시주는 숟가락을 쥐고 천천히 우거지 백반을 먹었다. 우거지란 건 꽤나 엉켜 있어 이빨로 잘 끊어주고 공들여 씹어야 하느니라. 그는 그런 말을 자기한테 들려주며 밥을 마저 먹었다. 식당 밖으로 나온 그는 냉장고를 뻥 뚫어놓은 모양새의 테이크아웃 커피숍에서 커피를 받아들고 해변으로 나갔다. 바다는 아침 햇살을 받으며 밝게 빛났다. 시간이 어둠을 거둬가며 빛 속에 새로이 드러난 바다는 가없는 푸름을 펼쳐놓았다. 군함과 어선 몇 척이 천천히 움직이고 새들은 그 위에서 곡예하듯 날아올랐다. 파도는 바람을 등에 업고 자잘한 거품을 내며 발치를 간질였다.

그는 주머니에 두 손을 찌르고 계속 걸었다. 맞은편에서 한 여자가 다가오고 있었다. 여자는, 미처 예상하지 못한 '늙음'이었다. 지금 이 순간, 늙음은 죽음보다 생소했다. 여자는 죽음보다도 더 낯선 미래에서 왔다. 분홍 니트와 바람에 휘날리는 은빛 머리, 여윈 다리에 휘감기는 갈색 스커트를 그는 보았다. 주름진 여자의 얼굴은 얇고 투명했다.

여자는 말하고 있었다. '삶은 우연히 주어지며 예측은 불가능하다. 너는 삶을 통제할 수 없다. 미화할 수도 자살로 치장할 수도 없다.' 그는 대답했다. '늙은이들은 늙었다는 사실 외에는 아무것도 증명해낼 수 없다. 나는 그대를 이유 없이 폭행할 수 있지만 이 일로 사후에 칭송받은들 뭘 하겠는가?' 시주는 답례로 남자의 얼굴, 꽉 다문 입술에 두 눈이 퀭한, 석고처럼 굳은 남자의 얼굴을 드러내었다. 그는 이 순간, 모든 것이, 지나간 시간들, 잃어버린 것과 가진 것, 들끓는 추억과 무서울 만큼 고요한 현존, 그 모든 것이 굳은 얼굴 피부 밑으로 몰려들며 실핏줄을 따라 아우성치는 느낌에 소스라쳤다. 마녀의 지팡이처럼 그를 찔러왔던 여자의 어두운 시선은 이제 그의 뒤에서 저 멀리 까마득한 곳을 향하고 있었다.

흰색 SM5는 중부고속도로를 타고 시속 130킬로미터로 남하하고 있었다. 운전석엔 가는 테의 동그란 초록 선글라스를 쓴 소야가 앉아 있었다. 정면을 향한 그녀의 얼굴은 종이처럼 무표정했다. 라디오의 음악을 죽이자 차 안은 차체가 내는 떨림 외에는 정적에 휩싸였다. 한참을 이어진 커브 내리막길을 지난 후, 그녀는 속도를 더 높였다. 이 구간에서는 그녀의 차가 유독 속도를 내고 있었다. 차는 특별한 목적이 있는, 그래서 긴장한 동물처럼 아스팔트 위로 도약하듯이 내달렸다.

SM5는 인터체인지를 빠져나와 T 시내로 들어섰다. 속도를 떨어뜨린 차는 시내의 주둔군인 지역 택시들 속으로 섞여 들어갔다. 젊은 남녀를 실은 스포츠카가 요란한 음악 속에 쏜살같이 중심지를 통과해 가며 먼지를 피워 올리자 그녀는 왼손을 뻗어 차창을 올렸다. 스포츠카도 차 안의 젊은 남녀도 그녀의 눈에는 먼지의 일부처럼, 왔다가는 멀어져갔다.

차는 해안으로 가는 외곽도로로 진입해, 길가의 가로수들을 초속으로 떨어뜨리며 강물 위 짧은 다리를 지나 20여 분 더 달려 나갔다. 내비게이션은 목적지에 3킬로미터까지 육박했음을 일러주었다. 거리엔 땅거미가 드리웠다. 서울 송파구를 떠나온 지 두 시간 사십 분만이었다.

남자는 방파제 끝에 서 있었다. 바다는 잔물결이 일고 있었고, 방파제의 바위에 부딪히는 파도소리만이 단조롭게 반복되었다. 끝없이 펼쳐진 밤하늘에는 별들이 적막하게 흩뿌려져 있었다. 남자는 등을 돌려 해변으로 걸어 나왔다.

남자는 곧장 형광 간판이 명멸하는 바 '길손'으로 들어갔다. 한 여자가 바 옆 편의점의 푸른 파라솔에 앉아 캔맥주를 땄다. 여자는 아이팟으로 음악을 들으며 천천히 카스를 들이켰다. 불빛 아래서 보니 여자는 20대 중반에서 후반 사이로 보였다. 여자는 이따금 고개를 들어 바의 입구를 바라보았다. 문이 열릴 때마다, 틀어 올려 핀으로 단단히 고정시킨 검은 머리가 기민하게 돌아갔다.

한 시간이 넘어가자 한 남자가 나왔다. 중간 키에 마른 체형의 남자는 물거품이 신발을 적시는 해안선 가까이 내려가 북쪽으로 걸어갔다. 자리에서 일어난 여자는 남자를 대각선 방향에 두고 음식점과 모텔이 줄지어 늘어선 포장도로를 따라 걸어갔다. 남자가 방향을 틀어 모래사장을 가로질러 도로로 올라오면서 둘의 거리가 좁혀졌다. 전방 30미터 앞에서 남자가 여자의 시선을 가로질러 모텔 쪽으로 갔다. 남자는 종소리를 남기며 모텔 안으로 사라졌다. 여자는 모텔을 지나쳤다.

여자는 해변 공용 주차장에서 차를 빼 '웨스트 비치' 호텔로 갔다. 청색 줄무늬 제복에 높다란 모자를 쓴 호텔 직원이 차에서 내리는 여자에게 느긋하게 경례를 붙였다. 직원에게 차 키를 넘겨준 여자는 어깨에 천 숄더백을 메고 호텔로 들어갔다. 체크인을 한 여자는 엘리베이터를 타고 13층 1307호실로 갔다. 룸의 황금빛 커튼 사이로 어두운 덩어리 형태의 바다가 들어와 있었다.

여자는 상의를 벗고 가방에서 A4 크기의 날렵한 노트북을 꺼내 탁자 위에 올려놓고 전원을 켰다. 낙엽이 공원을 뒤덮은 바탕화면이 살아났다. 객실에 컴퓨터가 놓여 있었지만 필요한 건 다만 컴퓨터 의자였다. 호텔 컴퓨터는 사용해선 안 되는 물건이었다. 거긴 흔적이 남았다. 정액처럼 흘러내리는, 굳어가는, 때로 부서지고 튀는 그런 흔적들. 아무것도 남겨서는 안 되었다.

여자는 상의 주머니에서 블루 마운틴 봉지를 꺼내 정수기의 온수에 탄 다음 컴퓨터 옆에 내려놓았다. 그녀는 자메이카 산 블루 마운틴을 2년 8개월째 장기복용 중이었다. 커피숍에선 아메리카노, 집이나 호텔에선 블루 마운틴을 고집하고 있었다. 블루 마운틴의 향이 입안과 코 점막을 적셔오면 어떤 각성이 찾아왔고 가벼운 도취가 머릿속에서 일어났다. 혼자라는 점이 좋아진다고나 할까.

　여자는 가방에서 총신이 짧은 은빛 권총을 꺼내 시트 밑에 넣고 미지근한 물로 샤워를 했다. 반쯤 열린 욕실 문틈으로 드러난 여자의 구릿빛 몸은 오랜 운동으로 다져진 듯 어깨 근육이 발달했고 다리도 탄탄했다. 샤워를 마친 여자는 가운을 입고 침대에 누워 소형 카세트를 틀었다. 카세트는 멸종되지 않았을까 싶은 구식 기종이었다. 스페인 기초회화가 흘러나오자 조그맣게 소리 내어 따라했다. '투우장은 어디에 있습니까?' 외국 여자가 묻자 '호텔 버스가 데려다줄 겁니다.' 스페인 남자가 대답했다. '오늘은 투우사의 웃음을 볼 수 있을까요?' 여자는 문장을 만들어 입천장에 굴려보았다. 여자는 희미하게 웃고는 휴대폰에 알람 설정을 하고 불을 끈 후 똑바로 누웠다. 창 밖에 무엇이 와 있는 듯한 타지의 밤이었다. 여자는 곧 잠이 들었다.

　06시에 일어난 여자는 창의 커튼을 활짝 젖히고 밖을 내다보았다. 바다는 차분했으나 어제의 군함은 서북서 방향으로 15도 틀어져 있었다. 한 무리의 새들이 날개를 펴고 물결 위로 솟구쳐 올랐다. 태곳적부터 이곳에 터전을 잡아온 새들은 익숙한 몸짓으로 유연하게 궤적을 그리며 비행했다. 해변에는 산책객 몇이 나와 있었다. 그중 두 사람, 중년 남자와 외국인 여자는 서로 반대편에서 뛰어와 엇갈리며 헤어졌다. 꼬리까지 검은 반점으로 뒤덮인 사냥개가 저 앞에서 머리를 돌리고 초연하게 남자를 기다리고 있었다.

　06시는 누가 봐도 이른 시간이었다. 20여 분간 변기를 사용한 여자는 소위 과민성 대장염 증세가 시작된 걸 인정해야 했다. 일이 있을 때면 어느새 와 있는 이 불편한 증세에 대해 의사에게 상담을 받거나 누구에게 털어놓지도 못했다. 일이 끝나면 대개 좋아졌지만 증세가 좀 더 지속되기도 했다. 때로는 변비로 이어졌다가 어느 순간 정상적인 상태로 되돌아왔다. 끌어안고 살아갈 만하다면 굳이 털어놓을 필요가 있을까? 설사와 변비를 오가는 여자를 세상에 알려서 무슨 영화를 누리겠는가.

장을 비우고 샤워까지 끝낸 여자는 텔레비전을 켜고 젖은 머리를 수건으로 말리며 '내 고향 인심'을 보았다. 그 프로가 끝나자 그녀는 채널을 돌려 '남도 맛집 기행'을 보았다. 보면서 20여 분간 스트레칭을 하였다. 스트레칭은 과민성 대장염에도 도움이 되지만 뭉친 근육을 풀어주고 당일 활동에 필요한 민첩성과 유연함을 키우는 데 특히 유용했다. 알다시피 근육은 갑자기 명령받는 것을 좋아하지 않는다.

08시 넘어 여자는 호텔 1층으로 내려갔다. 커피숍에서 토마토 주스, 햄과 베이컨이 든 샌드위치, 계란 반숙을 먹었다. 해외 어느 호텔이든 아침 식사는 이런 정도였다. 식사 후엔 커피를 마시며 24면에 이르는 도발행 신문을 읽었다. 건설하고 있는 물류 단지와 개최를 앞둔 오페라극장과 포상금 확대안이 들어간 두 자녀 낳기 캠페인의 배후에 도청 깃발이 펄럭이고 있었다. 저탄소 녹색성장 관련 협약서에 서명을 끝낸 도지사는 자신의 집무실에서 세 명의 영국 기업인들과 악수를 나누고 있었다. 그들은 모두 카메라 쪽으로 얼굴을 돌린 채 웃고 있었다.

세 테이블 떨어져 신혼부부로 보이는 한 쌍이 니콘 카메라를 테이블 위에 올려놓고 속삭이듯 대화를 나누고 있었다. 여자가 두세 번 소야를 쳐다보았다. 여자는 그녀를 바에 소속된 가수로 생각하는지도 몰랐다. 하지만 이 호텔은 국내 여가수를 고용하지 않았다. 필리핀 가수가 가창력과 출연료, 두 가지 면에서 국내 가수보다 경쟁력이 있었다.

여자는 룸으로 올라가 오전 내내 책을 읽었다. '30대 여자가 먹어야 할 서른 가지 음식'의 원제는 'Yes, you may love them'으로 지은이는 35세의 미국 주립대 식품영양학과 부교수였다. 부교수는 또한 고른 치아의 여성이기도 했다. 12시가 넘자 책에는 빠져 있는 황태국을 룸으로 시켜 먹고, 두 잔째 커피를 마시며 소설 형식의 영양학 보고서를 계속 읽어내려갔다. 어느 순간 책을 덮고는 케이블에서 틀어주는 스웨덴 영화를 중간부터 보았다. 북구의 도시를 따라 복고풍의 건물과 고즈넉한 황혼의 거리가 이어지며 멋진 코트와 금발이 물결친다. 영화에는 사랑이 존재하고 사랑은 그렇듯 멀리 있다. 또 다른 채널에는 시장점유율을 높여가고 있는 미드가 재방되고 있다. 범죄에 얽힌 야만적 폭력과 두 번의 격렬한 정사가 펼쳐졌다.

15시 20분, 휴대폰에 메시지가 떴다. 메시지의 발신지는 'across sky'로, 그것이 사설 인공위성인지 '기구' 내 중앙통제실의 푸른 눈 남자를 가리키는 것인지 추적은 불가능했다. 여자는 액정에서 시선을 떼고 창가로 갔다. 남자는 어제와 같은 방향으로 걸어가고 있었다. 어젯밤의 그 베이지색 바지, 검은 구두였다. 감색 점퍼는 왼쪽 어깨에 걸쳐져 있었다. 여자는 창가에서 떨어져 재킷을 집어 들었다.

16시 15분 인적이 드문 해안 북쪽 끝, 모래사장 위에 조각처럼 놓인 작은 바위에 앉아 있던 남자가 몸을 일으켰다. 남자는 파도가 일고 있는 바다 쪽으로 곧장 걸어가고 있었다. 거기까지만 봐서는 그가 바다 속으로 들어가리라고 예측하긴 힘들었다. 남자가 실제로 바다 속으로 천천히, 물의 중압을 견디며 걸어 들어가자 상황이 급박해졌다. 도로변 자판기 옆의 파라솔에서 레몬에이드를 마시고 있던 여자는 벌떡 일어나 해변으로 내달리기 시작했다. 때마침 세찬 회오리바람이 불어오면서 공중으로 휩쓸려 올라온 모래먼지가 여자의 두 눈을 찔러 들어갔다. 바람은 또 재킷의 등 부분을 공처럼 부풀려 놓아 질주하는 여자의 형상에 입체감을 입혔다.

재킷과 신발을 벗어던진 여자가 바다 속으로 뛰어들었을 땐 남자의 머리가 막 물속으로 잠기려는 참이었다. 여자는 몸을 날려 자유형으로 쉬지 않고 헤엄쳐 남자를 따라잡았다. 보이지 않던 남자의 머리가 솟구쳐 올랐다. 남자는 여자를 힐끗 보더니 팔을 휘저어 해변 쪽으로 헤엄쳐 갔다. 흰 물거품이 그를 에워싸며 따라갔다. 여자도 뒤이어 헤엄쳐 나왔다. 남자와 여자는 물에 젖어 찰싹 달라붙은 옷 속에서 덜덜 떨고 있었다. 퍼렇게 질린 얼굴로 물을 뚝뚝 떨어뜨리고 있던 남자는 여자를 어이없다는 듯 쳐다보았다.

"뭡니까?"

여자는 소름이 돋아난 팔짱을 끼고 얼굴을 찌푸린 채 남자를 보았다.

"죽으려는 거 아니었어요?"

"죽을 수 있나 보려고 했을 뿐입니다."

이번엔 여자가 어이없다는 듯 웃었다. 검은 빛이 감도는 남자의 푸르죽죽한 입술은 별도의 하등생명체로 보였다. 정확하게는 식초에 절인 해구신으로 보였다.

"그럼 제가 뭘 한 거죠?"

"내가 보기엔 옷을 버렸네요."

그들은 포장도로로 올라가 첫 번째 눈에 띄는 횟집으로 들어갔다. 그들을 본 식당 여주인이 갈아입을 옷을 내왔다. 사랑싸움을 한 꼴이 된 그들은 식당 뒤 살림방에서 교대로 샤워를 하고 옷을 갈아입었다. 얼굴에 검버섯이 핀 펑퍼짐한 몸매의 60대 여주인은, 이런 사태는 언제나 일어나고 있다는 듯 대수롭지 않은 표정으로 젖은 옷을 세탁기에 집어넣고 돌리기 시작했다.

그들은 팬티도 없이, 해풍에 빛이 바랜 낯선 옷감에 휘감긴 채 홀 식탁에 앉아 있었다. 여주인이 '전달!' 하는 몸짓으로 뜨거운 커피를 양손에 들고 왔다. 커피를 몇 모금 마신 남자가 뒤늦게 재채기를 해대기 시작했다. 여자가 보기에 남자는 그 일을 신이 나서 하고 있었다.

"돈 같은 거 미리 꺼내지 않았어요?"

요란했던 재채기가 멈춘 틈을 타 여자가 말했다.

"아니오."

두루마리 휴지를 찢어 입가의 침을 닦아내며 남자가 대답했다. 여자는 남자가 돈이 없을 수도 있다고 생각했다. 여자가 재킷에서 지갑을 꺼내들었다.

"어디 가서 옷을 가져오거나 사오거나 해봐요."

"난 기다렸다 입을 겁니다."

"이봐요, 언제까지 여기 있을 순 없잖아요. 옷이 마르려면 몇 시간 걸린다고요."

"가시오. 어디 묵고 있으면 옷을 갖다주겠소."

"젠장."

"뭐라 그랬소?"

"신경 쓰지 마요. 뭐 좀 먹을래요?"

"생각 없소."

"난 먹어야겠어요."

그녀는 일방적으로 매운탕을 시켰다.

"혹시 내가 불편해요?"

"……."

"나도 피해자라는 생각 안 들어요? 그런 식으로 행동하면 나 같은 피해자가 생기는 법이에요."

"미안합니다."

"이제야 좀 통하시네. 이건 내가 사죠. 보아하니 돈도 없는 것 같고."

"돈을 다 썼소."

"정말 죽으려 했네. 내가 방해꾼 맞네."

"나도 모르겠소. 하지만 죽진 않았을 거요. 마지막에 겁이 났으니까."

"겁이 났다고요? 하긴 그건 너무 큰 변화죠."

"……."

"죽는 거 말이에요."

그들은 말을 끊고, 김을 내뿜으며 뚜껑을 들썩이는 매운탕을 내려다보았다. 여자가 소주를 시켰다. 빈 식당이 새삼 조용했다. 여자가 소주를 따르자 남자는 잔을 받아 한 번에 비웠다. 한 잔 더 따르자 조금 마시고 내려놓았다. 여자가 국자로 매운탕을 떠주었다. 남자가 고개를 박고 먹기 시작했다. 여자는 소주를 비우고 담배를 피웠다.

"허락 안 받아도 되죠?"

"담배요?"

"네."

남자는 고개를 끄덕이고 텔레비전으로 시선을 돌렸다. 남자는 자신이 일하고 있는 치킨 가게에서 선반 위의 텔레비전을 짬짬이 보는 습관이 있었다. 여자도 텔레비전을 보았지만 곧 고개를 돌렸다. 그들은 할 말을 끝낸 사람처럼 무료하게 앉아 있었다. 여자는 일이 글러버렸음을 직감했다. 식당 여자에게 이런 식으로 얼굴이 팔려서야 일을 진행할 수 없었다. 남자를 내버려 두었더라면 절반의 가능성은 있었다. 말 그대로 손에 물 한 방울 묻히지 않고 일이 끝날 뻔했다. '기구'에서야 자살을 가장한 타살에 엄지를 치켜들 것이다. 남자가 자살하리라는 정보는 없는 정보였다. 정보에 없다면 그는 자살할 수가 없다. 그는 여자 손에 죽게 되어 있었다. 눈앞의 여자 손에.

뜨거운 국물이 들어가자 냉동된 몸이 조금씩 풀리기 시작했다. 덩달아 얼어붙었던 의문도 날개를 폈다. 기구의 최고위원회가 왜 이런 남자를 없애라고 했을까? 주 목표물은 금융 시장을 교란한 자금으로 메이저 골프장, 카지노, 고급 음식점을 들락거리고 사치가 심한 정부를 호텔에서 만나고 정치가, 고위관료, 기업체 임원들과 비밀거래를 즐기는 자들이었다. 전국적인 스타는 아니어도 지하세계나 자기 분야에선 꽤 유명한 자들로, 하나같이 숨겨진 재산이 많았다. 그런데 이 남자는 대단한 인물로 보이지 않았으며 나이도 어린 편이었다. 어느 모로도 위험인물이나 혐오스러운 돈벌레와는 거리가 있었다. 이런 의문이야말로 대표적인 오류라는 건 알고 있었다.

기구의 최고위원회가 내린 지령은 참모들을 통해 몇 개 경로로 각국 수백 명의 평대원들에게 하달되고 있었다. 집행자인 평대원이, 주어진 임무에 의문을 갖는 건 허영심의 발로에 다름 아니었다. 집행자에게 요구되는 건 기구에 대한 전적인 신뢰와 존중심이지, 임무의 정당성 여부를 따지는 시비적인 태도가 아니었다. 이는 평대원을 꼭두각시로 여기거나 무시해서가 아니라 집행자가 짊어져야 할 실존적이고 윤리적인 고뇌를 기구가 대신 떠안아 감당하고 있기 때문이었다. 집행자는 집행하는 행위, 그 자체로써 기구의 정신을 공유하고 계승하게 되는 것이다. 그러므로 남자를 구하기 위해 물에 뛰어든 행동과 이런 류의 과다한 의문은 그녀의 자질에 불필요한 흠집을 남길 수 있었다. 오늘 그녀가 저지른 짓거리는 임무 태만이라기보단 저항행위에 가까웠다. 개인의 이성과 판단력을 기구의 지령보다 높은 자리에 두는 건 교만이었다. 그리고 교만한 대원은 어쩔 수 없이 언짢은 존재였다.

아직은 길이 없는 건 아니었다. 돌아가는 길 어디에서 남자를 감쪽같이 해치워버리는 것이다. 그러나 남자가 해변 여기저기에 흔적을 남겼다면 지금 이 자리야말로 결정적으로 불리한 증거였다. 따라서 남자를 처치하는 일은 신중을 기해야 했다. 또 다시 남자의 자살 조짐을 보게 된다면, 시체를 확인하기까지 기다려야 할 것이었다.

"그런 셈이죠."

여긴 혼자 왔느냐는 남자의 질문에 여자가 대답했다. 대답이 이상했던지 남자가 쳐다보았다. 들어나보자는 눈빛이었다.

"남자와 같이 왔는데 그는… 갔어요."

"싸웠나요?"

"아마."남자는 고개를 끄덕이더니 그만이었다. 타인의 사연에 흥미를 못 느끼는 표정이었다. 여자는, 왜 저런 남자를 구하러 바다로 뛰어들었을까, 생각했다.

네 살 때니까 27년 전이었다. 휴가철을 맞아 여자의 가족은 경기도 북부의 유명 계곡으로 물놀이를 갔다. 아빠 친구 부부도 함께였다. 오리튜브를 탄 아이는 물가에서 밀려나 조금씩 하류로 떠내려가고 있었다. 아이를 돌보던 아빠 친구 부인이 물밑 예쁜 돌을 캐느라 정신없던 찰나에 벌어진 일이었다. 떠내려가는 오리를 마침 평상에서 수박씨를 뱉고 있던 아빠가 봤다. 아빠가 달려가 물속으로 뛰어들었을 때 오리는 막 안전선을 넘고 있었다. 거기서부턴 물살의 흐름을 방해할 바위도 적고 수심은 점점 깊어졌다. 아이는 지금 자신에게 무슨 일이 벌어지고 있는지 모른 채 방긋방긋 웃고 있었다. 아빠는 소리를 지를 수도 없었다. 아이가 놀라 몸을 비틀거나 팔을 휘저으면 오리는 기우뚱하고 녀석을 뱉어낸 후 홀로 여행을 떠날 것이었다.

갑자기 발밑이 쑥 꺼지면서 아빠의 머리가 잠겼다. 아빠는 허우적대며 개헤엄을 쳐서 필사적으로 빠져나왔다. 누가 그 모습을 보았다면 기적적으로 소생했다고 생각할 것이었다. 아닌 게 아니라 아빠는 그 순간 죽음의 공포를 맛보았다. 자신은 물속에 영원히 잠기고 아이는 계속 떠내려가는 악몽을 미리 체험했다. 뭍으로 나온 아빠는 오리가 떠내려가면서 뭍 쪽으로 살짝 방향을 틀고 있는 걸 발견했다. 아빠는 뛰어서 오리와 가장 가까운 뭍에서 재차 물속으로 들어갔다. 어깨까지 잠긴 곳에서 겨우 오리를 붙들 수 있었다. 그리고 아무 공포의 빛이 없는 아이의 밝은 목소리를 들었다. "아빠."

그 얘기를 아빠는 아이가 성년이 되었을 때 해주었다. "그날 아빠는 집에 와서 기도하였다. 그 순간 하나님이 우리와 함께하신 것은 분명하다." 아빠는 6년 전 자살했다. 집 욕실 천장의 은색 행거에 압박붕대를 걸고 목을 들이민 다음 발밑의 동그란 의자를 걷어찼다. 그 순간에 여자는 아빠와 10킬로미터 이상 떨어져 있었다. 밤 10시, 옛 직장 동료와 관계 중이었다.

"한잔 더 해도 됩니까?"

여자는 정신을 차리고 소주와 멍게를 추가로 시켰다. 해물탕 육수도 따로 부탁했다.

"공깃밥 드실래요?"

"아닙니다."

"어차피 먹어야 하잖아요."

"배부릅니다. 그쪽은 드세요."

"관두죠."

두 사람의 옷은 세탁기에서 바짝 조여 탈수된 후, 빨랫줄에 내걸려 소리 없이 말라가고 있었다. 두 개의 팬티가 한데 휘감겨 세탁기에서 돌아갔을 걸 생각하며 여자는 이맛살을 찌푸렸다. 이 남자는 아마 며칠이나 팬티를 갈아입지 않았을 것이다. 밖에는 어둠이 오고 있었다. 밤바다는 몸을 뒤치며 청동빛에서 검푸름으로 옷을 갈아입었다. 쏟아지는 파도소리와 함께 20대 여자 둘이 문을 열고 들어섰다. 여자들은 주문을 하자마자 아무 해명 없이 담배를 피웠다. 소야 앞의 담배와 재떨이를 증거물 1호처럼 쳐다본 직후였다.

주인 여자가 다가와 옷이 거의 말랐지만 다려야 한다고 말했다. 여자의 시선은 당신네들 같은 외지 남녀는 평소에도 잘 다린 옷을 입지 않느냐고 묻고 있었다. 소야가 그렇다는 듯 부탁하자 여자가 들어가고 아들로 보이는 언청이 청년이 나와 앉았다. 언청이 청년은 그들을 한참 주시했다. 아마도 남자가 걸치고 있는 옷이 청년의 옷인 것 같았다. 그렇다면 그녀가 입고 있는 옷은 청년의 엄마 옷일 것이었다. 소야는 몸을 약간 비틀었다. 이 자세라면 뒤통수 일부와 왼쪽 옆구리에 언청이의 시선을 묶어둘 수 있었다. 꼰 다리의 종아리가 식탁 아래로 밝게 드러나는 건 어쩔 수 없다 하더라도. 드물지만 목격자의 생명을 거두어야 할 때가 있었다. 언청이건 아니건 그런 건 상관없었다. 어미건 아들이건 그것도 상관없었다. 오늘은 그럴 필요까진 없어 보였다.

한참 후에 두 사람은 교대로 옷을 갈아입었다. 둘은 또 교대로 고맙다고 말했으나 주인 여자의 표정이 신통찮았다. 표정으로 봐서는 세상에서 말은 그다지 중요하지 않는 듯했다.

"서울서 왔나요?"

남자는 고개를 끄덕였다. '서울'이란 건 꽤나 막연한 지명이었다. 강남, 강북, 강동, 강서 중에서 남자는 강동에서 왔다.

"돌아가실 건가요?"

남자가 대답하지 않자,

"난 가야겠어요. 당신이 내 여가를 망쳐버렸거든요." 하고 그녀는 입술을 실룩였다.

남자는 여전히 말이 없었다. 똥고집을 피우고 있는 사람 같았다.

"돌아갈 거면 태워드려요? 돈이 없다면서요."

"좀 빌려주시오. 부쳐드리리다."

여자가 피식 웃었다. 남자의 얼굴이 붉게 달아올랐다.

"댁이 자살하면 누구한테 돌려받죠?"

"그런 일은 없을 거요."

"좋아요. 믿어보죠."

여자가 지갑에서 한 움큼 지폐를 집어 내밀었다. 남자는 세지도 않고 주머니에 넣었다. 여자도 빨랐지만 남자는 더 빨랐다.

"고맙소."

"갈게요."

여자가 일어섰다. 남자는 메모지에 전화번호를 적어 여자에게 건넸다. 여자가 주인 여자에게 술값 외에 지폐를 몇 장 더 건넸다. 여자는 남자에게 눈길도 한번 주지 않고 휑하니 나가버렸다. 남자는 여자의 재킷 자락이 문 사이로 빠져나가는 걸 보았다. 마주 앉은 여자의 얼굴에서 진주 귀걸이 한 쌍이 가볍게 흔들리던 것을 벌써 옛일인 듯 상기하고 있었다.

남은 술을 마저 비운 남자는 재채기를 하고 코를 풀었다. 오늘 바닷물을 마신 일로 비염 증세가 악화될 가능성이 컸다. 그건 자업자득이었다. 바다는 완전히 어두워져 검은 입술로 간간이 흰 거품을 뿜어내고 있었다. 그제야 다른 테이블의 여자들 목소리가 들려오기 시작했다.

식당을 나선 남자는 모텔로 가서 곧장 잠이 들었다.

꿈 없는, 더 정확하게는 꿈이 뭉개진 잠에서 깨어났을 땐 방 안은 깜깜하고 창을 통해 해변의 불빛이 비치고 있었다. 파도소리는 어제와 별 차이가 없었다. 텔레비전을 켜자 카메라의 이동에 따라 화면이 심하게 흔들리는 에러물이 나왔다. 다리를 오므리고 부끄러워하는 숙녀에게 스포츠머리 청년이 용기를 주고 있었다. 그들은 일본어로 말을 주고받았다. 남자는 화면이 진정되기를 기대하며 5분여를 보냈다. 그 사이 성기는 줄곧 발기해 있었다. 화면이 진정될 기미가 없자 남자는 주섬주섬 옷을 입고 밖으로 나갔다.

남자는 바 '길손'을 향해 걸어갔다. 어젯밤 여자가 있던 파라솔엔 모자를 젖혀 쓴 흑인 병사가 검은 윤이 흐르는 코카콜라 병을 입에 대고 앉아 있었다. 가슴 근육이 얼룩무늬 제복을 뚫고 튀어나올 듯했다. 휴양지에선 근육 과시가 곧 위협 행위는 아니지만 병사가 거기 앉아 있는 건 다른 이유에서였다. 뒤에서 살금살금 다가와 병사의 눈을 양손으로 깜짝 가린 동양여자는, "베이비!" 귀청 떨어지는 소리를 듣자 허리를 젖히며 깔깔대고 웃었다. 남자는 출렁이는 긴 생머리와 밤 바위에 깨어지는 파도거품 같은 웃음을 보고 있었다.

길손의 실내는 바깥보다도 어두웠다. 담배 연기가 흐르는 탁한 불빛이 홀 안의 사물들을 희미하게 감싸고 있었다. 사람들은 적외선에 노출된 주요 표적물처럼 보였다. 당구대 주위에는 목과 앞가슴 일부분만 새까맣고 배는 뒤집힌 물고기처럼 하얀 자, 꽁지머리에 콧수염을 기른 자, 쫄바지 앞부분이 뭉친 진흙처럼 튀어나온 자가 각기 큐대를 들고 삼각자 형태로 서 있고, 십여 명 남녀가 세 개의 테이블과 스탠드의 한쪽 구석에서 떠들거나 가만히 있었다. 그들 중 공장 작업복을 입은 세 남자는 맥주를 마시며 카드를 하고 있었다. 카드를 돌리는 남자는 얼굴이 납덩어리처럼 무거웠고 작업복 왼쪽 가슴에 무슨 문양이 들어간 푸른 천을 달고 있었다. 카드족들과 좀 떨어져 젊은 남녀 둘이 엉덩이를 붙이고 앉아 진지하게 음악을 듣고 있었다. 그들 앞에 놓인 기다란 글라스의 핑크 빛 음료에는 노란 빨대가 하나씩 꽂혀 있었다. 그들은 그 어느 곳에서부터 옮겨져 와 여기 있는 것 같았고 존재하지 않아도 상관없는 것들 같았다. 그들은 다소 장식적이었다.

남자는 스탠드에 앉아 위스키를 주문했다. 바텐더가 얼음을 채운 잔을 갖다 놓았다. 바텐더는 사흘 연속 나타난 그를 골치 아픈 물건인 양 내버려두었다. 잔술을 시키는 자들은 거개가 외국에서 살다 온 치들이었다. 한 잔에 5달러나 하므로 그들은 한두 잔으로 자리를 마감했다. 남자는 이런 분위기를 즐기는 멜랑콜리한 놈 같았다. 올 여름은 작년과 달리 재즈에 대해 아는 척 말을 걸어오는 인간이 남녀 불문 없었고, 이 남자도 바텐더와의 대화보단 일종의 자제력이 요구되는 침묵을 선호했다. 피부가 까무잡잡한 30대 여자가 그의 곁에 앉아 흑맥주를 시켰을 때, 남자는 맥주가 대령도 하기 전에 자리에서 일어나 위스키 두 잔 값을 치르고 나가버렸다. 여자는 어깨를 으쓱하더니 홀로 맥주를 들이켰다. 바텐더가 소리 없이 웃었다.

남자가 문을 열고 나가자 두 젊은이가 따라붙었다. 오락기기 근처에서 서성이던 자들이었다. 붉은 셔츠를 바지 앞섶에만 쑤셔 넣은, 잔털이 이마와 뺨을 지저분하게 그러나 골고루 덮은 친구가 말을 걸어왔다.

"사장님, 싸고 좋은 술집 있습니다."

남자는 고개를 가로젓고 걸음을 빨리 했다. 이번엔 똥 빛깔 조끼를 입은 친구가 앞을 가로막다시피 하며 말했다.

"아까 그 새까만 아줌마하곤 질적으로 다릅니다. 명문여대 휴학생입니다. 한번 보시기나 하세요."

남자는 또다시 고개를 가로젓고 계속 걸어갔다.

"마음에 안 드시면 그 자리에서 나오면 됩니다."

똥조끼는 집요했다.

"됐습니다. 난 뻐스 타야 해요."

녀석들은 그 뒤에도, 걸어가는 그를 에워싸고 어지러운 손짓에다 애원 반 협박 반 투로 집요하게 나왔으나 어느 순간 동작이 주춤해졌다. 가까스로 그들을 떼어낸 남자는 지친 탓인지 목 용수철이 늘어난 인형마냥 고개를 내빼고 앞으로 나아갔다. 버스 정류장 쪽으로 걸어가면서 무심코 주머니에 손을 찔러본 남자는 깜짝 놀라 멈춰 섰다. 남자는 급하게 주머니들을 뒤졌다. 남자는 망연자실 서 있다가 뒤돌아서 술집으로 뛰듯이 걸어갔다.

당구대와 오락기 주변이 텅 비어 있었다. 세 작업복은 여전히 카드를 손에 들고 있고 젊은 남녀는 바로 그 노란 빨대를 입에 물고 있었다. 스탠드의 검은 여자가 이게 누구냐는 듯 쳐다봤다. 남자는 곧장 바텐더에게 갔다.

"아까 내 뒤를 따라 나온 젊은이들 어디 있소?"

"네? 누구 말씀 하시는 겁니까?"

바텐더는 경계하는 눈초리로 남자를 쳐다봤다.

"오락기 앞에 있던 빨간 셔츠와 노란 조끼 입은 두 청년 말이오."

"그 작자들은 왜 찾으시나요?"

맥주잔을 내려놓으며 검은 여자가 말했다.

"돈을 소매치기 당했소."

"어머, 얼마나요?"

검은 여자는 금액에 관심이 있었다.

"많지는 않지만 전부요."

"저런, 하지만 청년들이 소매치기라는 근거가 있나요?"

"그들을 잡으면 경찰이 밝힐 겁니다."

"그자들 알아?"

여자가 바텐더에게 물었다.

"몰라, 처음 보는 자들이야. 뜨내기일 걸?"

"술집으로 가자고 호객 행위를 했소. 여기 어디 술집 소속일 거요."

"글쎄요, 취객을 호적한 곳으로 끌고 가 주머니를 터는 놈들이 어쩌다 있죠. 다치는 사람도 있다고 들었습니다. 사장님은 불행 중 다행입니다."

바텐더가 말했다. 재미없는 경기를 중계하고 있는 자의 말투였다.

"좀 앉으세요."

여자가 의자를 권했다.

"우리 아저씨께 위스키 한 잔 올려."

"아니오, 난 이제……."

남자는 선 채로 말했다.

"우선 앉으세요. 술은 제가 사요."

여자가 단호하게 말했다. 남자는 앉았다. 영문을 알 수 없는 위스키가 앞에 놓였다.

"그래, 지갑째로 잃어버렸나요?"

"아니오. 지갑은 갖고 다니지 않습니다. 그냥 현금 몇 푼이에요."

남자는 빌린 돈이라는 소리까진 하지 않았다.

"믿을 수 없는 세상이라니까. 정말 웃기는 세상 아냐? 돈을 그따위로 쉽게 벌어도 되는 거야? 인생을 그렇게 우습게보면 안 되지. 행복은 결코 먼 데 있는 게 아닌데."

그제야 남자는 여자를 자세히 바라보았다. 태어날 때부터 이런 피부였을까? 가계 어딘가 남미 쪽 피가 흐르고 있는지도 모른다. 돌출한 이마와 큰 눈망울 덕에 가만있어도 무엇에 놀란 것처럼 보이는 이 여자가 정상이라는 증명을 누군가는 해야 할 것이었다.

"돈은 그래요, 돌고 돌아요. 돌고 돌고 또 돌고."

남자는 자신의 허벅지에 놓인 여자의 오른손을 들어 원래 자리에 돌려주었다.

그때 입구의 문이 열리고 똥조끼가 나타났다. 남자가 벌떡 일어섰다. 똥조끼 뒤로 그 여자가 나타나자 남자는 입이 벌어졌다. 비칠거리는 똥조끼를 앞세워 여자는 남자에게 다가왔다. 바다 속에서부터 도난 현장까지 여자는 종횡무진이었다.

"그 돈, 자선사업 하라고 빌려준 거 아니에요."

남자는 여자가 내민 지폐를 엉겁결에 받아 안주머니에 넣었다. 똥조끼는 남자와 눈을 맞추지 않았다.

"이 자리에서 빌 거야, 아니면 경찰에 넘길까?"

여자가 말했다.

"씨팔."

똥조끼가 부은 얼굴로 조그맣게 말했다. 여자는 얼굴을 찌푸렸다.

"미안하게 됐수다."

똥조끼는 허공에 대고 사과를 했다. 그때 입구에서 시끄러운 소리가 났다. 20대 후반으로 보이는 청년 셋이 떠들며 들어섰다. 그들은 똥조끼를 보더니 건들거리며 다가왔다. 한발 한발이 착지 동작으로 연결되고 있었다.

"주먹질 하는 호모 새끼가 누구야? 이 여편네가 여장한 놈이야?"

꽃무늬 셔츠에 체격이 단단한 사각턱이 똥조끼와 여자를 번갈아 쳐다보며 빠르게 지껄였다. 회색 바지에 V 라인 티를 입은 마른 족제비와 골프 셔츠에 벙거지 모자를 쓴 두꺼비가 재미있다는 듯 실실 웃음을 흘렸다. 아까의 붉은 셔츠는 보이지 않았다.

"여자한테 맞는 게 창피하면 맞을 짓을 하지 말아야지. 우린 볼일 끝났으니 이 친구 데려가요."

여자가 말했다.

"호모가 아니라고? 좋아, 그런데 무슨 여자가 그렇게 무식하지? 여자는 법도 없나?"

둘러선 사내들이 웃었다.

"그만 가요."

여자가 남자에게 말했다. 그들이 일어서도 사내들은 움직이지 않았다.

"가만, 이거 혹시 동서강관 노조 간부님 사모님 아니시우? 이 바닥에서 겁대가리 상실한 자들이야 동서 귀족 노조님들과 그 일가족 아니면 있겠수?"

사각턱이 말했다. 작업복 남자들이 카드를 든 채로 고개를 돌려 쳐다보고 있었다.

"사모님이고 아니고 저리 가요."

"맞네. 지역경제 다 말아먹고 이거 원, 파업을 하셔도 지역을 생각해야지. 가족 배때지만 생각하면 되나?"

사각턱이 말끝에 카드 테이블까지 시선을 던지자 세 작업복은 슬그머니 얼굴을 돌렸다. 자기들에게는 카드가 있다는 표정들이었다. 큰 패가 들어온 듯, 카드를 쪼는 납덩어리 얼굴의 미간이 좁혀지고 있었다.

"동서강관? 거기 가서 떠드시고 비켜요."

"아이고오, 신랑은 공장 파업하고 아줌마는 흐흐 가정 파업하시고."

"말이 안 통하는 자네."

여자가 돌아서 나가려고 하자 사내들이 앞길을 막았다.

"그냥 가시면 안 되지. 그 뭐야, 그래, 치료비는 놓고 가야지."

말하기 좋아하는 사각턱이 이번에도 말했다.

"비켜줄래?"

사각턱이 뚫고 나가려는 여자의 손목을 잡았다. 여자가 돌아서더니 눈 깜짝할 새에 사각턱의 뺨을 후려쳤다. 여자의 손바닥이 가닿은 얼굴은 지금이라는 듯 벌겋게 달아올랐다. 사각턱은 면도날이 지나간 듯 찢어지게 뺨이 아픈 이유를 알 수 없었다. 혹시 반지에 긁힌 게 아닐까? 그는 아무것도 끼고 있지 않은 여자의 깨끗한 손을 내려다보았다.

"강제추행죄가 어떤 건지 아시나? 여기 목격자들도 꽤 계셔. 그만 비켜줄래?"

사내들은 말을 잃고 서 있었다. 가게 안의 목격자들이 사내들을 계속 목격하고 있었다.

"죽인다!"

갑자기 검은 여자가 벌떡 일어나 감탄사를 내뱉자, 사각턱이 그녀를 잡아먹을 듯 노려봤다. 둘은 사내들이 지켜보는 가운데 천천히 걸어서 가게 밖으로 나왔다.

"어떻게 한 거요?"

남자가 말했다.

"산책 중인데 두 놈이 댁을 성가시게 하더군요. 그런데 그건 내 돈이라 찾지 않을 수 없었어요."

"놈들이 순순히 자백을 하던가요?"

"그럴 리가요? 꼬집고 할퀴고 그랬죠."

남자는 여자를 멍하니 쳐다보았다.

"한 놈 바지에 돈이 들어 있기에 수수께끼를 하나 내줬죠. 20달러 지폐와 5유로와 10만 동 베트남 지폐가 원화 뭉치와 함께 있기는 아주 힘든 일이거든요."

"난 몰랐어요."

"뭐… 돈 세는 취미가 없나 보죠."

"그런데 정의의 기사처럼 위급하면 나타납니까?"

"그렇네요. 당신은 여기 더 있으면 위험해요. 놈들은 사고부터 치는

82

치들이라서요."

"아까 서울 간다고 들은 것 같소만."

"지금 갈 거예요."

15분 후, 둘은 해변도로를 빠져나와 시내 쪽으로 달려갔다. 조수석의 남자는 입 다물고 앉아 있었다. 영원히 입 다물고 있으라면 그는 그럴 것처럼 보였다. 여자가 음악을 걸었다. 이건 교향곡 9번이었다. 슈베르트를 듣는 여자는 어디에나 있었다. 보휘는 8번을 들었다.

  차는 고속도로로 올라서서 한 시간 이상을 달린 후, 휴게소로 들어섰다. 위협하듯 기다란 차체를 바짝 갖다 붙이던 트럭은 제 갈 길을 갔다. 그들은 차에서 내려 불이 환한 휴게소로 걸어갔다. 날벌레들이 불빛 속을 눈발처럼 날아다니고 있었다. 여자가 원두커피 두 잔을 뽑아 한 잔을 그에게 건넸다. 그들은 좀 떨어져서 잠자코 커피를 마셨다. 달이 자기 구역인 양 낫 모양의 날카로운 얼굴을 비췄다.

"갈까요?"

  화장실에서 나온 여자가 우두커니 서 있는 남자에게 말했다. 그는 고개를 끄덕였다. 여자는 오늘의 활동량이 과했던지 걸음이 무거워 보였다. 커피 한 잔에, 빠져나간 에너지가 금세 돌아오지는 않을 터였다. 알코올 농도 때문에 남자는 운전하겠다는 소리를 꺼내지 않았다.

  어둠 속에서 한 시간을 더 달리자 차는 동서울 인터체인지를 빠져나왔다. 하품을 한 남자가 차창을 열어 환기를 시켰다. 강동구가 가까워오자 여자가 말했다.

"어디라고요?"

"사거리 지나 직진해서 동부 오피스텔 앞에 세워주면 됩니다."

남자는 주머니에서 돈을 꺼내 신호 대기 중인 여자에게 건넸다.

"이 돈은 돌려 드리겠습니다. 3만 원 빚졌습니다."

"기름도 빚지지 않았나요?"

"갚겠습니다."

"됐어요. 참, 하나 물어보죠. 거긴 예전에 누구와 왔던 곳 아니에요?"

"……네."

그렇긴 했다. 하지만 염두에 둔 건 아니었다. 여자가 무슨 비밀이라도 캐낸 것처럼 말한 건 잘못이었다. 신호가 바뀌었다. 차는 3분 정도 굴러가다 동부 오피스텔 앞에 섰다.

"내리세요."

"고맙습니다."

남자가 내리자 차는 홀가분하다는 듯 속도를 냈다. 남자는 담배를 한 대 피우고 주머니 속 1만 몇천 원을 확인한 다음 오피스텔 옆 건물로 들어갔다. 25시 찜질방은 3층에서 4층까지였다. 0시 30분, 희정이 가게 문을 닫을 시간이었다.

여자는 송파구의 주상복합 오피스텔 '타임 언리미트' 6층 원룸에 돌아와 이를 닦고 샤워를 하고 컴퓨터를 켰다. 수신함은 비어 있었다.

〈여의치 않음, 당분간 관찰 요.〉

메시지 전송 후, 여자는 바로 불을 끄고 침대에 누웠다. 여자는 가볍게 코를 골았다. 손을 뻗으면 닿는 둥근 탁자 위에 읽다 둔 여행 팸플릿이 놓여 있었다. 그녀는 어디로 떠나려 했던 것일까? 그 사실을 아는 그녀마저 이미 잠이 들었다.

25시 찜질방은 밤에는 천 원을 더 받았다.

샤워기의 희미한 등이 비쩍 마른 노인을 서치라이트가 되어 비추고 있었다. 비누칠을 한 뒤통수엔 돼지털처럼 꼬부라진 허연 머리카락이 엉킨 채 달라붙어 있고, 거무튀튀한 어깨는 녹슨 철사 옷걸이마냥 앙상했다. 뼈가 불거진 등엔 옆구리 쪽으로 커다란 종양이 튀어나온 데다 벌겋게 일어난 쭈글쭈글한 엉덩이는 갈퀴가 지나간 듯 살이 패여 있었다. 노인이 돌아서자 옴폭 들어간 배 아래 축 처진 불알과 쪼그라든 성기가 드러났다. 노인은 그곳을 다시 비누칠해 정성스럽게 닦아냈다.

대각선으로 등을 타고 넘어간 용 두 마리가, 늘어진 가슴께에 똬리를 틀고 있었다. 50대 남자는 욕실 한가운데에서, 부자연스럽게 가는 다리로 용케 상체를 지탱하고 있었다. 그는 양손과 양발을 사시나무 떨듯 털어내고 있었는데 체조의 일종인지 몸의 물기를 제거하려는 건지 분명치 않았다. 또 하나, 용 문신 남자보다 골격은 작지만 근육은 훨씬 단단한, 수건으로 성기를 덮은(그 때문에 그곳이 더욱 두드러져 보이는) 청년이 욕실 마루에 똑바로 누워 있었다. 시주는 그들 틈에서 무서운 속도로 이를 닦고 샤워를 했다.

이 시간에도 불을 켜놓은 헬스장에는 제자리걸음을 하는 남자가 있었다. 러닝머신 위의 중년 남자는 족히 100킬로그램이 넘어 보였고 얼굴은 땀으로 번들거렸다. 남자는 매우 비장한 표정을 하고 있어 무모함과 신성함이 함께 엿보였다. 거구들은 대체로 진지한 사람이 아닌가 싶었다.

시주는, 내일 아침 화장실 갈 때 안방을 지나쳐 가지 않아도 된다는 사실을 떠올리고 있었다. 성연이 등교를 준비하는 시간대엔 오줌이 마려워도 참아왔던 것이다. 여기라면 샤워기의 뜨거운 물을 원 없이 쓸 수 있다. 물소리 따위에 신경 쓰는 여자도 없다. 시주는 잠시 뒤치는가 싶더니 금방 곯아떨어졌다. 새벽녘 탱탱하게 부어오른 오줌보를 해결하려 일어난 그는, 세면대 앞에서 콧잔등의 기름기를 씻어내고, 거뭇한 수염을 문지르며 손바닥에 부딪는 거칠한 감촉을 받아들였다. 아침이면 면도할 수염이 돋아나 그나마 할 일이 있었던 걸 오래전 일처럼 회상했다. 05시 50분을 가리키는 벽시계 밑을 지나, 코고는 소리들이 간단없이 울려 퍼지는 수면실로 돌아온 시주는 한결 가뿐해진 몸을 눕혔다.

그 시간에 소야는 깨어나 컴퓨터를 켰다가 다시 껐다. 메시지는 없었다.

그녀는 소파에 반 누워, 탁자 위로 발을 뻗어 포개고 이틀 치 신문을 펼쳐 들었다. 이 원룸에서 가구 형태를 띤 것들은 2인용 또는 1인용이었다. 2인용 소파에 딸린 1인용 원형 목재 테이블은 커피와 잡지, 재떨이와 담배를 올려놓으면 더는 아무것도 들어찰 자리가 없었다. 그녀로선 발끝으로 커피 잔을 차지 않는 조심성이 필요했다. 그녀가 경험한 바깥 세계는 조심성들이 부족했다.

그저께 경남과 전북에서 살인 사건이 한 건씩 있었다. '만날 하는 일이 뭐냐'는 말에 격분한 60대 퇴직 교사가 50대 아내를 목 졸라 죽이고 바로 자수한 사건, 함께 술 마시다가 자신의 지지 정당을 모욕한 이웃 남자를 밀쳐 뇌진탕으로 죽게 한 40대 무직 남자의 횡설수설 사건이 그것들이었다. 서울에선 9억대의 보험금을 노리고 교통사고로 위장해 남편을 살해한 고전적인 범죄가 7년 만에 발각되었다. 보험금을 10만 원한 장 남기지 않고 탕진한 연하의 공범 남자는 37세의 과부를 주로 밤 11시에서 새벽 2시 사이에 때로는 새벽 네 시까지 두들겨 팼다고 이웃 여자는 전하고 있다. 남녀는 10평 원룸에서 늦은 아침을 처먹고 있다가 전격 체포되었다.

스페인 마드리드에서는 프로축구 구단주의 옛 정부로 알려진 27세의 영화배우가 자신의 호화 아파트에서 망치 형태 둔기의 강타로 두개골이 무너지며 즉사했다. 경찰은 구단주의 여동생에 혐의를 두고 조사를 벌이고 있다. 투포환 선수 출신이면서 주요 도시에 여러 레스토랑을 경영하고 있는 여동생은 3년 전에도 그녀를 죽여버리겠다고 난동을 부린 전력이 있다. 영화배우는 언젠가 그녀를 더러운 하마라고 세 번 연이어 불렀다. 구단 소속의 주전 골키퍼를 둘러싼 승부 조작 사건에 두 여자가 얽혀 있다고 보는 게 경찰의 추정이었다.

어제도 사건은 멈추지 않았다. 강원 원주에 사는 20대 여대생이 실종된 지 일주일이 지나자 경찰은 공개 수배에 들어갔다. 대전에서는 13개월 난 아들을 아파트 거실 벽 대못을 겨냥해 집어던진 30대 주부가 상해 치사 혐의로 입건되었다. 충남에서 벌어진 또 하나의 살인 미수 사건은, 바로 위층 706호의 30대 싱글남이 눈뜨자마자 틀어놓은 텔레비전에서 흘러나오고 있었다. 어젯밤 11시 경, 충남의 한 휴양지 모텔에서 용역업체 소장인 29세 남자가 독극물이 든 맥주를 마시고 중태에 빠졌다. 함께 투숙한 30대 초반의 여자는 종적을 감추었다. 경찰은 검은 피부에 눈망울이 튀어나온 여자를 쫓고 있다. T 시의 모 강관 공장에 근무하는 유부남을 수년 간 스토킹 한 혐의로 지난봄에 조사를 받은 적 있는 배드민턴 강사와 여자의 인상착의가 흡사하다는 데 경찰은 주목하고 있다. 아침부터 살인사건으로 식욕이 돌아온 팬티 차림의 위층 남자는 다우와 나스닥이 각각 1.3퍼센트 1.7퍼센트 상승한 것을 추가로 확인했다.

06시 40분에 소야는 트레이닝복으로 갈아입었다. 창밖은 어두웠다. 속도를 내서 달리는 차들의 소음이 아직은 크게 들리는 시각이었다.

금융정의연대

"계순희도 그 나이엔 그렇게 잘 구를 순 없을 걸."

여 사범이 큰소리로 말했다. 손바닥으로 매트리스를 치고 일어난 소야는 도복 소맷자락에 땀을 훔쳤다. 유도관엔 30여 명의 여자 수련생들이 구르고 넘어지고 지그재그 움직이며 기합소리를 넣고 있었다. 16세 여중생에서 43세 공인중개사까지 연령과 소속은 다양했다. 이곳은 남성 도장이지만 두 시간은 여성 전용으로 활용한다. 먹고 살려다 보니 요가와 에어로빅 반까지 가동하고 있다. 한때 전국적으로 성행했던 유도관이 지금은 태권도에 밀려 현판 보기가 힘들어졌다. 권투 도장은 늘고 있는 추세. 여자들이, 뛰고 줄넘기하고 샌드백 때리는 걸 다이어트로 간주하고부터다. 유도는? 물론 다이어트에 최고다. 온몸을 사용해 칼로리를 소비한다. 유도를 한다면 다들 놀란다. 골프로 사람을 놀라게 할 수는 없다.

사범은 올림픽과 인연이 없었다. 세계 선수권 대회에서 은메달 하나, 동메달 둘을 땄지만 올림픽 출전권을 따지 못했다. 현역에서 은퇴한 지금 소액의 연금을 받고 있는 그녀는 같은 팀 소속이었던 남편과는 작년에 헤어졌다. 남편은 스포츠용품 사업에 실패하고부터 술을 마시면 정해진 수순이라는 듯 세간을 부쉈다. 그런 인생 아마추어 남편이 거추장스러워진 사범은 목 조르기 한판승을 거두고 이혼 본선에 올랐다. 조르기는 일반인이 좀체 보기 힘든 고난도 기술이었다.

오늘의 대련은 검은 띠끼리였다. 상대로 나선 21세 여학생은 운동을 시작한 지 9개월 만에 전국체전 출전 권유를 받을 만큼 급성장했다. 몸이 단단하고 하체 중심이 잘 잡힌, 투지에 불타는 아이였다. 세계적인 무예며 정식 올림픽 종목인 유도지만, 고수들의 경기도 화면상으론 얼핏 닭싸움처럼 보이는데 하수들의 대련이야 말할 것도 없었다. 밀고 당기고 기술을 걸다 제 풀에 넘어지기 일쑤였다. 줄기차게 공격하는 그녀를 5분은 방어했는데 서서히 힘이 소진되고 있었다.

기구의 인도네시아 캠프에서 특수훈련을 받던 5년 전보다 기술과 유연성은 늘었지만 체력은 다소 떨어졌다. 그곳의 유도 교관은 브라질 남자로 발바닥이 야자수 잎사귀만 했다. 놈의 엄청난 엉덩이가 배를 깔아 뭉갠 상태에서 십자조르기가 들어오는 날엔 지옥의 입구가 눈앞에 열렸다. 리더 격인 사격 교관은 아프가니스탄의 산악지대를 누볐던 소련 연방 보병 중위 출신의 50대 미남이었다. 여 훈련병들은 그를 '올드 섹시'라고 불렀다. 움직이는 표적물이 본능을 부른다고 말할 땐 과거의 전공을 떠올리는 듯 눈빛이 바뀌었다. 하지만 그뿐이었다. 이슬람에 대한 공개적인 적의는 금지되어 있었다. 이슬람 전사들은 거기서 수천 킬로미터 떨어진 리비아와 시리아 등에서 위대한 성전에 대비하고 있었다. 기독교 제국주의의 수혜자들이 회개를 할 틈도 없이 지옥으로 떨어지도록 '자살폭탄 테러'라는 것을 세계 곳곳에서 감행할 훈련을 받고 있었다. 그들은 자기 몸에 폭탄 케이스를 두를 재량권을 가진, 성전의 전사였다. 기구의 대원들에겐 자살폭탄 테러가 허용되지 않았다. 그들은 힘들고도 지루하게 화술, 격투기, 정보 해독, 체위 따위를 익혀야 했다.

상대가 업어치기 기술을 걸어오다 도복 깃을 놓치며 고꾸라졌다. 소야는 있는 힘을 다해 그녀의 허리띠를 들어올렸다. 들려올라올 것 같던 그녀의 상체가 다시 바닥으로 내려앉으며 무겁게 버텼다. 심판을 맡은 사범이, 떨어졌다 붙을 것을 지시했다. 흐르는 땀이 도복 깃 사이 가슴의 골로 모여들어 끈적였다. 등도 축축하게 젖었다. 얼굴은 붉게 달아오르고 급상승한 심장박동은 내려올 줄 몰랐다. 거친 숨을 내쉬던 소야는 상대의 동작을 탐색하면서 반격의 기회를 노렸다. 도복 깃을 거칠게 잡아당겨봤지만 상대는 엉덩이를 빼지 않고 어디 해보라는 듯 뻣뻣이 서 있다. 이렇게 직각으로 버틴다면 넘어갈 때도 최대한 큰 원을 그리며 시원하게 넘어가겠다는 뜻이다. 무릎과 허리를 이용해 메어치는 허리튀기는 기술이 제대로 걸리면, 관중은 인체가 허공에서 연출하는 아름다움에 잠시 빠져들 수 있다. 고수들은 이 기술에 쉽사리 걸려들지 않는다. 상대의 공격을 재빨리 무화시켜 잡기술로 변질시켜버린다. 해서 세계선수권대회에서 우리가 그 기술을 좀체 볼 수 없다.

소야는 허리튀기를 들어갔다가 상대의 솥뚜껑 같은 복근만 확인하고 엎어질 듯 허우적대다 겨우 제 위치를 잡았다. 상대가 비웃는 표정을 짓더니 멱살을 잡고, 뒤흔들 듯 도복 깃을 몇 차례 잡아당겼다. 깃에 스쳤는지 손톱에 긁혔는지 목이 쓰려왔다. 얘가 날 갖고 놀려는 건가, 소야는 고개를 들고 상대를 쏘아보았다. 무엇보다 기를 죽여야 했다. 상대는 움찔했지만 물러서지 않았다. 오히려 끝장을 보자는 듯 바짝 다가왔다. 다행히 그녀는 프로가 아니었다. 결국은 성급함에 굴복하고 마는 입문 9개월의 아마추어였다.

상대가 오른발을 쭉 뻗더니 안다리를 걸어왔다. 다리와 다리가 엉켰다. 상대의 긴장한 허벅지와 장딴지의 딴딴한 근육이 다리에 만져졌다. 그 상태에서 상체로 밀어대는 상대를 살짝 비틀었다. 상대의 상체가 기우뚱했다. 그 순간을 놓치지 않고 소야는 온 몸무게를 실어 그녀를 밀어붙였다. 함께 넘어지면서 상대의 몸이 바닥에 먼저 떨어지고 그 위로 자신의 몸이 덮쳤다.

심판의 손이 번쩍 올라갔다. "반판!" 심판이 시계를 보더니 그대로 경기를 종료시켰다. 승리, 그것은 구체적이고 실제적이었다. 발밑엔 언제나 그렇듯 패배자가 있었다. 매트에서 일어난 학생은 패배가 믿기지 않는 듯, 다시 한 번 승부욕에 불타는 눈길로 소야를 노려보았다. 소야는 웃으며 그 눈빛을 달랬다. 악수를 하고 그녀의 등을 두드리고 빙 둘러앉은 수련생들에게 인사를 했다. 그들이 힘껏 박수를 쳤다. 승자와 패자, 그리고 그들의 아침 운동에 대고 치는 박수였다.

소야는 정리운동을 하고 샤워기 아래 섰다. 왼 허벅지 안쪽에 퍼렇게 멍이 들었다. 여자는 지방이 많고 유연해, 넘어져도 부상이 적고 회복도 빠르다는 게 사실인가? 가냘픈 몸으로 남자의 무거운 몸을 감당해내는 신체적 특성을 감안하면 유도는 어쩜 여자의 운동이었다. 유도 교본까지 쓴 강인하고 냉철한 푸틴과 대련할 기회가 온다면? 가끔, 질주하는 상상을 하게 된다.

소야는 도장을 나서 집으로 걸어갔다. 동네 초등학교에서 조기축구를 끝내고 대중탕을 찾아가는 한 무리의 사내들을 만나는 것도 이 시간대다. 그들 중 한 청년이 자주 눈길을 주는 것도 알고 있다. 더벅머리 청년은 눈길이 마주치면 당황해서 고개를 떨어뜨렸다. 오늘은 수줍은 청년 대신, 밤새 헤매고 다닌 듯한 후줄근한 중년 남자가 두 손을 점퍼 주머니에 집어넣고 퀭한 눈으로 그녀를 거의 노려보며 다가오고 있다. 할 수만 있다면 널 옆구리에 끼고 달리고 싶다, 눈은 그렇게 말하고 있었다. 성욕 이상의 어두운 본능 같은 것, 잘 못 본 것일까? 남자는 인력시장에 출근하는 중이다. 머릿속엔 오늘 일거리에 대한 걱정이 오락가락한다. 일하는 것도 두렵고 일하지 못하는 건 더 두렵다. 그래서 두려운 얼굴을 애써 감추고 운동복을 입은 그녀를 증오하며 거리를 횡단하고 있는 것이다. 운동복 차림의 여자만 골라 강간하고 살해하는 놈이 있다는 기사가 난 후, 길거리에 운동복 여자가 자취를 감추었다. 잡히면 녀석은 현장에서 거세될 것이다. 천천히 죽어가게 놔둘 참이다.

오전은 생각하기 좋은 시간대다. 09시면 커피숍의 창이 환하다. 소야는 이 집의 정제되지 않은 듯한 쓴 커피를 좋아했다. 커피를 내리는, 얼굴이 갸름한 여종업원에게 이렇게 살짝 거친 맛은 어떻게 내냐고 물어보고 싶었다. 소야는 머그 잔의 9할까지 가득 채운 아메리카노를 마시며 주에 이틀은 창가에 앉아 이런저런 생각을 하며 상황을 정리해보곤 했다.

돌이켜보면 기구와 최고위원회는 2008년의 세계적인 경제대공황으로 그 존재 의의와 역할론에 심대한 타격을 받았다. 인류 역사상 유례없는 부의 집중화와 가속되는 금융 야수화를 막기 위해 몇몇 사상가, 경제학자, 젊은 기업가, 금융인, 반군 지도자, 시민운동가, 진보 신학자 들이 모여 1998년 창설한 '세계금융정의연대' 알파벳 명 'WORLD FINANCE JUSTICE SOLIDARITY', 일명 'FJ'는 이후 십여 년에 걸쳐 전 지구적인 연계망을 갖추고 자본의 착취와 세계화에 저항해왔다. 그러나 그들이 해온 일련의 행위들, 즉 정의의 심판은 경제 쓰나미를 몰고 온 바닷속 지각변동을 예방하기는커녕, 쓰나미를 예고하는 경보음을 울리는 데도 무력했음이 밝혀졌다. 물론 전 세계가, 세계의 패권자인 미국 정부 역시 무력했고, 세계 13위의 경제대국 대한민국은 매스컴의 요란한 위기 극복 캠페인에도 불구, 정부, 국회, 금융기관, 노조, 각종 시민 단체들의 무능과 이기주의, 그리고 한계를 재삼 확인하는 수준에 그쳤다. 상대적으로 국내의 글로벌 기업들이, 세계 각국의 경기부양책에 따른 유동성 증가와 원화 평가절하 등을 앞세워 선전하고 있었지만 어쩐 셈인지 서민들의 주머니 사정은 나아질 줄 몰랐다.

기구는 이왕의 기존 활동을 심화해가는 한편, 대공황 이후의 피폐한 민생 현장의 목소리를 적극 주워 담아 새로운 영역으로의 진출을 모색해왔다. 한 예로 저개발 국가 내 빈민은행 설립과 운영자금 확보, 의식화된 부자들과 유명인사들의 사회활동 촉구 및 측면 지원 등이 세부 사항에 포함되어 있었다. 아울러 기구는 세계금융시장 재편 후 새롭게 진행되고 있는 금융재벌들의 패권 다툼과 부의 재창출을 추구하는 무서운 집념과 음모를 저지하기 위한 정보수집 활동도 강화하고 있었다. 전 세계에 걸친 수천 개 비폭력 시민단체들과 민간 경제기구들의 고유영역을 침범한다는 우려에도 불구하고, 기구는 테러 그 이상의 질적 변화를 추구하는 단계에 이르러 있었다. 그런 변화의 기류를 타고 있는 기구가 사우스 코리아의 여 대원에게 갑작스레 내린 임무는 실로 혼란스러운 것이었다. 지난봄에 부여받은 임무가 아직 진행 중인 걸 생각하니 소야의 머리는 이중으로 조여왔다.

10시 30분이 되자 하나의 결심이, 핀셋에 집힌 작은 각설탕 한 개처럼 단단하게 떠올랐다.

"세계경제 붕괴 이후 각국 정부, 금융계, 재계에서는 위기 극복을 위한 다각적인 노력을 경주하고 있는데요. 우리의 예를 보면 그 효과가 서민들 개개인에까지 일일이 미치는 것 같지는 않습니다. 소장님께선 이 각박한 삶에서 우리가 취해야 할 태도가 있다면, 경제적이든 문화적이든 어떠해야 한다고 보십니까?"

"말하자면 대응책 같은 겁니까?"

"그렇게 보셔도 좋고 그냥 좁게 태도라고 해도 상관없겠습니다."

"아시다시피 인간의 탐욕이 일으킨 독소는 하루아침에 빠지지 않습니다. 로마에서부터 영국, 미국에 이르기까지 강대 제국 엘리트들의 탐욕은 서로 경쟁이라도 하듯 역사적으로도 우열을 가리기 힘듭니다만, 국민을 생각한다는 따위의 도덕성을 가장한 위장술은 오늘날 한결 정교해졌다고나 할까요. 서민들은 거대제국이 교묘하게 파놓은 함정, 관과 기업 산하의 각종 단체와 이슈 뒤에 숨겨진 위선의 얼굴을 꿰뚫어보고 연대해서 대항할 필요가 있다고 봅니다. 시민운동은 역사적으로 봤을 때 이제 시작이고, 실패 사례도 나오고 있습니다만 빈민은행이나 협동농장 같은 소규모 공동체 조직은, 잘 활용하면 부분적이나마 시장경제의 강력한 대체 수단이 될 수 있습니다. 문제는 그런 건강한 체제비판적인 의식을 일관되게 유지해가며 행동할 수 있냐는 거죠. 아마 지식인, 문화인, 신기업인, 사회운동가들이 자기 분야의 전문성과 협소성에 치우치거나 머무르지 않고, 인류 공동의 목표를 향해 협조하며 나아가는 데 성공의 한 관건이 있을 것입니다. 이 분야에 대해선 '사상의현장' 겨울호에 발표한 제 논문을 참고해주시면 고맙겠습니다."

"말씀 감사드립니다. 끝으로 한 가지만 여쭐게요. 아직 미혼이신데 어떤 여성에 마음이 끌리나요?"

"하소야 씨처럼 똑똑한 재원은 제 욕심일 것 같고 헌신적인 인류애와 약자에 대한 동정심을 갖춘 여성이라면 언제든 환영입니다."

"곧 만나기를 바랍니다."

"감사합니다."

소야는 녹음기를 껐다. 3년이나 사용한 인터뷰용 소형 녹음기로 구닥다리지만 바꿀 생각은 없었다. 평범한 디자인과 단순한 기능. 이 녹음기를 사용할 때면 모든 대담 내용이 이 속에서 단순과 평범으로 다시 재생되는 것 같았다.

"빌, 이번 책 아는 바 없어요?"

"그래, 뭘 의논할 참인가?"

빌이 오전 10시 30분에 연락을 해온 자와 점심을 같이 하는 경우는 드물었다. '칡뿌리 경영연구소' 소장이자 비정규직 권익 탈환 단체인 '깃발 아래'의 자문위원인 그는 주에 사흘은 점심 약속이 잡혀 있었다. 오늘 오전은 신경정신과 치료가 있는 날이었다. 의사와의 상담은 기구의 강제 사항은 아니지만 개인적으론 필요한 조치였다. 병원의 누적된 진료 기록은 후일 형사 재판장의 피고에게 강력한 우군이 되어줄 것이다. 신경정신과 의사는 이 신중해 보이는 환자가 의외로 피살 공포에 사로잡혀 있었으며, 증상의 호전이 미약한 가운데 치료를 중단했다고 증언할 것이다. 살인자 빌에게 정신감정을 받을 기회가 주어지는 것이다.

　미국 LA에서 작은 봉제공장을 운영하는 교포 2세로 태어나, 하버드 비즈니스스쿨에서 학위를 따고, 시티은행 본점 파생상품 운용부에서 수십억 달러를 움직였던 그가, 8년 전 한국의 유명 펀드사에 거액으로 스카웃 되어 왔을 때만 해도 그 말쑥한 모습에서 오늘날의 빌을 상상해 낼 수는 없었다. 사내 도서실에서 그 이름이 친숙해 집어 읽게 된 '에이미 추아', 주가와 숫자로 가득 찬 빌의 머리에 대학 시절 강연회에서 보았던 동양 여자의 생기 찬 얼굴이 생생하게 떠올랐다. 뒤이어 백인 남자에게 차인 후 목매단 검은 여자, 한때 그의 애인이었던 수잔의 장난기 가득했던 두 눈동자가 겹쳐 떠올랐다. 빛나는 미래를 열변하는 그를 뿌리치고 떠난, 영문학사 출신의 뉴욕 주 법률회사 직원이 어떻게 마약이나 하는 날건달에게 버림받을 수 있단 말인가? 그 백인 건달이 그녀에게 무슨 짓을 한 것일까? 놈이 그녀에 대해서 뭘 안단 말인가?

　그녀의 피는 장미처럼 붉었고 호흡에는 자스민 향기가 스며 있었고 허벅지는 달콤한 땀에 차올랐다. 둥글게 솟아오른 복사뼈는, 왜 한참을 바라보면 그리움이 생겨났을까? 특별히, 그녀의 웃음은 기억될 만한 것이었다. 뉴욕 어느 거리에서건 어느 레스토랑에서건 그런 웃음은 쉽게 만날 수 있는 게 아니었다. 그녀의 영혼? 그것은 검지 않았다. 아니 그것은 검으면서 희었고 모든 색의 바탕이 되는 무채색의 빛을 뿜어냈다. 놈은 아무것도 몰랐다. 그녀는 놈이 마구잡이로 더럽힐 수 있는 존재가 아니었다. 그런데 지금 그녀의 영혼은 대기에 산산이 흩어졌고 육체는 지하에서 썩어가고 있다. 그리고 놈은 오늘도 지겹도록 살아가고 있다. 그녀가 걸었던 모든 거리와, 계절을 함께했던 하이드 파크와 서류봉투를 들고 오르내리던 재판장의 넓은 계단과 밤이면 그들을 맞아들였던 뜨거운 침대가 지금은 비어 있었다.

수잔이 땅에 묻히고 빌은 새삼스러운 눈길로 주위를 둘러보았다. 백인들이, 높이 걸린, 감히 벗겨낼 수 없는 백가면 같은 모습으로 빌의 앞, 뒤, 옆에서 노릿한 숨을 내뿜고 있었다. 수잔의 죽음은 그의 내부로 천천히 가라앉아 장기 깊숙이 고리를 꿰고 정착했다.

그녀, 예일대 법대 교수의 야심적인 신작 'World on fire'는 잠자던 수잔을 수면 위로 불러냈다. '희생자 수잔', 빌에겐 사태를 비극적으로 고찰하는 성향이 남아 있었다. 더불어, 책은 그의 사상적 여정의 출발점이 되었다. 그는 휴가를 얻어 책 속의 나라들로 날아갔고 싸구려 모텔을 전전하며 밑바닥 삶들을 관찰하고 부분적으로나마 체험했다. 그가 받는 수십만 달러의 연봉과 100만 달러 규모의 성과급과 그 돈으로 누려온 온갖 혜택과 자유가 어떤 희생을 바탕으로 주어진 것인지 그는 알아야 했다.

이윽고 아프리카 대륙에 내린 그의 가방엔 대륙의 역사를 침통하게 증언하는 몇 권의 영문 서적이 들어 있었다. 검은 대륙은, 아프리카의 순수한 혈통과 서구 거대 자본의 이종교배로 낳은 기형적인 문명들과 음험한 독재자들, 내전으로 갈가리 찢긴 대지와 굶주림과 질병 앞에 노출된 수백만 명의 아이들을 무방비의 그에게 제시했다. 그들로부터 수잔이 왔고, 수잔은, 하루 열여섯 시간의 채찍으로 노예를 부렸던 나라, 그 후손의 발밑에서 간단히 무너져갔다. 아직도 갚아야 할, 빌어먹을 채무라도 있다는 듯.

"수잔은 다만, 그 나이대의 여자들을 무차별 공격해대는 사랑과 증오라는 흔해빠진 감상 때문에 죽은 거야. 오늘의 아메리카에서 피부색을 염두에 두다니, 자넨 수잔을 좀 이용하고 싶은 게로군. 증오심을 키우기 위해서인가? 자신에게 냉정하게 물어보게. 자신의 누런 피부와 백인의 흰 피부 어느 쪽이 더 마음에 안 드는 건가?"

그 말끝에 고개를 절레절레 흔들던 하버드대 동창 조지가 현지 대사관 직원의 신분으로 가나의 호텔로 그를 찾아왔을 때, 빌은 그제야 그 오래전 물음에 대답했다.

"그녀를 이해할 수 없었네. 그 때문에 오랫동안 고통스러웠지. 죽은 그녀에 대한 내 감정은 사랑도 질투도, 더구나 증오도 아니었어. 혐오와 경멸, 그래, 난 지금 거기서 벗어나고 있는 중이네. 이제야말로 증오를 배우는 중이지. 참된 증오를. 수잔이 가고 2년이 지나자 내 앞에 한 청결한 백인 여자가 나타났고 그녀는 예정된 절차인 듯 바로 임신했네. 그런데 아이를 낳지 않더군. 연방 정부 공무원이 미혼의 상태에서 임신하면 어떤 불이익을 받게 되는지 같은 종족인 자네는 아는 바 있나? 임신중절이라는 그녀의 선택이 나에 대한 거부가 아니라 몸담고 있는 조직에 대한 충성이었길 진심으로 바랐네. 자네, 어떤 피부가 더 마음에 안 드느냐고 내게 물었던가? 모르겠네. 귀여운 백인 여자아이를 갖고 싶었던 건 사실이야. 잘 키울 자신이 있었지. 지금도 그러냐고? 조지, 내가 정복한 여자들이 혼자서 아이를 키우는 상상을 가끔 해본다네. 각종 빛깔의 아이들, 검고 더 검고 덜 검고, 누렇고 더 누렇고 덜 누렇고, 희고 더 희고 덜 희고. 어때? 나야말로 호모사피엔스의 진정한 후예라고 할 만하지 않나?"

아프리카를 벗어난 빌의 눈엔 이제 제국의 화려한 문명, 그 탐욕과 포만의 비대한 살집이 전에 없던 역겨운 냄새와 현기증을 불러일으켰다. 대신 전에는 보이지 않던 음지의 삶이 눈부신 문명의 그늘을 따라 줌업되듯 딸려 나왔다. 조지 오웰이 '파리와 런던의 따라지 생활'에서 증언한 도시 빈민의 비참한 삶, 그 황량한 무대가 21세기 들어 아시아와 이 슬람권을 포함해 전 세계로 확대되어 있었다. 그가 본 세계는, 수백조 달러 금융의 뒤안길에서 거대한 화염을 내뿜고 있는 공공 쓰레기장이 었다. 수십억 도시 빈민들이 아황산가스를 내뿜는 쓰레기를 태우며 울고 있었다. 인류는 범죄 집단 내지는 그 동조자가 된 지 이미 오래였다. 빌은 거기서 빠져나오고 싶었다.

빌은, 그와 같은 생각을 하는 동지들이 전 세계에 걸쳐 있다는 걸 알게 되었다. 하나의 기구 아래 동일한 목표를 가진 대원들은 임무 수행전 눈을 감고 되뇌었다. '죽음이 우리를 강하게 하리라.' 빌은 그 문구가 마음에 들었다. 눈보라치는 듯한 비장감이야말로, 해야 할 행동을 추진 시키는 원동력임을 확신하고 있었다. 혁명은 이미, 개인의 내부와 세계의 외부에서 동시에 시작되었다.

빌은 오늘 점심으로 대학병원 근처의 추어탕을 생각하고 있었다. 특별히 뭘 먹고 싶다는 욕구야말로 음식 맛의 절반 아니겠는가? 그런데 소야의 전화 한 통에 점심 메뉴는 초밥 정식으로 바뀌고 말았다. 두 사람이 금년 들어 수차례 들른 바 있는 일원동의 일식집은 초밥 하나만은 대단한 정성을 기울이고 있었다. 소야가 경험한 이 집의 초밥은, 활어 회는 신선도와 부피에서 남달랐고 전복과 장어도 고유의 맛이 살아 있어 곁들이라는 느낌을 주지 않았다. 나무판 위에 꼬리가 살아 있는 듯한, 사선으로 정렬된 초밥들을 대하고 있자면 입안에 고여 오는 침과 함께 가슴 안쪽에서부터 사소한 행복감이 밀려오기 마련이었다. 양식초를 친 신선한 샐러드와 부드러우면서 쫄깃쫄깃한 멍게 또한 행복의 완성도를 높여주는 것들이라 하겠다.

그들은 여사장이 직접 나서 권한 조용한 다다미방을 사양하고 창가

쪽에 자리를 잡았다. 밀실의 대화는 실제적으론 위험했다. 옆방의 존재를 파악할 수 없어서인데 실외라면 충분히 조심하며 대화의 수위를 조절할 수 있다.

"빌, 이번 책은 의외더군요. 표지부터 내용까지 전부 허술했어요."

책은 물에 흠뻑 젖어 너덜너덜하기까지 했다.

"그걸 우리가 판단할 필요가 있나? 비평가가 지목했으면 그만한 값어치가 있겠지."

"그렇겠죠?"

"그럼. 상파울루, 뉴욕, 모스크바도 장르가 다 같지는 않았어. 시카고는 또 어떻고?"

"모스크바는 나 아니에요. 우크라이나 여대원이었죠. 아무튼 이번 책은 썩 내키지가 않아요."

"우린 선인세를 받았어. 이제 와서 그만둘 순 없어."

선인세는 점점 내려가 최근엔 활동비 수준으로 위축되어 있었다. 소야는 상반기 중 엄청나게 달려갔던 달러화의 강세 덕에 생활의 파탄이 내년 이후로 미뤄지고 있음에 안도하고 있었다. 자금 여력이 없어진 기구에서 브렌트유 선물에 손을 댔다는 루머도 귀에 들어왔다. 기구는 갈수록 돈이 필요했다, 절실히.

"적임자를 구해봐요."

"소야, 기구는 실수하지 않아. 거긴 눈에 보이지 않는 이유가 있는 거야."

"실수하지 않는다고요?"

"물론이지."

"멕시코 기억나요?"

소야는 목소리를 낮췄다. 그녀는 상체를 숙이며 속삭였다.

"나, 죽을 뻔했다고요!"

"그건 실수라기보다 실패사례지. 지금은 마약 조직이 그 개자식을 보호하고 있지만 결국 정부가 손을 볼 거야. 부패한 권력도 권위에 도전하는 다른 부패세력은 못 참거든."

빌도 목소리를 낮춰 말했다. 멕시코의 그 개자식은 부실기업 인수와 파생상품으로 긁어모은 돈을 마약과 매춘에 재투자해 자산을 백배로 불리고 있었다. 소야는, 국제적인 명성을 얻고 있는 멕시코 화가와 화랑 관계자를 인터뷰하고 돌아오는 길에 녀석이 일주일에 한 번 들르는 동양인 술집에 잠입했다. 녀석은 거기서, 재무담당 부사장과 회사 소속 변호사 등 최측근을 거느리고, 경비원의 호위를 받으며 아시아계 여종업원이 따라주는 최고급 스카치 석 잔을 마셨다. 일정대로라면 녀석은 술집의 비밀 룸에서 특별 마사지를 받은 후, 멕시코 시티 외곽에 우뚝 솟은 천오백만 달러짜리 호화 저택으로 돌아가 두 여배우의 시중을 받으며 전 세계에서 공수되어 오는 생체실험 프로그램 DVD 특별판을 시청하게 되어 있었다.

그날, 현지 대원의 애인인 타이계 여종업원이 놈의 물잔에 약효가 강한 설사약을 탔다. 남장을 한 소야는 남자 화장실에서 소음기가 끼워진 권총을 들고 기다렸다. 마침내 그가 오고 있다는 연락이 왔다. 소야는 문이 여닫히는 소리를 듣고 밖으로 나가 구두가 보이는 문을 노크했다. 검은 뱀 무늬 구두였다. 헛기침과 노크 소리가 뒤따랐다. 곧장 발로 문을 걷어찼다. 놀란 남자가 "억!" 소리 지르며 소야를 쳐다봤다. 온몸으로 오물 냄새를 풍기는, 바지를 내린 대머리 남자였다. 옆문을 차기도 전에 권총을 든 조직원들이 뛰어 들어왔다. 소야가 더 빨랐다. 문으로 쇄도한 소야의 발차기에 그들은 뒤로 나가 떨어졌다. 소야는 필사적으로 밖으로 뛰었다. 대기하고 있던 차가 문을 열어 그녀를 태워 달아났다. 놈은 어디 있었을까? 운이 극히 좋은 놈이었다. 그들 입장에선 예쁘장한 동양 남자 녀석이야말로 천운을 타고 난 놈이었다. 그 후, 몇 달간 동양 갱 조직은 나름대로 시련기였다.

"아무튼 이번은 안 되겠어요."

빌은 주위를 둘러보았다. 긴 젓가락과 작은 잔으로 무장한 테이블들이 호위무사처럼 질서정연 정렬해 있었다.

"소야, 영국 여자도 극히 평범한 은행원이었어."

"부자가 되었다는, 캐서린 성을 쓰는 여자 말인가요?"

"맞아. 이름 하나만은 귀족 냄새가 나는 여자지. 이젠 돈까지 챙겼군. 그 여자가 어떻게 돈을 챙겼는지 내가 얘기했던가? 그 여잔 계좌를 조작해 3천만 불을 빼냈네. 그중 5백만 불만 따로 떼서 이슬람 테러리스트들에게 트럭과 무기를 대고 순교자에게 보상금을 지원했네. 백화점을 날려버린 자살 폭탄 테러는 그 여자 애인의 동지들을 영웅으로 만들었지. 60여 명의 무고한 시민들을 희생시킨 대가로 말이야."

"그 얘긴 들었어요. 내가 부러워하지 않았나요?"

빌은 기구가 인정하는 정보통이었다. 기구는 그가 건네 오는 정보를 귀담아 듣고 그가 필요로 하는 정보를 건네주었다. 그는 활동에 있어서 상당한 자율권을 확보해가고 있었고 때로는 그 자신이 하나의 조직처럼 보였다. 소야는 어떤 땐 그녀가 그의 사적인 조직원처럼 느껴졌다.

"그 여잔 누구 편일까?"

"우리와는 노선이 달라 보이는데요."

"그렇게 간단하지가 않아. 그 여잔 또 대량의 선물을 매도하고 청부업자를 고용, 해당 기업의 사장을 암살했네. 감춰져 있던 사장의 회계 비리가 시장을 강타했지. 거기서 4천만 달러의 이득을 챙겨 일부만 테러리스트들에게 넘겼어. 그녀는 또 하나의 숨은 애인인, 런던의 선물 중개인과 함께 스위스와 룩셈부르크에 비밀 계좌를 갖고 있네. 그들이 그 돈으로 또 무슨 짓을 할지 모르지. 금융질서를 어지럽히는 것, 그건 민중범죄야."

"이슬람을 상대할 수는 없어요. 우린 상대적으로 작은 조직 아니에요?"

"때문에 우린 그녀를 모셔 와서는 자금을 회수한 다음 그 비싼 시체를 런던 증권거래소 기둥에 세워두려고 해."

"슬픈 얘기예요."

"거래소가 내다보이는 아파트 침실에 눕혀 두는 건 너무 온정적인가?"

"누구 짓으로 볼까요?"

"이슬람은 영국 정보기관 짓으로 영국 정보기관은 이슬람 짓으로 보겠지."

"그렇게 쉽게 속일 수 있을까요?"

"자기 짓이 아닐 때 그들이 무슨 생각을 할 수 있을까?"

"글쎄요. 그런데 그 시체 전람회는 최고위원회의 결정인가요?"

"몇 가지 계획 중 하나가 아닐까?"

"다행이군요."

빌이 눈을 동그랗게 떴고 소야가 웃자 따라 웃었다.

"아무튼 그녀로선 어떻게 죽어가는가 하는 차이밖에 없을 거야. 그녀를 없애기 전에 숨겨둔 머니에 대한 정보를 알아내야 하겠지. 그 다음에 그걸 찾는 거지."

"지금 추적이 들어올 텐데요?"

"혼선을 주기 위해 몇백만 달러는 흘려야 할 거야. 자하드와 영국 정보기관의 사조직에 각각 흘리는 게 좋겠지."

"접속 통로는?"

"당연히 있네. 그런 쪽으론 우리 기구가 어떤 거대 테러 단체 못지않다고 보면 되네."

"잘 짜인 영화 같군요. 설득력은 크게 없지만."

"우리가 해온 일이 그렇지. 영화가 끝날 때까지……."

"……."

"우린 남아 있어야 해."

소야와 빌의 눈이 마주쳤다. 기구 얘기가 나오면 빌은 열기에 휩싸였다. 본인은 억제하고 있지만 소야 눈에는 보였다.

"우린 살아남을 거예요. 출연을 안 하니까."

"그래, 우린 그 프로젝트에서 빠져 있지. 국내만 해도 할 일이 많아. 대신 런던 시티의 금융전문가가 집행자들을 도울 거야."

"7년 전 당신을 기구에 끌어들인 그 대원 말인가요?"

"맞아, 이번엔 내가 그를 기구에 추천했지. 국제 금융자본의 국가 간 장벽과 규제 완화에 관한 토론을 벌였던 브뤼셀의 금융산업 국제회의 시보스(SIBOS)에 참석한 그가 나를 이 세계로 끌어들였던 건 얘기했을 거야. 그런 토론장에서는 금융인으로서의 자질 외에도 개개인의 윤리의식이 드러나는 법이거든. 나의 윤리적인 측면이 그의 관심을 끌었지. 기구의 강령과 부합하는 바가 적지 않았으니까. 당시에 기구는 금융 쪽 전문가가 절실한 상황이었어. 세계 금융은 공룡처럼 커져가고 수법 또한 노골적으로 음흉하고 교활해지고 있는 반면 기구의 대응은 허술하기 짝이 없었지. 시스템을 알고 반격할 수 있는 전문가와, 전문가들로 짜인 네트워크가 필요했어. 우린 금융계 내부와 외부를 오가며 세계 자본시장 내 불온한 자금들의 형성과정과 이동경로, 부가 부를 낳는 고리를 파악하고, 파괴적인 자금이 휩쓸고 간 불모의 지대와 거기 기생할 수밖에 없는 힘없는 민중에게 관심을 가져왔어. 지금 전 세계에 걸쳐 금융계 내부자원이 수십여 명, 나처럼 금융계 밖에서 외부자원을 하는 자가 또 그 이상 되네. 자금력으로만 따지면 우린 작은 헤지펀드 하나만도 못할 수 있어. 하지만 우리에겐 가장 중요한 자원이 있네. 그게 우리를 결속하고 강하게 하지."

"그 낡은 긍지 말인가요? 돈 대신 인간의 편에 서 있다는."

"우린 우리를 강력하게 결속해줄 종교가 없는 대신, 신과 선지자들이 말해온 가장 준엄한 법칙, 만인은 만인에게 평등하다를 우리의 강령으로 삼고 있네. 오늘날 경제적인 평등 없이 평등을 얘기하는 건 허약한 정신 외의 아무것도 아니네. 세계자본은 선순환의 과정을 거쳐 상수도처럼 필요한 지대에 적절히 공급되어야 하네. 둘러보게, 세계의 여기저기서 빵을 달라고 아우성치고 있네. 부자들은 은 스푼이 딸그락거리는 소릴 내며 하품하고 있지. 아니 그들도 할 일이 있군. 총리와 장관과 경찰국장과 사설 경비원에게 치안을 부탁하고 있지 않나?"

"드물지만 국민의 행복과 생활수준 향상을 목표로 일하고 있는 부자들도 있어요. 그들은 해마다 막대한 자선기금을 내놓고 있죠."

"선거자금도 내놓고 있지. 그것이 세제 혜택을 초월해 그들의 진정성 내지는 겸허와 관련이 있다면 인정하겠네."

"런던의 그 여잔 그런 부자는 아니군요."

"횡령에 탈세에 엽기적인 금융사기범이지. 무작위 살상의 배후 지원

세력이기도 하고. 네트워크가 제대로 작동하는 한 국세청과 경찰보다 우리의 정보가 더 구체적이고 신뢰할 만하다고 볼 수 있네. 이번 자금회수 건은 아주 중요한 프로젝트고 따라서 세밀한 계획이 필요해. 서두르다간 일을 망칠 수도 있네. 주지하다시피 알 카에다가 엮여 있거든.”

“설마?”

“설마가 아니야. 게다가 이건 수천만 달러짜리 프로젝트라네. 성공하면 우리 모두에게 약간의 보너스가 있을지도 모르지.”

“무척 기대되는군요. 그건 그렇고, 그 여자가 내 책하고 무슨 상관이 있죠?”

“우린 놈의 정체를 모른다는 걸세. 겉보기와 달리 놈은 극도로 위험한 자일 거야. 지금보다도 앞으로가 더 위험한 자일지 몰라. 우리의 주목적은 악의 응징과 함께 예방이네. 무슨 말인지 알겠나? 그 책을 파기해주게.”

한 놈을 제거해도 놈들은 보다 독한 놈으로 그 자리를 대체했다. 그들의 사업이나 자산은 비웃듯이 더 번창하기도 했다. 예방이란 말은 어폐가 있었다. 언제 사살될지, 어디서 잡혀 사형선고를 받을지 알 수 없는 하루하루들, 이슬람권이나 남미에서 잡히는 건 최악이었다. 그쪽 일부 국가의 변호사들은 정부의 기소에 효율적으로 대처할 수 있는 위치에 있지 않았다. 테러나 살해 현장, 또는 은신처에서 체포된 대원들은 고문과 회유에 못 이겨 기구와 최고위원회의 존재를 인정했지만, 기구의 목표는 세계 평민들을 헤어날 길 없는 빈곤의 질곡에서 해방시키기 위한 세계금융질서의 원천적 회복과 구체적인 악의 제거라고 자백했지만, 그 소릴 믿는 정부기관은 많지 않았다. 기관은 체포된 대원들을, 이름만 들어도 소름이 끼치는 아부 니달의 잔존 세력이거나 세계의 악명 높은 테러 조직들 중 한 군데의 하부구성원들로 보고, 조직을 보호한답시고 헛소리와 거짓 자백을 일삼아대는 그들을 특별 케이스로 심문하기 시작했다. 대원들 일부는 그들이 알 카에다의 지시를 받았다고 결국 자백했는데 나중엔 그들 자신 실제로 그렇게 믿기도 했다. 기구와 최고위원회가 알 카에다의 비밀 사조직이라고 믿지 않아야 할 근거도 없었던 것이다. 기구가 CIA의 분파가 아닌가 묻는 자도 당연히 있었다.

FJ 대원이라는 그들의 주장에 신빙성이 있다고 판단한 일부 국가 정보기관이 기구의 거점지를 추적해 습격했지만, 그들이 매번 발견한 건 오락 게임 파일뭉치거나 난잡한 파티장의 흔적이거나 관리비가 밀린 헬스장의 낡은 운동기구들이었다. 기구 본부가 아프가니스탄의 산악동굴에 있다는 한 대원의 주장과 이스라엘의 가자지구 폭격 때 최고위원 한 사람이 사망했다는 모 여대원의 실토는 각각 프랑스와 인도 정보기관 요원들을 실소케 했다. 기구는 단지 사이버 상에서만 존재하는 허상 아닐까? 최고위원들은 아바타들이 아닐까? 그런 의문은 각국의 정보요원들뿐 아니라 대원들 일부도 품고 있었다.

소야는 형체를 갖춘 독립된 실체로서의 기구와 벙커 속 원탁에 둘러앉은 최고위원회의 존재를 의심해본 적은 없었다. 그건 자신의 존재를 부정하는 것만큼이나 부질없어 보였다. 하나의 목표가 있기에 기구와 위원들, 그리고 실행의 최종 도구인 자신이 여기 지상의 유황불 앞에 불려온 것이다.

'우리의 궁극적인 목표는 정의와 선, 평등의 구현을, 목표라는 권좌에서 끌어내려 지상의 일상이 되게 하는 데 있다.'

이 아름다운 어록을 일기장에 남긴 일본 대원은 어이없게도, 빚 독촉을 하는 동네 선배를 살해하고 분신자살을 시도했다. 그는 보름간의 사투 끝에 병원에서 숨을 거뒀다. 청년의 나이 만 28세였다. 21세기의 라스콜리니코프에겐 소냐를 만날 시간이 주어지지 않았다. 기구는 21세기 아시아의 라스콜리니코프를 기리고 죽은 악인의 고리대금 사업 규모와 수법을 파헤쳤으며, 개인적 금융행위가 어떻게 민중과 사회 전체에 암적 영향을 끼치는지 조사해두었다. 그 사소해 보이는 사건은 앞으로, 서민의 삶을 파먹으며 탐욕스러운 배를 불리고 있는 악성 대부업체들의 실상을 파악해 필요한 조치를 취하기 위한 시금석이 될 것임이 분명했다. 모든 대원의 희생은 모든 차원에서 의미를 가져야 했다. 하나의 죽음은 전체 삶의 참된 확장이 되어야 했다.

그럼에도 소야는 수시로 싸워야 했다. 이대로 먼 곳으로 도주하고 싶은 욕구는 피부 속 종양처럼 커져가며 뇌로 전이될 차비를 마친 듯했다. 그녀의 젊음이 그녀에게 많은 것을 약속하며 속삭이고 있었다. 자유, 그것이 그녀를 괴롭혔다. 그것을 기구가 이제 내줄 수는 없는가? 현금 2백만 달러와 새 증명서와 여권과 함께. 이번 임무가 마지막이라는 상투적인 유혹조차 않는 건조한 기구일지라도.

"소야, 우리 일은 이제 시작에 불과해. 가야 할 먼 길이 있어. 이 시간에도 우리 대원들은 세계 각국의 거리와 감옥에서 투쟁하고 있어. 1퍼센트의 한줌밖에 안 되는 자들의 손에 인류의 운명을 저당 잡힐 순 없는 거지. 헛된 희생이란 없어. 선배들을 봐. 대의를 위해 죽는 건 영원히 사는 거야."

"그렇겠죠."

진작 외워버린 그 말이 역사 다큐멘터리에 뜨는 자막처럼 일렁거렸다.

"한 며칠 쉬어. 머리가 복잡해서 그런 거야. 머리를 식히라고. 그리고 우리 다시 얘기하자고."

머리를 어떻게 식히나? 호프를 들이붓나? 소야는 소스 종지의 으깨진 와사비를 졸아든 간장에 풀어 젓가락으로 저었다. 소스에 찍은 두툼한 광어초밥 하나를 천천히 입안으로 밀어 넣었다. 빌의 눈에는 그 모습이 건성으로 보였다. 음식 맛을 잃어가는 여자와 한 테이블에 앉아 있는 건, 불감증 여자를 상대하는 것만큼이나 고역이었다.

음식을 치운 자리에서 그녀는 식어가는 커피를 마셨다. 창을 통해 투명한 햇살이 들어오고 있었다. 소야는 창밖의 한가한 발걸음들을 보며 그 비현실성에 놀랐다. 때로 사소한, 일상적인 것들이 그녀를 놀라게 했다. 이제 시작이라고? 너무 멀리 오지 않았나? 평범한 생활이 불가능해진 지 여러 해 되었다.

"이번 책 끝나면 긴 휴가를 얻도록 해. 내가 건의하지."

소야는 웃었다. 기구는 언제나 이런 식이다. 컨설팅 대표의 머리를 해부하라는 지령이 여전히 유효하다는 걸 빌이 모를 리 없었다. 그런데 무슨 휴가? 진심이라는 듯 묵묵히 바라보고 있는 빌의 눈을 소야는 피하지 못한다. 하긴 피한 적도 없다.

식당을 나와 두 사람은 석상처럼 마주 섰다. 빌이 침울한 얼굴로 입을 열었다. 그건 언제나 해왔던 잘 가라는 인사가 아니었다.

"뉴욕에서…… 체포된 베트남 대원이 약을 삼켰네. 대공황의 교훈을 잊고 또 다시 거액의 성과급을 챙기고 있는 금융계의 CEO들, 그 돼지 무리의 사생활을 관찰하다 그만 미끄러진 거지. 으리으리한 대리석 바닥의 오물에."

식당에서는, 날아온 문자를 들여다본 후 침묵했던 빌이다.

"맙소사."

"'선한 사람'이라는 애칭이 잘 어울렸던 친구였다네."

"그 동안 변호사란 작자는 뭘 했나요?"

"어디서 뭘 하고 있었건 달려가긴 했겠지. 변호사 아니어도 그에겐 묵비권도 있지."

"그런데 왜?"

"자기 자신을 믿을 수 없었던 거겠지. 기구의 정체를 털어놓기 전에 자신을 먼저 제거해야 되겠다고 결심했을 거야."

"신분이 드러났을까요?"

"아니. 알다시피 대원뿐 아니라 기구도 몇 개의 가명을 쓰고 있고, 추적하면 가명들은 메이저 테러단체들의 하부조직과 몇 단계 걸쳐 희미하게 연결되어 있지. 그것만으론 아무것도 알 수 없네. 그러니까 FJ는 어디에도 없네. 다만 우리가 죽어갈 때 우린 그 이름을 품고 죽어가는 것일 뿐이야. '선한 사람'이 어제 뉴욕에서 그랬던 것처럼."

"죽어갈 때요?"

"언젠가는."

"그렇군요. 안녕히 가세요."

"또 보세."

언젠가는 그녀의 죽음이 한 통 암호로 이국의 낯선 대원 휴대폰에 찍힐지 모른다. 그리고 그는 문자를 지우겠지. 식사를 마저 한 후 커피 한 잔을 천천히 비우며, 더 강해진 FJ를 꿈꾸며.

돌아보니 빌은 그 큰 키를 똑바로 세우고 걸어가고 있었다. 3년 전, 빌을 처음 보았을 때 그는 서른일곱이었다. 빌은 두 번이나 그녀의 목숨을 구했다. 극우 경제학자이자 무기 판매업체의 숨은 주주인 60대 유태계 매부리코의 암살에 실패하고 시카고 경찰에 쫓길 때, 빌은 거침없이 두 경찰관의 다리에 한 방씩 먹였다. 두 번째로 남해 부두에서, 검찰 윗선까지 줄이 닿아 있는 지하금융계 대부 두더지의 뒤를 밟다 부하들에게 끌려가 강간당할 위기에서, 그가 놈들을 기절시키고 구해주었다. 그날 밤, 호텔에서 고열에 시달리던 그 시간, 그는 묵묵히 머리맡에 앉아 있었다. 3년 동안 그들은 몇 차례의 포옹과 악수를 나눴다.

빌에게 한국은 홍콩에 비해 행동의 제약이 훨씬 심했다. 다행히 그는 통신과 변장에 능했다. 그런 빌이기에 요번 바닷가에서의 일을 모조리 알고 있는지도 모른다. 그가 모른 체 하는 건 그간의 우정 때문인가, 단지 난감하기 때문인가? 소야는 빌을 신뢰하고 있지만 그가 원칙론자의 고집을 피울 땐 반발심이 일어나기도 했다. '자기 생각도 없나?' 하긴 소야 자신도 다를 바 없었다. 원칙대로 강령대로 움직였으니까. '정의의 이름으로'. 정의? 소야는 그 말이 때굴때굴 굴러가 벽에 부딪쳐 피 흘리며 깨어지는 그림을 보는 듯했다.

너를 갖겠다

시주는 오후 한 시 넘어 찜질방을 나섰다.

모래알에 긁히고 염분이 스며든 구두 가죽은 이제 검은 광택을 뿜어내며 좌우 나란히 구두코를 치켜들고 있었다. 구두를 닦은 노인은 어느새 음료와 일회용 면도기를 파는 매점 주인으로 돌아가 있었다. 노인은 일주일에 하루는 들르는 이 닭 사내가 구두를 닦는 별난 일이 다 있다고 생각했다. 노인은 사내가 일하고 있는 가게의 프라이드치킨이 값에 비해서 먹을 만하다고 여기고 있었다. 노인은 평소, 상품이나 용역에 매겨진 값과 그 내재 가치의 차이에 대해 특별히 신경을 썼다. 언젠가 치킨집에 손녀를 데려갔을 때, 사내는 칠성사이다 한 병을 서비스라며 내놓았다. 따라서 그의 구두가 형편없는 보존 상태에도 불구하고 멋진 광택을 뿜어내게 된 것은 인지상정이라고 생각했다. 노인은 그에게 오늘 중요한 행사가 있다고 지레짐작하였다.

경주하는 한 쌍의 자동차 같은 그 날렵한 구두는 역시 갈 데가 있었다. 시주는 면도를 하고 머리를 단정히 빗고 점퍼의 지퍼를 적당한 위치까지 올린 비교적 젊은 사내였다. 여기에 가방만 갖추면 탄탄한 중소기업의 핵심 영업사원처럼 보이는 건 따놓은 당상이었다. 9월이 시작되었지만 오후 한 시의 햇살은 강한 산성의 스킨을 얼굴에 붓고 있는 듯 따가웠다.

시주는 지하철 역사의 공중전화를 찾아 들어갔다. 공중전화라면 시내 몇 군데, 종로, 서대문, 청량리에선 그 위치를 집 안 화장실처럼 정확하게 외우고 있었고, 강동구는 특히 구석구석 꿰뚫고 있었다(그 개개의 박스에서 한때는 동료였던 자들의 바삐 죽어가는 소리를 듣기도 했다). 그러나 어제 서 있다가 오늘 사라지는 게 지상에 널린 공중전화의 운명이었다. 공중전화는 이제 수백 개 지하철 역사를 따라 은밀하게 생명을 이어가고 있었다.

강하상의 사무실 직통 전화번호는 1년 전 그대로였다. 강은 난 괜찮다고 말했다. 들를까 한다고 하자 나온 대답이 '난 괜찮아'였다. 정말 괜찮은 대답이었다. 시주는 수화기를 내려놓고 부스에서 나와 1회용 전철 티켓을 끊었다.

강동구를 벗어나는 일이 드문 시주는 오후의 지하철 풍경이 허를 찔러오듯 낯설었다. 지하철 칸에는 등산복 차림의 중노년 남녀가 어림잡아 십여 명 있었다. 일찌감치 하산한 그들은 스틱에 턱을 괴거나 선글라스 너머 차창 밖을 보거나 모자 밑으로 그늘을 드리우고 있었다. 싸구려 등산복을 입은 두 할머니는 배낭이 통통한 걸로 봐서 뭘 잔뜩 뜯어온 것 같았다. 두 사람이 손잡고 등산을 했다고는 볼 수 없었다.

시주 맞은편에는 짧은 치마 아래 굵은 허벅지를 드러낸 소녀가 휴대폰을 만지작거리고 있었다. 소녀 옆의 왜소한 청년은 이어폰을 귀에 꽂은 채 눈을 감고 있었다. 청년이 듣고 있는 게 음악이라면, 어떤 음악은 독약처럼 퍼져나가 사람을 혼수상태에 이르게 할 수도 있지 않을까? 그런 사실이 제대로 밝혀지기 전에는 누구도 음악을 경계하지 않으리라.

그들 중 아무도 시주를 보고 있지 않았다. 그들이란, 머리를 수시로 쓸어 올리며 무슨 문제집을 푸는 처녀, 손바닥 크기의 액정에 눈을 박고 게임에 열중인 덩치 큰 청년, 낡은 스포츠 모자를 푹 눌러쓴 채 바닥을 보고 있는 중년 남자, 콧수염을 단정하게 다듬은 다소 슬픈 표정의 무슬림 남자 등이었다. 그들 중 갑자기 배낭이나 쇼핑백에서 시너를 꺼내 불을 지를 자가 없다고 장담할 순 없지만, 범인을 재빨리 제압하고 소화기를 들어내 불을 끌 자가 자신은 아니라는 건 장담할 수 있었다. 그는 그렇게 빠른 사람이 아니었다. 살아오면서 담력을 시험해볼 기회도 많지 않았을 뿐더러 어쩌다 용기를 내도 본인은 그게 허세라는 걸 알고 있었다. 그는 이 시대의 샐러리맨처럼 넘쳐나는 실직자처럼 또는 그냥 30대 후반의 소음인처럼 본질적으로 두려움이 많은 남자였다.

시주는 어디서 갈아타야 하는지 단단히 외우고 나왔으므로 실수하고 싶지 않았다. 시간에 늦는 일은 없어야 했다. 실직자가 시간을 못 지킨다면 남들이 웃을 것이었다.

출장이라곤 하지만 대호투금 서초센터장이 사흘이나 센터를 비우기가 쉬운 건 아니었다. 그러나 강하상은 그렇게 했다. 지난 4월, 송보휘의 사무실에 들렀다가 건져 올린 최유나는 그만한 가치가 있는 아이였다. 교열에 자료 정리가 주 업무인, J대 신방과 휴학생 유나는 거슬러 올라가면 중2의 나이에 교회 바이올린 연주자이자 육상 단거리 선수였다. 준비운동으로 양 무릎을 젖가슴까지 번갈아 치켜 올리던 여자아이는 마침내 도지사배 육상대회 결선에서 탄탄한 다리를 가동하여 3위를 차지했다. 바이올린의 섬세한 교성과 허리를 조여오는 허벅지 근육을 24시간 곁에 두고 싶다는 게 어느 날 호텔에서 내린 강하상의 결론이었다.

그날, 아름다운 밤, 벚꽃이 내리고 있는, 12인조 팝 오케스트라와 함께 하는 특급 호텔 가든파티에서 최유나는 곰 같은 사내의 우직한 순정 앞에 꽁꽁 숨겨둔 여자의 마음을 조금씩 열어 보이고 있었다. 어떤 여자는 예쁜 절차를 원하고 어떤 여자는 짐승 같은 겁탈을 바란다고 강은 믿고 있었다. 최유나는 절차를 원했고 강은 그렇게 해주었다. 음악과 수입 생맥주와 흩날리는 벚꽃과 4월의 밤, 최유나에겐 고조되는 낭만 즉 절차인 것이 강에겐 밤 7시부터 10시까지 지루하게 이어지는 시간들, 세금과 봉사료를 잔뜩 붙인 20만 원대의 계산서, 수시로 불끈불끈 솟아오르는 아랫도리의 외침을 의미했다. 침대로 가면 이야기는 또 달라졌다. 어떤 여자는 소중하게 다뤄지기를 요구하고 어떤 여자는 거칠게 다뤄지기를 바라고, 또 어떤 여자는 그 두 가지를 다 원한다고 강은 알고 있었다. 최유나는 두 가지를 다 원했고 강은 첫날부터 그렇게 해주었다. 강은 주는 사람이었고 주는 걸 아까워하지 않는 관대한 남자였다.

강하상 센터장은 평소 토, 일요일과 휴일을 골프장에서 보냈지만, 강의 세 번째 아내는 경기 후 또 다른 홀을 도는 그의 찌질한 습관을 마뜩찮게 여기고 있었다. 근래엔 노골적으로 경멸하는 눈총을 보내왔다. 강은 평일을 적극 활용하기로 작정했다. 콘도 뒷산으로 지그재그 이어지는 산책로에서 유나는 새처럼 팔짝팔짝 뛰었다. 사람이 왜 사는가?

이런 걸 보려고 사는 게 아닌가? 강은 두 눈이 타들어가는 욕망을 느꼈다. 밤 10시에 아내의 전화가 왔을 때, 강은 콘도의 1층 라운지에서 지역 유지이자 고향 후배인 삼호개발 김영호 사장과 마티니를 홀짝이고 있었다.

"김 사장이 당신 안부를 묻는구먼."

휴대폰을 받아든 김영호는 "아이구 형수님" 운운하더니,

"일찍 재우겠습니다. 염려 놓으십시오. 내일 또 지역 유지들과 라운딩을 해야 하거든요." 하고 순식간에 말했다. 김영호는 휴대폰을 돌려주고 눈웃음을 친 다음 다이너스티를 몰고 산길 어둠 속으로 꼬리를 감추었다. 모든 방해거리가 제거된, 고양이 눈처럼 투명하고 고혹적인 밤, 최유나는 강의 딱딱한 물건에 전례 없는 각도를 부여하고 위용을 갖춘 물건을 통해 뿌리까지 파고드는 쾌감을 선사했다. 그 시간에 강의 아내도, 집 앞 모텔까지 달려와준 남자의 근육질 몸 아래에서 발버둥치는 쾌락에 빠져들고 있었다. 강과 강의 아내는 사전에 한 통의 전화로 부부의 예를 갖추고 이토록 까마득히 서로를 잊어버리고 있었다.

강은 다음날 11시에 일어나, 유나가 차린 삶은 계란 한 개를 먹고 차를 몰아 50분 떨어진 서해로 갔다. 어제 오후 강의 휴대폰에 한 통의 문자가 도착했다. 'VIP 고객님의 38번째 생신을 축하드립니다. 왕림해주시면 특실 무료숙박과 와인을 곁들인 2인 정찬으로 모시고자 합니다.' 비록 양력이지만 생신을 기억하고 약소한 쿠폰으로 읍소하는 호텔 지배인이 강은 밉지 않았다. 고향에 올 때면 언제나 가장 비싼 호텔에 묵는다는 정보를 들은 게지. 아니면 강이 얼마나 바쁘신 분인지 헤아려 하룻밤 점거해주는 것만으로도 영광이라는 건지. 콘도에서 바다까지는 하

루 두 번 셔틀버스가 운행되고 있었다. 그럼 알아챘어야 했다. 콘도에서 호텔로 손님 정보를 넘기는 것이다. 그거 참. 무료 숙박 이틀은 향후 10년은 내다본 경영 마인드겠지. 그래, 술이야 좀 마셔줘야지.

강은 하소야의 호텔과 김시주의 모텔 사이, 준공 20주년을 자랑하는 유서 깊은 호텔 7층의 특실 입구에 섰다. 응접세트에 사무용 책상까지 두루 갖춘 특실은 생신 축하카드가 꽂힌 과일바구니를 수줍게 내밀고 있었다. 뒤이어 최유나가 들어서면서 특실은 스탠드 갓에서 슬리퍼 무늬까지 의미와 느낌을 획득하지 않은 사물은 하나도 존재하지 않게 되었다. 그녀는 창을 열고 특실에 딸려 있는 눈부신 바다와 하얀 백사장을 내려다보았다.

세상이 아름다운 건 세상을 느끼는 아름다운 여자가 있기 때문이야. 최유나는 돌아서서 무슨 이야기를 담은 듯한 눈으로 강하상을 바라보았다. 특실의 남녀 투숙객은 바로 웨스턴 레스토랑으로 내려가 옆구리에 바다 한 자락씩을 낀 채 두 시간에 걸쳐 오찬을 즐기고, 긴 시중을 든 웨이터를 물린 다음 깔끔하게 원두커피 두 잔만을 앞에 놓고, 배부른 후의 화색이 도는 상대의 얼굴을 정겨운 눈길로 바라보았다. 늦여름 해변의 오후에서였다.

최유나는 할 일은 하는 여자였다. 룸의 벽장을 열고 강의 윗도리를 받아 어깨가 수평이 되도록 반듯하게 걸었다. 그리고 하나하나 자신의 옷도 팬티만 남을 때까지 벗어갔다. 반투명 유리문 안의 뿌연 나신이, 콘도에서도 한 샤워를 또 하는 동안, 강은 새하얀 더블 침대에 묵직하게 드러누워 오후 네 시면 나오는 채널 7의 '오늘의 경제'를 보면서, 사각 팬티 속에 집어넣고 있던 손을 빼내 피둥피둥한 아랫배를 살살 쓰다듬었다. 강은 방귀를 참으며 끄윽 트림을 했다. 연어 정식의 소스가 좀 이상했어. 샴페인에는 불필요한 거품이 너무 많아. 강은 하나의 결과를 두고 두 가지 변명하기를 좋아했다.

쳐다보고 있자니 '오늘의 경제'에 이어 '지역경제'라는 게 나와 동서강관의 파업이 타결 조짐을 보이고 있다는 따뜻한 뉴스를 내보내고 있었다. 좀 전에 끝난 증시에는 미처 반영되지 못했으니 내일 시초가는 반상종가로 시작하겠군. 그 공장 물건 쓰는 삼호개발 김 사장 말이 맞았어. "알아볼 거 뭐 있어요? 공장 측 사람 만나봐야 '나, 주가 매집하고 있소.' 광고하는 꼴밖에 더 됩니까? 형님은 그냥 즐겁게 보내시다 올라가세요. 파업 이거 이번에 다 쇼입니다. 김 전무 라인 애들이 실력 과시하는 거거든요. 곧 타결됩니다. 주가도 올라갈 거예요."

오늘 두어 장 더 사놓을 걸 그랬나? 파업 들어가고 한동안 주가가 빌빌대더니 이제 두 발 뻗고 지켜봐도 되겠군. 파업이 길어지면 누가 이 회사를 처먹으려고 하겠어? 아무리 쇼라고 하더라도 말이야. 좀 조용해야 세력들이 슬슬 움직이지. 나야 주가만 오르면 되지, 어느 놈이 드시든 알 게 뭐야. 가만, 지금 이 순간의 기쁨을 나 혼자서 누릴 순 없지. 강은 그칠 듯 그치지 않는 샤워 소리가 어서 그치기를 기다렸다.

성실한 섹스는 뱃속까지 진정시켰다. 무슨 까닭인지, 한 차례 관계 후, 최유나의 눈동자에 맑은 눈물이 맺혔다. 강이 골무 같은 엄지로 눈가에 번져가는 눈물을 닦아내자 유나는 울음을 터뜨리며 그의 두툼한 가슴에 얼굴을 파묻었다. 강은 그녀를 껴안은 오른팔에 힘을 주며 한가한 왼손으로 죽은 성기를 만지작거렸다. 아무 쓸모없는 울음을 마침내 그친 그녀가 뭉클한 넓적다리를 강의 사타구니에 파고들듯 걸치자 굵은 성기가 조용히 눈에 보이는 속도로 일어섰다. 아아, 인생엔 많은 게 있구나. 강은 여체를 번쩍 들어 배 위에 올려놓았다.

밤에는 라운지 바에서 한잔한 김에 자신의 장대한 엉덩이에 그녀의 매끈한 옆구리를 찰싹 붙이고 꼭대기에 있는 클럽 '웨이브'로 곧장 올라갔다. 회사에서도 유명한 전매특허인 문어춤을 늘어지게 춘 다음, 얼음 스카치를 마시며 에어컨 바람에 땀이 말라가는 느낌을 즐기는 이 기분, 그리고 맞은편에는 애정과 갈망이 가득한 젊은 여자의 말없는 검은 눈동자. 강하상은 쾌락과 로맨스가 공존하는 밤의 신비를 마음껏 찬양하였다.

지배인은, 숱한 커플을 봐왔지만, 신혼부부를 빼고는 이토록 명백히 행복한 얼굴로 호텔 내를 오르락내리락 돌아다니는 것들을 전에도 본 적이 있었던가 기억을 더듬어보고 있었다. 어제 어떤 남자가 숙박비와 음식료를 선불하고 강하상이라는 자의 휴대폰으로 초대장을 보내줄 것을 부탁해왔다. 흔한 건 아니지만 이벤트를 좋아하는 현대인의 취향을 엿볼 수 있는 대목이었다(전화 속 그 남자 이름은 '지유'라고 했다. 지유 선생은 수줍음을 타면서 이름을 밝히지 말아달라고 했지). 이벤트……참 복도 많은 연놈들이었다.

복도 많은 행복한 강은 줄곧 나 아니면 누가 이 시간을 내게 줄 수 있겠는가 하고 생각했다. 어렵게 얻어낸 평일 세 개를 강은 잠시도 소홀히 할 수 없었다. 강은 유나가 화장실에 갔을 때조차 그녀의 부재를 느꼈다. 그녀가 입을 가리고 아아— 하품을 할 때면 그 섬약한 손을 뜯어내고 한입 가득 하품을 베어 먹고 싶은 충동에 시달렸다.

서울을 떠나온 지 어언 삼 일째 저녁, 강은 한꺼번에 활동량이 몰리면서 뻐근해진 아랫도리도 식힐 겸 유나와 나란히 별이 쏟아지는 해변을 거닐었다. 지상의 북두칠성인 주홍빛 포장마차에서, 탱탱한 엉덩이를 바짝 붙이고 앉은 유나가 초장에 찍어 입안에 쏙 넣어주는, 간밤의 젖꼭지만큼이나 싱싱한 전복회를 오돌오돌 씹으며 검푸른 파도가 물결치는 바다를 감개무량한 얼굴로 바라보고 또 바라보았다.

이 바다, 넘실대는 서해 바다는 13년의 세월을 흔적도 없이 먹어치워버렸다. 김시주, 지유와 함께 결성한 대학 내 투자 동아리 '메아리'에 신입회원 송보휘가 들어왔을 때, 그들은 강의 고향 T 시에서 30킬로미터 떨어진 이 바닷가에서 첫 엠티를 가졌던 것이다. 그때는 그들 중 아무도 보휘를 차지하지 못했다. 13년이 지난 지금까지도 강은 겨우 그녀의 알바 조수를 건드렸을 뿐이다.

다시 꺼내 읽고 싶은, 몰래 접어둔 페이지 같은 3박 4일이 지났다. 공식 일정대로라면 동서강관 T 공장 탐방과 충남의 신예 사업가 허 사장과의 골프를 겸한 상담도 끝났다. 허는 다음 주에 '민진수'라는 차명으로 거액을 예치할 것이다. 그 돈의 실 주인은 '허'도 '민'도 아닌 '조'라는 성을 가진 주물업체 사장이었다.

강하상은 최유나를 파리바게트가 있다는 압구정 사거리에 내려주고 사무실로 향했다. 한 시에 출근해도 출근은 출근이었다. 민방위 훈련을 받은 직원이 주식 시세가 궁금해 못 견디겠다는 얼굴로 오후에 출근하는 경우가 더러 있었다. 컴퓨터의 센터 전용 사이트로 이미 파악한 바지만, 지난 사흘간 부쩍 기운을 내 수치를 올려놓은 직원들은 그의 반 박자 빠른 출몰에도 당황하는 기색이 없었다.

그 사이 센터로 사소한 전화 몇 통이 왔고 뉴욕에서 팩스가 왔다. 뉴저지의 부동산은 하락세는 멈추었지만 반등 기미도 없었다. 눈여겨둔, 룸 세 개에 화장실 두 개짜리 저택이 내년 봄이면 추가로 5퍼센트 떨어질 거라는 게 재미교포 부동산업자의 예측이었다. 서브프라임 모기지인지 모가지인지 마구잡이 부동산 담보대출의 후유증으로 미국 경제는 위축 후 긴 여진에 시달리고 있었다. 그래도 엔도 위안화도 유로화도 심지어 원화까지 돈이라면 국적 불문 사랑하는 게 자유주의 미국 아닌가. 이를 잘 아는 주식회사 '강산주물' 조 사장은 세탁된 돈을 미국의 부동산에 묶어두고 싶어 했다.

이번 건이 성사되면 4퍼센트의 브로커비로 8만 달러는 챙길 수 있다. 돈 세탁은 강하상의 역할이었다. A계좌에서 B계좌로, 주식예탁금에서 환매조건부예금으로, 그러다 다섯 개의 통장으로 쪼개져 세 군데 저축은행과 두 군데 손해보험사로 들어갔다가 다시 시중은행의 특약예금과 신용등급 A마이너스 회사채로, 강남 1급 지대의 수익형 상가로 돈은 갈라졌다 뭉치고 뭉쳤다 갈라지며 주인을 알아볼 수 없는 새 얼굴로 수없이 재탄생하였다. 그러고도 이동과정에서 자금 실종이나 누수가 없었고 이자는 이자대로 새끼를 치는 데 부지런했다. 조 사장은 뒤끝이 좋지 않은 가신들 대신 대학 후배인 이러한 강에게 남다른 신뢰를 보냈다. 훗날의 국회 진출을 대비해서라도 본인 명의의 자산은 여러모로 불리했다. 흔적이 남지 않는 자금축적, 투자, 증식이 요구되었다. 강하상은 그런 방면의 전문가였다. 거액 예치가들은 강의 그 점을 특히 평가하고 싶어 했다.

카드도 한 장 와 있었다. 서초동 대로변 지하, 13개 룸이 딸린 본사 집무실에서 32세의 공 이사가 보낸 것으로 9월 9일에 신형차가 들어온다고 직업여성의 정성스러운 글씨체로 적혀 있었다. 앙증맞고도 일견 소심해 보이는 글씨체는 평소의 시원시원한 일처리 뒤에 숨어 있는 상처받기 쉬운 내면을 일러주고 있었다. 글래머 공 마담의 내면은 과연 어떤 비밀로 가득한가? 체벌을 해야 흥분하는 타입인가? 그건 그렇고, 그런데 신형차라? 지방의 술집을 돌고 돈 아이도 낯설면 신형이다. 귀퉁이에 붉은 장미 두 송이가 도발적으로 피어난 이 수입 카드는 특급호텔 매점에서나 판매하는 것으로 장당 만 원을 호가한다. 강하상은 카드를 쓰레기통에 버렸다. 대호투금 서초센터장의 쓰레기통은 누구의 안방보다 깨끗했다. 스타벅스 종이컵, 고급 메모지, 싫증난 넥타이핀, 수입 파커 만년필 등 통 안을 털어봐야 손에 먼지 묻을 일이 없다. 두 시에 본부장의 전화가 왔다.

"강 형, 피곤할 텐데 뭐 하러 나왔소?"

그는 '형'자를 붙이며 우애를 과시한다. 그들은 실적과 여자와 미래의 직책을 공유하고 있다.

"본부장님보다야 피곤하겠습니까?"

본부장이 웃는다. 지금 강남에서 제일 피곤한 사람 백 명을 대라면 내가 들어가야지, 하는 웃음소리였다.

"주말인데 한잔 어떻소?"

"월요일이 어떨까요?"

본부장의 신음소리가 들리는 듯하다. 한 번씩 틀어줘야 한다. 내가 꼬봉은 아니지. 우린 맞수야, 결국은 내가 앞서가겠지만.

"그럽시다. 아냐, 일정이 있네. 다시 연락하죠."

본부장은 여전히 자기 스케줄 하에 강을 두고 싶어 한다. 여직원이 들어와, 전화로 약속한 김시주가 와 있다고 보고했다.

"직접 내린 커피야."

강하상이 말했다. 굵은 곱슬머리와 탐색하는 눈빛은 여전했지만 둥글

넓적한 얼굴은 턱의 여분의 살 때문에 더욱 확대되어 있었다. 그것은 광범위하고도 포괄적인 세계를 지향하고 있는 듯했다. 작년에 비해 전체적으로 몸집이 불어난 그는 1인용 가죽 소파에 무너지듯 비스듬히 기대 앉아 있었다. 갈색 머리 여직원이 시주 앞에 커피 잔을 내려놓고 들어왔던 문으로 도로 나갔다. 옅은 향이 코끝을 맴돌자 여기가 강남이라는 느낌이 비로소 찾아왔다. 실은 닭집으로 가는 대신 사무실이란 곳에 왔을 따름이었다. 시주는 커피를 한 모금 음미했다. 마치 병든 닭처럼.

"장사는 어때?"

"그렇지 뭐. 장도 그렇고 애들도 악착같지가 않아."

시주는 창밖을 보았다. 맞은편 보도의 수입차 대리점은 작년 5월과 똑같은 간판을 내걸고 있었다. 강하상은 그의 앞에 놓인 자료를 뒤적거렸다. 막대그래프와 꺾은선그래프가 지나갔다.

"천이 필요해."

시주의 말에 강하상이 고개를 들었다. 강은 웃고 있었다.

"무슨 말이야?"

"천을 빌려줬으면 해서."

"김희정이 그래?"

"내 뜻이야."

"그래? 근데 너 알잖아. 내가 현금이 어디 있냐?"

"주식 담보대출은 받을 수 있잖아."

"벌써 받았지. 우리가 현물 그냥 놔두는 사람이냐?"

우리, 시주도 그 말을 긴박하게 읊곤 했다. '우리 가게는 오래된 기름을 쓰지 않습니다.'

"꼭 좀 필요한데."

"왜 그러는데?"

"언제 그런 거 물었냐?"

강은 웃고 있었지만 표정은 딱딱했다.

"야, 옛날 같지 않아서 그래. 엉망이야. 나 카드까지 쓴다."

시주는 커피를 마시고 창밖을 보았다. 그는 아무것도 보고 있지 않았다. 강이 다시 말했다.

"난 네가 재기하리라 믿었는데 몇 년이나 왜 그러고 지내는지 이해가 안 간다. 취직하기 싫은 거야? 마땅한 데가 없는 거야?"

"네가 그런 걱정하는 줄 몰랐다. 하긴 집행유예는 지났지."

"형 산 것도 아니고 집행유예, 그거 상관없어. 너, 금융권에 아는 인간들 많잖아. 네 도움 받은 자들도 있고. 걔들을 왜 그냥 둬? 네가 이럴 때 써먹어야 하는 거 아니야? 꼭 정직원 아니면 또 어때? 투자상담사도 있고."

"상담사가 만만한 직책은 아니지. 흩어진 고객을 다시 끌어 모아야 하고. 차라리 은행을 털자면 제법 모일지도 모르지. 너 같으면 빈 몸뚱어리 하나가 다인 날 고용하겠냐?"

"네가 응하지도 않지. 지금이라도 어디 좀 알아봐. 언제까지 이러고 살래?"

"이러고? 무슨 뜻인데."

"야, 별 뜻 아니야……."

선배, 동료, 후배를 찾아갔다. 차를 한잔 얻어 마시고 운이 좋으면 밤에 소주도 한잔했다. 주로 옛 얘기들, 그만두고 나가서 성공한 동료나 소식을 끊은 어떤 지점장 얘기도. 자기 몸 하나 건사하기 바쁜 그들에게 경제공황까지 들이닥쳤다. 따져보면 이 불황에도 일자리가 없다고 볼 순 없었다. '우리 회사에 들어와서 열 개를 벌어다주면 우린 당신에게 세 개를 떼어주겠다.' 사금융사의 제안이 있었고 이때만은 그 잘난 자존심이 도움이 되었다.

"이 차장, 지금 졸아? 수치가 이게 뭐야? 장 끝나고 얼굴 좀 봐."

강이 수화기를 들었다가 내려놓았다. 그의 눈은 아까부터 컴퓨터의 수치에 못 박혀 있었다. 선물. 옵션 및 유가와 환율 그래프 옆에 경쟁 지점들의 실적 수치가 깜박이고 있었다. 우측 사이드 화면에선 주력 종목인 동서강관이 다소 불안하게 움직이고 있었다. 파업 타결 전망을 미심쩍어 하나? 주가가 힘차게 뻗어가지 못한다. 지금 14시 30분, 장 마감까진 30분 남았다. 예전의 시주는 이 시간에 매매를 하지 않았다. 하루 매매의 70퍼센트를 오전 11시 이전에 끝냈다. 건방진 감이 있지만 그건 그의 스타일이었다.

"갈게."

"갈려고? 저녁 때 한번 와. 그래야 소주라도 한잔하지."

시주가 일어서자 강이 무거운 몸을 일으켰다.

"나올 것 없어."

"아냐, 잠깐만. 잠깐만 기다려."

강이 센터장실을 급히 나갔다. 시주는 팔짱을 끼고 창밖을 보았다. 머리에 몸통이 붙은 사람들이 거리를 오가고 있었다. 거리란 언제나 그렇다. 차들과 사람들이 오가고 밤이 되면 일제히 네온이 켜진다. 그리고 아침이 오고 낮이 전면전처럼 들이닥친다. 사무실에 앉아 있을 때면 거리는 그렇게 흘러갔다. 머릿속은 온통 통장에 돈 찍히는 소리로 가득했던가.

강이 들어와 시주의 손에 지점 마크도 선명한 봉투를 쥐어주었다. 시

주가 쳐다보자,

"야, 미안하다. 기분 나쁘게 생각하지 마라." 하고 눈을 찡긋했다.

시주는 고개를 끄덕이고 봉투를 접어 점퍼 겉주머니에 넣었다. 감촉으론 수표 몇 장으로 보였다. 액면은 최하 단위일 것이다. 강이 슬리퍼 차림으로 이층 계단 앞까지 따라 나왔다. 모서리에 번쩍이는 금속을 씌운 계단을 내려가다가 뒤돌아보자 강의 아랫배가 허리띠 버클 위에 불룩 솟아나 숨 쉬고 있었다. 강이 한 손을 번쩍 들었다. 시주는 계단을 마저 내려갔다.

방으로 돌아온 강하상은 입을 벌리고 참았던 하품을 터뜨렸다. 돌아오자마자 사람을 그냥 두지 않는군, 그게 도시의 비정이지. 강이 생각하는 비정엔, 두 사람이 앉았던 의자 밑의 모래알갱이 몇 개가 같은 해안에서 왔다는 사실은 포함되지 않았다.

잠시 후, 그는 골똘히 생각에 잠겼다. 끝까지 협박이란 카드를 내보이지 않는 녀석이 두려웠다. 뭘 알고 있는 건가? 아니 모른 체 하는 건가? 그래, 안다 한들 5년이나 지난 지금 와서 뭘 어쩌겠다는 건가? 녀석에게 돈을 드릴 이유는 눈을 씻고 봐도 찾을 수 없었다. 아내였던 여자의 오빠라는 사실이 대단한 의미를 갖는 것도 아니고.

거리로 나선 시주는 천천히 걷고 있었다. 6개월 전인가, 우체국 휴면예금 30만 원을 돌려받은 그는 팔을 활처럼 구부려 럭비공을 하나씩 꿰찬 모습으로 거리를 활보했다. 오늘은 그럴 기분이 아니었다. 그의 양팔은 어깨에 힘없이 매달린 채 앞뒤로 조그맣게 흔들리고 있었다. 죽지 않고 돌아온 그가 제일 먼저 해야 할 일은 노동이 아니라 돈을 뜯어내는 일이었다. 그러나 역시였다. 의욕을 가질 만한 일이었지만 강하상은 꿈

쩍하지 않았다. 그런 강도 시주가 계속 찾아올까 봐 꽤나 겁을 먹었으리라. '이번 한 번만!' 소리를 하지 못한 게 무척 아쉽다.

이 시간부터 퇴근시간대까진 지하철이 가장 빨랐다. 빨리 가야 할 이유는 없지만 달리 할 만한 것도 없다. 그러니 가는 수밖에. 한 시절 밤이면 으레 술집에 앉아 있었다. 그곳에서 밤 11시가 바로 옆으로 지나갔지. 밤에서 낮, 낮에서 밤으로 시간이 주식시세와 함께 소용돌이치며 흘러갔다. 그 시간의 강물에 술집들이 가건물들처럼 띄엄띄엄 서 있었다. 그러고 보니 신사동의 목조 바 '적벽부'도 6년의 세월 저 너머 희미하게 묻혀 있다. 그리운 음악, 모르는 여자의 그늘진 옆얼굴, 화장실에 다녀올 때 멀리서부터 보이던 자신의 빈자리, 그 앞의 술잔. 지하철의 손잡이를 잡은 채 시주는 눈을 감았다. 적벽부의 스카치를 한 잔 들이켜자 식도를 타고 내려가는 황금 액체, 그 첫 모금의 타들어가는 쾌감이 고스란히 전해왔다. 위로 침투한 알코올은 점막을 뚫고 혈관 구석구석 깨끗하게 뻗어나가지. 흐르는 강물처럼, 때로는 절벽 아래 굽이치는 물결처럼 떠도는 건 분명 지난날들이다. 그들이 함께 있다. 강하상, 지유, 송보휘가 멋진 옷을 입고 갖가지 표정으로 강, 산, 바다, 강의실, 교정, 술집, 사무실, 결혼식장에서.

지유의 추천으로 독문과 3학년 여학생이 투자 동아리 '메아리'에 가입해 오자 경영학과의 세 복학생은 내심, 재수와 휴학으로 얼룩진 그녀가 여기서도 오래가지 못할 것으로 판단했다. 투자는 문학을 동경해본 적이 없기 때문이었다. 공통점이 있다면 심리를 다룬다는 정도인데, 투자에서의 심리란 공포와 불안감의 극복, 담대함, 절제, 평정심, 매서운 추격전, 재빠른 후퇴, 침묵, 굴욕을 견디는 인내와 관련이 있었다. 문학에서의 심리는 훨씬 포괄적이겠지만 사내들은 대체로 세세한 심리소설을 못 견뎌 했다. 스릴만 따지자면 주식은 어드벤처 장르였다. 보주는 사양 산업처럼 저물어가는 독문과의 마지막 후예답게 관념적인 쓸쓸함이 밴 얼굴로 도서관 계단을 천천히 내려와 하오의 교정을 가로지르곤 했다.

당시엔 교내 투자 동아리가 여럿 있었다. 주로 경영대에 몰려 있었지만 공대나 인문계열 학생들도 동아리에 관심이 있었다. 그들은 투자에 공학적, 확률적 지식을 접목하거나 인문학적 상상력을 과감히 도입하는 게 도움이 된다고 생각하고 있었다. 안 될 게 뭐 있나? 그들이 추구하는 게 불확실성이라면 그건 어차피 조금도 줄어들지 않을 터였다. 동아리끼리의 교류는 활발하지 않았다. 그들은 비밀 결사대처럼 삼삼오오 뭉쳐 밀실에서 컴퓨터를 켜고 복잡한 차트를 노려보고 있었다. 이 모임들이 여타 학생들에게 꼭 좋은 인상을 풍긴 것만은 아니었다. 그들이 돈을 벌어 크루즈를 탔다는 소문에서, 등록금을 날렸다는, 취직을 위한 교두보로 활용한다는, 어른 흉내를 내는 자본주의의 꼭두각시라는 등 말이 많았다. 그러나 전체적으론 주식 투자가 세대, 성별 구분 없이 일상화되었기에 시대가 요구하는 신종 동아리쯤으로 봐줬다.

투자 모임은 일주일에 한 번, 금요일 오후 4시에 있었다. 한 주의 시장이 마감되고 수업도 끝나는 시간이었다. 지유는 종목 선정, 강하상은 매매, 송보휘는 장기 추세, 김시주는 투자금액의 증감에 관심을 기울였다. 그들은 시장과 개별기업을 분석하고, 매도 매수 결정을 내리고, 주식과 현금과 파생상품 비율을 조정하고, 목표가와 손실한도를 설정한 후 7시 때론 8시에 학교 근처 식당으로 향했다.

그들의 투자수익은 보잘 것 없었다. '메아리'라는 동아리 명칭에 담은 애초의 소망과는 달리 돌아오는 대답은 시원찮았다. 점차 회의가 온다고 강하상이 투덜거렸을 때, 송보휘는 간략하게 대꾸했다. "배울 기회를 주잖아." 전쟁은 죽은 자에게 승패를 묻지 않는다. 그러나 시장은 전쟁보다 잔혹한 곳이다. 죽은 땅에서 라일락을 피워낸다. 피비린내 나는 패전의 현장에서 희망이 거짓말처럼 배양된다. 그래서 전 재산을 말아먹고 빚까지 지는 자들이 끊이지 않는 것이다.

그 당시 그들은 공황에 대해 몰랐다. 사회에 나가 실제로 부딪쳤을 때 아무 방비가 없었다. 그들은 저마다 타격을 받았다. 강하상은 잿더미가 된 주식과 선물 불씨를 간신히 살려 센터장 명패를 꼭 붙든 채 목숨을 연명하고 있었고, 기업 컨설턴트인 지유는 오피스텔과 개인 명의의 골프회원권 하나를 매각하고 중국 펀드는 아예 잊어버리는 선에서 타협했다. 송보휘는 투자한 지분의 가치가 삼분의 일 토막 나는 가운데도, 재벌 후세들을 엮어 들어간 코스닥에서 세 배의 투자수익을 올리며 손실의 상당 부분을 만회했다.

말이 재벌 후세지 경영 승계권이 없는, 재벌에서도 내놓은 망나니들은 유흥비와 해외여행 경비, 카지노 칩을 줄일 생각을 못 했다. 그들의 신분과 상관없이 그 대부분은 정상적인 회계 처리가 어려운 비용들이었다. 공황 후 주춤해진 신자유주의의 부활을 주창하며 기업들의 입장을 이론적으로 적극 대변해온 정통 우파지 '사상과예술' 주간 송보휘가, 금융 시장의 어두운 본성에 비상한 머리를 가진 자들과 이해관계를 같이 한다는 사실에 그들은 고무되었다. 그들은 재벌가의 성과 이름을 빌려주고, 성급한 수익을 원하는 일반 투자자들의 돈을 거둬갔다. 코스닥 작전, 다단계 금융상품 판매, 기업 인수합병, 상업 빌딩 투자 등 돈될 만한 건 널려 있었다. 실제 투자한 흔적을 남기기 위해 복잡한 거래 계정이 필요했다. 그들은 사후에 겨우 그 과정을 이해했다. 그중 한둘은 검사가 얘기해줘야 알아들을 지경이었다. 처벌은 미약했고 변호사들은 호주머니를 두둑이 채웠다. 지유와 송보휘는 기꺼이 벌금을 내고 영수증을 챙겨두었다.

담력이 큰 일부 망나니들은 수백억 원대의 시세 차익을 노리며 주체적이고 주도적으로 범죄에 개입했지만, 난마처럼 뒤엉킨 이익 배분 구조와 실망스러운 인간관계, 지루한 재판 과정을 거쳐 결국은 불면과 만성 고통의 늪만이 그들의 차지가 되어갔다. 그래도 그들은 쉽사리 멈추지 않았다. 새로운 먹잇감, 거대한 환멸을 향해 또 다시 진군했다.

남편을 살해하고도 집행유예로 풀려난 오페라 여가수가 있었다. 그 일로 그 가수와 지나치게 친해진 변호사가 있었다. 지유는 변호사 남편을 과감하게 정리한 보휘를 오래 방치하지 않았다. 그들은 새로이 손잡고 기업 사냥의 스릴을 맛보는 한편, 서로의 육체가 제공하는 쾌락의 즙을 격렬하고 집요하게 쥐어짜기 시작했다. 정열의 남용이 필연적으로 불러오는 체력 소진을 메우기 위해 단지 필요한 것은 정열의 변주였다. 두 남녀는 육체의 언어는 한둘이 아니라는 걸 자신들의 힘으로 알아나갔다. 시주는 가장 타격을 적게 받았다. 그는 이미 잃을 게 너무 적었다. 그러나 그 약간의 추가 손실이 그들 남매에겐 매우 어려운 시기를 남겨주었다.

앞자리의 젊은 여자가 코를 찡그리는 것 같았다. 가게를 안 나간 지 나흘이 지났다. 그런데 닭 냄새라니? "쉽게 빠지지 않는답니다. 그만두고 석 달은 지나야 남이 못 맡는다니까요." 닭 장사를 해본 적이 있다는 아주머니가 시주에게 해준 얘기다. 그때 가급적 버스나 지하철을 이용하지 말자, 아예 약속을 만들지 말자고 다짐했다.

"어떤 친구가 나흘이나 먹여주고 재워줘?"

튀긴 닭을 상자에 담다 말고 희정은 시주를 바라보았다. 시주는 바지에 두 손을 찌르고, 판매대 앞에 서 있었다. 마치 여자 손님의 남자 친구처럼.

"기름 갈 때 되지 않았나?"

"저기만 갈면 돼."

희정은 끓고 있는 네모난 기름통 세 개 중 맨 왼쪽 것을 가리켰다. 기름을 제때 갈지 않으면 역한 냄새가 나는데 그건 맡아본 사람만이 깊이 이해한다. 오래된 기름이 몸에 배면 살냄새가 자가면역질환처럼 자길 괴롭혔다. 폐유 한 통에 이천 원씩 쳐주며 나오기가 무섭게 가져가던 민 씨가 종적을 감추었다. 폐유를 뒤집어쓴 채 죽어가고 있는 민 씨를 시주는 꿈에서 한 번 보았다. 그가 시주를 얼마나 오랫동안 바라보고 있었는지 썩은 폐유 찌꺼기 같은 두 눈을 얼른 감겨주고 싶었다.

더러운 기름을 빼고 새 기름으로 갈자 희정의 표정이 밝아졌다. 두 번의 이혼에도 순진함이 살아 있는 여자다. 한 번의 외도를 핑계로 저 여자를 버린 놈은 더러운 기름을 간 게 아니다. 녀석은 동생의 외도를 방조 내지는 조장한 혐의가 있다. 강하상은 동생과 이혼하고 대형 갈비집 두 개에 10억 규모의 증권계좌가 있는 고객과 재혼했다. 강하상의 고객은 9·11테러 당시 재미삼아 걸어둔 옵션이 대박을 터뜨리면서 30억 원을 손에 쥐었다. 세계사의 끔찍한 불행이 한 개인에게 행운을 가져다준 사실이 죄의식을 불러일으키면서, 그녀는 해마다 9월이 오면 자선단체에 얼마간의 기부금을 내는 걸로 자신을 위로해왔다. 강은 그런 시시한 짓거린 그만두고 자신에게 시집와 남은 인생을 즐기라고 부추겼다. 한 번 이혼에 네 살짜리 딸이 있는 건 오직 이 하늘 아래 강하상이란 남자를 알기 위해서라고 설명해주었다.

희정과 결혼할 무렵 강은 서류상으론 총각이었다. 허나 그는 첫 결혼식은 전국이 다 알게 시끄럽게 치렀다. 두 사람이 한 달 만에 갈라선 건 강의 무지막지한 베팅에 겁을 먹은 신부의 단호한 결단에 따른 것이었다. 경찰청 경제범죄 특별수사대의 전화가 신혼집에까지 걸려오자 신부는 새신랑이 처갓집까지 말아먹을 인간임이 분명하다고 결론지었다. 그렇지 않아도 강간 수준의 취중 잠자리에 대한 불쾌감으로 밤이 싫은 그녀였다.

혼자가 된 강은, 엉뚱한 세력이 작전을 걸어오며 반전의 반전으로 파산의 위기에서 벗어나면서 삼성동 아파트 한 채 값까지 추가로 벌어들었다. 그 극적인 반전이 오기까지엔, 경쟁 증권사의 간부인 시주의 원격 도움이 있었다. 강은 고통 분담에 나서준 시주에 대한 보은인지 승자의 만용인지 자축연 자리에 끼인 두 살 아래의 이혼녀 희정을 바로 꿰찼다. 희정의 첫 남편은 딸 성연을 낳고도 인생의 의미를 찾지 못해 방황하다, 홀로 나선 인도 여행에서 판초 여자를 만나 참사랑에 눈이 떴다. 한국으로 돌아온 그는 선친에게서 물려받은, 이미 경영상 삐걱거리고 있던 의자업체를 정리해 일부 위자료를 희정에게 남기고 판초와 길을 떠났다. 그 무렵의 강은, 희정의 지참금까지 수중에 넣은 젊은 유망주가 되어 의기양양, 자신감이 하늘을 찌르고 있었다.

주로 차명으로 재산을 굴리는 강에게서 쥐꼬리만 한 위자료(그녀 명의로 된, 손실 70퍼센트의 선물계좌를 포함해)를 받고 성연과 함께 아파트(가짜 저당권을 설정해놓은)에서 걸어 나온 희정은 '한식 뷔페' 종업원으로 신분이 바뀌었다가 6년 전 치킨집 주인이 되었다. 강하상은 멀쩡한 기름을 버리고 돈, 욕망, 음모 따위의 내부 입자가 더럽게 엉겨 붙은 기름통 속으로 자진해서 빠져들어갔다. 그 기름의 표면은 엉뚱하게도 영롱한 무지갯빛이다.

시주는 3번 테이블에 훈제 치킨 세트를 서빙하고 밖으로 나가서 담배를 피웠다. 실내 손님들이 돌아가고 포장 손님도 발길이 끊긴 밤 11시 40분.

"그만 닫을까?"

주인은 그녀다. 그러나 언제나 오빠의 동의를 구한다.

"그러자."

그녀와 얘기를 해야 한다. 그녀는 오늘밤 내내 그의 눈치를 살폈다.

보도까지 천막 지붕이 처진 대형 포장마차엔 슬픈 전설이 있다. 작년 겨울 오전 2시, 여기서 애인을 기다리던 여자를 향해 무단 횡단하던 편의점 알바가 달리는 승용차에 치어 즉사했다.

"저녁을 안 먹었다니, 오빠 바보 아니야?"

조개탕에 밥을 곁들이는 시주를 보며 희정이 말했다.

"다리 한 조각 먹었어."

냄새도 맡기 싫은 치킨이고 김밥을 사다 먹을까 했지만, 10시 넘어 생맥주를 한잔하자 그 생각도 사라져버렸다.

휴대폰이 울리자 발신번호를 확인한 그녀는 말없이 일어나 총총히 입구로 걸어갔다. 몸 형태가 몇 년 사이 눈에 띄게 변형된 여자가 맴맴 제자리 돌며 전화를 받고 있다. 가게를 닫을 시간이면 가끔 전화가 오고 그럼 희정은 으레 밖으로 나가서 받았다. 다음날이면 말없이 외출해 저녁까지 해결하고 온 그녀가 필요 이상 장사를 서두르는 모습을 볼 수 있었다.

자리로 돌아온 그녀는 오늘도 약간 상기되어 있었다. 한번이라도 제대로 된 놈을 사귀는 걸 볼 수 있을지, 그거야말로 염치없는 소망이 되어가고 있었다. 하긴 닭 냄새를 받아주는 것만으로도 대단한 자 아닌가? 희정이 시주 쪽으로 몸을 기울였다. 시주는 상대방과 거리를 두는 게 버릇이 되었으므로 사람들을 피곤하게 만들었다. 고치고 싶었다.

"못 구했다."

희정은 아무 말 하지 않았다. 대신 옆자리에서 어린 여자가 "뭐야? 미친 새끼야!" 하고 맞은편 청년에게 소리 질렀다. 시주는 강하상이 준 5십만 원에 대해서 함구했다. 아직은 희정의 자존심이 그것보다는 비싸리라. 작년 5월에는 강이 준 2백만 원에서 백만 원을 희정에게 내놓으며 뭐라고 둘러댔더라? 옛날에 낸 세금을 돌려받았다고? 오늘도 그 비슷한 핑계를 대며 봉투째 내놓을 수 있었지만 아무래도 돈의 사용처가 생길 것만 같았다. 강하상에게서 천만 원을 실제로 기대한 건 아니었다. 나흘의 행불도 죽음에서의 귀환도 천만 원의 값어치가 없다는 건 알고 있었다. 두 사람은 소주잔을 내려놓고 집으로 걸어갔다.

코너의 지물포를 지나 집으로 이어지는 좁은 골목엔 검붉은 맨홀 뚜껑이 녹슨 얼굴을 드러내놓고 있다. 아이는 20개월이 넘어서까지 서울 시내 모든 맨홀 뚜껑을 둥글게 둥글게 피해서 다녔다. 그때마다 아내는 박수를 치며 깔깔대고 웃었다. 뚜껑 위에 바짝 엎드려서 콸콸 물소리를 듣고 싶었던 지난 4년. 불평도 욕구도 없이 사시사철 흘러가는 더러운 물줄기에 공감하고 싶던 날들, 그날들은 여전히 이어지고 있는 건가. 무슨 생각을 하는지, 희정의 표정을 읽을 수 없다. 시주는 고개를 들어 조카 방의 불빛을 확인했다.

누가 최고냐

밥맛 치곤 귀여운 구석이 있는 녀석이었다. 점퍼에 농구화를 신지도, 영어가 입에 붙은 것도 아니지만, 깔끔하게 빗어 넘긴 머리와 빤지르르한 얼굴, 살짝 치켜든 턱에서 뿜어 나오는 과다한 자신감은 보기에 따라 수시로 역겹거나 귀여웠다.

"어때? 경기 영향은 안 받나?"

"해신섬유 박 전무님의 영향은 받지."

보휘 맞은편에서 꼰 다리의 발가락을 까닥거리며 '사상과예술' 최근호를 뒤적이던 박 전무가 고개를 들었다. 사무실을 역삼동으로 옮겼으니 잡지를 못 받아봤을 수도 있다.

'사예'지는 지성계 최전선에 있는 학자들의 최근 논문, 논란되고 있는 이슈, 세계 정상급 예술가들과의 대담, 현대예술의 조류, 고급 가십거리를 다루고 있었다. 많은 자료를 해외 각지의 유학생과 박사급 연구원들이 보내오며 영문일 경우 국내에서 번역했다. 이념적으론 우파이고 최근에는 경제공황 이후 머리를 들고 있는 신좌파 이론가들의 글을 선별적으로 게재하고 있었다. 최고의 인기 코너는 좌우 이념을 대표하는 국내외 사상가들 간의 묵직한 논쟁의 장이었다. 이 코너의 유지를 위해 가외의 비용이 투여되고 있었다. 헤비급 권투 챔피언 타이틀전의 개런티를 지불해야 하는 주최 측의 입장을 생각해보라. 600여 페이지에 달하는 계간지 '사예'의 상주 직원은 주간인 보휘 외에 영업 둘, 광고 하나, 편집 셋 도합 일곱이다. 편집장은 그 유명한 논쟁자 김희수다. 최고의 문화비평가로 꼬마 싸움꾼이라는 별명을 갖고 있다.

보휘는 이 잡지에 긍지를 갖고 있었다. 그 긍지를 뒷받침해주는 건 사예 총서였다. 제1권에서 7권까지 세계적인 석학들의 신작을 번역했고, 그중 제5권 '시장의 햇불'은 뉴욕과 서울에서 동시 발간했다. 정치인, 경제인, 관료들, 교수들, 예술가들이 총서의 책들을 자주 언급했고 기자들도 논쟁거리를 발췌해 특집으로 다루었다. 잡지와 신간의 대량 구매처이자 각종 컨퍼런스의 후원자며 광고주이기도 한 기업들은 '기업문화'란 퓨전 용어 대신 '사상' 또는 '예술'이라는 원형 그대로의 용어를 선호했다. 오늘날 세계 최고 기업의 CEO 중 사상가와 예술가가 아닌 자는 없었다. 그들은 세계 출판 시장까지 리드하고 있었다.

보휘는 총서의 책임편집인 겸 '사예'의 주간으로 출판사 지분 30퍼센트를 갖고 있었다. 전 남편의 대학 선배인 발행인이 51퍼센트를 갖고 있지만, 그는 여기 간여하기엔 다른 데 벌여놓은 일이 너무 컸다. 그는 인도네시아 자원 개발에 아니, 그 가능성의 탐구에 돈을 쏟아 붓고 있었다.

그런 그녀가 박 전무의 시건방진 면전에서 미소를 띠고 있는 건 잡지 뒤표지 광고의 장기 계약 건 때문이었다. 박은 고급 이미지의 패션 광고를 원했고, 그건 잡지 성격을 감안해볼 때 파격적이면서도 궁극적으로는 적절한 판단이었다. 박의 광고는 이 잡지를 통해 새로운 이미지를 입게 될 것이었다. 맨몸이 생각하는 옷, 유명 스포츠 스타와 특급 영화배우의 알몸은 이 옷을 원했다. 옷을 통해 다시 알몸을 유추하게 되는 이 작품은 경제와 문화, 문화와 패션의 관계에 대한 21세기의 정의를 요구해올 것이었다. 그리고 작품은 자체 웹진을 통해 24시간 발광하고 있을 것이었다.

"단가가 너무 앞서 나가는 것 아냐?"

"깎을 생각 마. 원가가 높아."

"알지. 그건 그렇고, 괜찮은 물건이 있다며?"

"무슨 소리야?"

"내가 언제 섭섭하게 한 적 있나? 날 빼고 가려는 거 다 알아. 코스닥이 아니라 거래소 쪽이라고 들었어."

무턱대고 한번 찔러보는 게 박 전무의 버릇이다. 그런데 그게 맞아 돌아갈 때가 있다. 하긴 잡지 광고 계약이라야 서로가 서로에게 던지는 미끼에 불과하다. 그게 비싸봐야 얼마나 하겠는가? 클릭 한 번에 수십 억·수백 억이 빛처럼 이동하는, 이 숨 가쁜 자본의 세계에 비하면.

"물건이야 언제고 없었나? 확실한 그림이 보이면 어련히 알아서 브리핑 할까?"

"브랜드 하나 각인시키는 데 돈이 보통 들어가는 게 아냐. 이번엔 정말 제대로 보여줘야 해. 영감 잔소리가 이만저만이 아니거든."

"회장님께선 평생 잔소리를 안 하신 분이야. 충고라면 하셨지만."

"오케이, 그 말을 전해주지. 그 말을 한 실물을 보면 더 좋아하시겠지만."

"농담 그만둬. 계약 건이 있다고 갖고 놀려는 거야?"

"아아, 얼굴 펴요. 예쁜 얼굴에 주름 잡히잖아. 참 이번 토요일 저녁 어때? 최근 6개월은 그대가 혼자란 소릴 들었거든."

오래전에 나돌았던 미디어 준 재벌 3세 홍 상무와의 관계는 부풀려진 것이었다. 그런 루머는 덕 될 게 없었다. 이미지 훼손이 따랐다.

"토요일은 죽는 날까지 일정이 잡혀 있어."

"죽음도 토요일은 피해서 오겠군. 수요일에 전화할게."

"목요일에 해"

"그러지."

박 전무는 싱긋 웃고는 자리에서 일어났다. 기껏 저녁 한 끼에 와인 몇 잔이 그렇게 행복하신가? 와인에 곁들여 은밀한 얘기라도 듣고 싶은 겐가? 또래의 재벌 3세들 취향에 관심이 많은 그이지만, 그녀로선 다방면으로 활용할 수 있는 장사 밑천을 한 개인에게 넘겨줄 까닭은 없다. 그런 식이라면 그의 취향도 보호받을 길이 없다는 걸 알아야 한다. 최고급 와인에 시가 천만 원대의 보석을 우정의 표시로 건네 온다면 다음과 같은 정보 하나쯤은 흘리게 될지 모르지만.

〈허재민, 미감패션 대표, 만 41세, 청천그룹 창업주 여동생의 차남, 미감패션의 지분 23퍼센트 보유. 어머니 이정숙, 미감패션 회장으로 경영 일선에서 한 발 물러남. 장남은 음악 프로듀서로 경영에 관심 없음. 여동생 허지숙은 홍보 상무로 재직, 은근히 허재민 견제 및 경영권 노림.〉

여기까지는 별 흥미가 일지 않을 것이다. 다 아는 얘기니까. 그러나 다음과 같은 이야기라면 동공이 커지지 않을 수 없다.

〈최근 3개월간, 자사 광고 모델인 영화배우 고진혜와 남양주 별장에서 잦은 밀회. 외출할 땐 마치 공적 촬영 중인 것처럼 무비 카메라 지님. 인기 가수 케이와이를 만난 그녀를 폭행하여 눈가가 멍들고 입안이 크게 찢어짐. 부상을 입은 그녀가 거액의 합의금 요구. 남자는 여자의 침실 위 알몸과 화장실에서의 모습까지 찍어두고 맞협박. 남자가 돈 문제에 있어 매우 소심하고 편협하다는 게 정설. 여동생이 그에 대한 정보를 이미 상당량 확보하고 있고 지금도 계속 수집 중임. 자칫 역풍을 맞지 않기 위해 신중하게 대처하고 있는 듯. 허재민의 차명계좌는 태영증권사 강남지점에 230억, 대민은행 광교지점에 120억이 있고 비상장 주식에 70억을 투자해 코스닥 업체 합병 후 상장을 꾀하고 있음. 그 상장으로 300억대의 시세 차이를 노림. 상대적으로 정치권 로비는 인색한 편이고 그나마 자금 전달책이 일부를 횡령하는 배달 사고까지 발생. 미국 뉴욕에 400만 불짜리 저택과 5번가의 미용실 사장인 한인 파트너가 있음. 그녀는 탤런트 정인수의 전처임. 최근 강남의 이비인후과에서 비임균성 요도염 4주간에 걸쳐 치료. 남자 신인 모델과의 하룻밤 후, 대장균에 감염되었다는 설 유력.〉

경쟁업체 경영진의 사생활은 무척 흥미롭지 않을 수 없다. 그걸 바로 써먹거나 그걸로 상대를 치명적인 모함에 빠뜨릴 생각은 없다 하더라도 그러한 사실을 알고 있는 것만으로도 기업 경영에 도움이 된다. 입김이 커져가는 여동생의 경영 스타일과 여성 특유의 잔머리 기술도 알아둬서 나쁠 게 없다. 도시의 2,30대 여성을 겨냥한 중고가대의 정장 시장에서 강력한 경쟁업체인 미감패션 경영진들이 맑은 정신을 유지하기가 힘들다는 게 가장 알찬 소득이 될 것이다. 박 전무 입장에서 보면, 그보다 더 복잡한 여자관계도 말썽 없이 컨트롤 하고 있는 자신이 얼마나 자랑스러우랴. 앞으로도 욕망을 적절히 컨트롤 해 오랜 시간 행복해야겠다는 결의를 다지게 될 것이다.

　지난 봄밤의 캠프에서, 이륙하는 헬리콥터에 박 전무가 태운 숙녀는 탤런트 강여울이었다. 보휘가 알고 있는 한 그들 사이에 두 번째 만남은 없었다. 여자 모델은 많고 자기는 특별하다고 믿는 한심한 모델은 더 많다고 생각하는 자가 박 전무였다. 하룻밤이라면 모델복을 입히기보다는 돈을 지불하고 마는 게 깨끗했다. 박은 그렇게 했다. 더 알아보니 박은 그룹 산하 기업 소속의, 키 187센티의 배구선수 뒤를 봐주고 있었다. 스타도 아닌 그녀의 어디가 그를 미치게 하는 걸까? 엄청난 파워의 굳은 살 박힌 손바닥에 어딘가를 철썩철썩 두들겨 맞고 싶은 건가? 고공 점프에 강 스파이크를 성공시킨 그녀가 동료 선수와 하이파이브 하며 짓는 미소는 아무리 봐줘도 풋풋함 그 이상은 아니었다. 아들이라면 아버지가 역정 낼 일을 해야만 하는지도 모른다.

　이 따위 정보들을 어떻게 수집하느냐고? 그녀가 한때 몸담았던 자동차 홍보실 선후배들, 정기적인 모임을 갖는 대기업 홍보팀, 그때 알게 된 신문기자들, 증권회사 정보팀과 수십개 매체의 산업부, 연예부 기자들, 스타의 매니저들과 코디들, 고급 식당의 매니저와 헤어 디자이너와 룸살롱 마담들, 편집 여직원이 수시로 올리는 정보 페이퍼. 재벌가의 배신한 가신들과 협박으로 한 밑천 잡아보려는 집사, 기사, 경호원 나부랭이들. 그리고 무엇보다 정·재계나 연예계의 실력자들과 실무자들로부터 직접 듣는 생생한 정보들이 기초 자료가 되어주고 있다. 수많은 정보를 종으로 횡으로 엮어나갈 때, 딱 그림이 완성되는 순간의 쾌감과 보람이란!

　보휘는 7층 엘리베이터 앞까지 박 전무를 배웅했다. 문이 열리자 9,

10, 11층에서 흘러나온 건설, 전자, 화학업체의 조개껍데기 얼굴들이, 한 화면에서처럼 철판 가득했다. 조심성이 몸에 밴 자들의 아첨기 묻은 얼굴들 사이에서 박 전무의 태연하고 환한 얼굴이 서서히 닫히고 있었다. 서울의 웬만한 빌딩마다 이렇게 하나의 태양 주위에 양식 조개껍데기들이 넘쳐나고 있었다. 방으로 돌아온 그녀는 김희수 편집장을 불렀다. 하루 빼먹은 면도로 턱에 짙은 야성이 깃들었다.

"금요일에 시간 나세요?"

김희수의 눈동자가 커졌다.

"근대미술 총서 출판기념회가 있어요. 거기 누가 호색한이거든요. 대신 가주세요."

"함께 가면 어떨까요?"

김희수가 웃지도 않고 말했다. 진심인가 보다. 액정에 강하상의 번호가 떴다.

"지난주 금요일에 시주가 왔다 갔어."

"시주가?"

"알고나 있으라고."

보휘는 전화를 끊고 생각에 잠겼다. 알고나 있으라니… 마치 복수라도 하러 온 자를 겨우 달래서 돌려보냈다는 뉘앙스를 풍기고 있었다. 우리가 융단 폭격한 그 주식에 김시주, 네 개인 돈도 잠겨 있었다는 걸 내가 몰랐다고 하면 넌 믿겠니? 그저 6개월 감봉 정도면 끝날 일을… 사표를 던지지 않으면 안 되게끔 몰고 간 건, 그건 결국 너 자신이었지.

김이 그녀를 쳐다보고 있었다. 아직 대답을 기다리고 있었다.

"그래요, 같이 가죠."

그 출판사 대표의 형이 야당 중진 의원인 건 누구나 안다. 그는 '사예'

지와 보휘에게 반감을 갖고 있다. 도둑놈 주제에 누구한테 반감이야? 보휘는 코웃음을 쳤다. 김이 나가기를 기다려 내려놓았던 휴대폰을 다시 들었다.

"어디야?"

"리처드와 약속이 있다고 말했을 텐데."

지유가 대답했다. 그럼 그린오션호텔이다. 일 년에도 두세 차례 방한해, 사냥할 기업을 물어오는 컨설턴트라는 이름의 사냥개 업체 사람들을 만나온 리처드는 강남의 특급 호텔 그린오션의 피트니스 클럽을 선호한다. 보휘는 뒷돈을 밝히는 리처드는 싫었지만 그린 오션 호텔은 미워할 수 없었다. 리처드는 관문이었다, 피터 씨에게 가는.

"해브 어 굿 타임, 미스터 리처드."

"탱큐, 시 유 레터."

'오리건 사모펀드'의 부사장 리처드와 악수를 나누고 돌아선 지유는 호텔 로비에 놓인 자줏빛 소파에 등을 기댔다. 옆자리에는 금빛 털로 덮인 팔을 티셔츠 반소매 밖으로 드러낸 백인 여자가 어깨를 숙인 채 페이퍼북을 읽고 있었다. 특급 호텔의 로비에서 추리소설에 빠져 있는 중년의 이 뚱뚱한 백인 여자는 아마도 중요한 회의를 앞두고 긴장을 풀고 있는 게 아닐까? 영국의 비즈니스 우먼 가운데 '프레드릭 포사이드' 팬이 적잖이 있었다. 그녀들은 어떤 멋진 남자보다도 추리소설 저자와 함께 세계를 돌아다니길 좋아한다. 여자가 지유를 돌아보며 미소를 짓자, 지유도 이 밝은 피부의 여자에게 호의적인 웃음을 보냈다. 그린오션호텔의 이용객 중 반은 서양인이고, 동양인 중 4분의 3은 중국인이거나 일본인이었다. 그들은 거개가 국제적인 비즈니스맨으로 B급 호텔 로비를 가득 메운 단체 관광객의 들뜬 모습과는 거리가 있었다.

이 호텔을 드나드는 여자들은 대체로 연한 화장에 고급 브랜드의 옷을 입고 있었다. 옆자리의 백인녀처럼 맨얼굴에 편한 스포츠웨어를 입은 여자들도 종종 눈에 띄었는데 그들에게선 돈과 에티켓에 구애받지 않는 상류층의 여유를 엿볼 수 있었다. 때론 짙은 화장에 몸의 굴곡이 드러나는 드레스의 젊은 여성이 남자들의 시선을 받으며 로비를 가로지르거나 엘리베이터 앞에 서 있기도 하지만 그건 어디까지나 예외였고, 그런 류의 예외에 대해서 그다지 까다롭게 굴지 않는 게 호텔 종업원들의 일반적인 태도였다. 그러나 무슬림을 보는 시선은 그렇게 여유로울 수가 없었다. 파키스탄의 거부가 유엔 본부 건물을 닮은 이 장대한 호텔에 묵었을 때, 그는 덩치 큰 서양인 비서를 둘씩이나 대동하고 다녔다. 한국놈들이 파키스탄 알기를 뭐같이 안다는 얘기를 들었기 때문이었다. 뭐같이엔 얕봄과 두려움이 뒤섞여 있었다. 테러리스트들은 호텔 1층을 폐허로 만들기 좋아하는데 그곳이 대한민국이라면 색다른 느낌이 날 거라고 볼 것이었다. 할 수만 있다면 그 거부는 대 테러 진압 경력이 있는 대령급으로 무장을 시켜 따르게 했으리라.

그런 그린오션호텔의 커피숍에서 리처드가 고려경영컨설팅 대표 지유와 나눈 대화는 유익했다. 지유가 건넨 보고서에 의하면 강관업체인 동서는 숨은 진주였다. 자본금 1800억, 연매출 8300억, 당기순이익 250억, 부채비율 130퍼센트, 유보율 70퍼센트에 종업원은 950여 명이었다. T 시와 D 시에 두 개의 공장을 가동하며 일본, 중국, 미국, 인도 등 7개국에 지사가 있었다. 매출의 80퍼센트는 강관과 냉관 제품이었다. 공개된 자료상으론 그렇고 실제론 분식회계 혐의가 짙었다. 분식회계 기간이 그리 오래되지 않은 걸로 짐작되어 그 규모는 생각보다 크지 않을 수도 있었다. 1대 대주주를 포함한 주요 대주주들의 총 지분율은 30퍼센트 이하였다. 차명 보유분과 숨겨진 우호 지분의 규모도 20퍼센트는 넘지 않을 것으로 보고서는 보고 있었다. 선친에게서 회사를 물려받은 1대 대주주 김동철은 유통업에 잘못 손댄 데다 원자재 선물투자 실패까지 겹치면서 내부적으로 자금 부족에 시달리고 있었다. 회사에서의 입지도 흔들리고 있었다. 그는 2대 대주주인 사촌 김정수 전무의 견제를 받고 있었다.

리처드는 동서의 지분분포와 자산가치에 주목했다. 지난 3월 말 한국에 왔을 때, 미스터 지의 초대로 참석한 산장 파티에서 본 바 있는 김 전무가 신뢰할 만한 존재라는 확신까진 없지만, 사람을 판단하는 동양과 서양의 기준이 같지는 않다는 걸 감안하면 뚜렷한 감점 요인이 될 순 없었다. 그리고 과정이란 결과만큼 중요한 게 아니었다. 현재로선 임금 인상과 근무환경 개선을 요구하며 파업을 질질 끌었던 중견 기업에 특별한 관심을 두는 자는 없었다. 어떻게 보면 이 회사는 존재하지 않는 거나 마찬가지였다(상대적으로 일부 투자자에게는 파업이라는 형식이 회사가 살아 있다는 증거가 되고 있었다). 회사의 존재감이 부각되었을 땐 분식회계분을 털어내고 분리매각해도 그 값어치는 상당할 것이었다. "모 펀드에서 벌써 입질이 시작되고 있습니다. 가치를 알아보는 거지요." 지유는 의미심장한 웃음을 흘렸다. 서두르라는 얘기였다. 리처드는 지금 시점에서 대단히 어트렉티브 한 기업이라고 피터 씨에게 보고할 참이었다. 어젯밤 그토록 멋진 엉덩이와 또렷한 이목구비에도 불구하고 몇백 달러에 밤을 제공한 여자가 무명이라는 점과 꼭 닮았다. 그 여자는 투자해서 가꾸면 톱탤런트가 될 가능성이 있다. 스타는 무명의 시기가 있어야 한다.

리처드는 그녀의 매력을 대낮에 한 번 더 확인하기 위해서 R 숍 전자매장을 찾아가는 중이었다. 그는 매장 종업원인 그녀에게서 최신 스마트폰을 구입하는 즉시 그녀에게 도로 선물하는 깜짝 이벤트를 궁리하고 있었다. 선물을 받아든 여성, 섹스의 화신은 한 남자의 애정 어린 관심이 국적을 초월해 어떤 형태로 구체화되는지 두 눈으로 똑똑히 보게 될 것이었다.

지유의 앞으로 검은 투피스가 눈에 띄게 어울리는, 틀어 올린 머리에 매우 세련되고 전문직 이미지를 풍기는 30대 중반 여자가 다가왔다.
"안녕."
남자가 말했다.
"안녕."
여자가 말했다. 그들은 호텔 바로 옮겨 남자가 보관해둔 브랜디 '헤네시 XO'를 한 잔씩 마셨다. 말쑥하게 차려입은 신사 숙녀가 특급 호텔의 바에서 한잔하는 건 대한민국 강남에서는 흠이 아니었다. 머리를 우에서 좌로 신중하게 빗어 넘긴 바의 40대 지배인은 자신이 왜 대낮부터 근무해야 하는지 의문을 품고 있었으나, '우리 중 누구도 신사 숙녀가 대낮에 한잔하며 머리를 식히려는 생각을 잡치게 할 권리는 없다'는 사장의 말에 손을 들어 반발하지는 못하고 있었다. 머리를 식히려는 건지 어디를 데우려는 건지, 오늘도 두 남녀가 마주 보고 앉아 있었다. 남자가 말했다.
"자기, 리처드를 볼 걸 그랬어."
"문제가 있어?"
"그렇진 않아. 자기 타입의 여자를 좋아하더라고."

"엉뚱한 소리 하지 마."

"그가 피터에게 어떻게 보고하냐에 우리 사업이 달려 있어."

"지금 단계에서 여자는 오히려 역효과 아닌가?"

"이미 제공했어. 그대보다 젊고 싱싱한 물건으로."

"개자식."

"음란한 것."

그들은 증오에 찬 눈길로 서로를 마주 보았다.

객실 침대에 내던져진 여자는 뺨을 얻어맞고 머리칼을 휘어 잡혔다. 여자는 남자의 성기를 빨았다. 브랜디 향이 미처 가시지 않은 입안이었다.

"좋아?"

"좋아."

"더러운 년."

여자의 얼굴을 빼서 침을 뱉자 여자는 희미하게 웃었다. 지유는 보휘를 거칠게 쓰러뜨렸다. 눈앞에 둥글고 탄성이 강한 흰 엉덩이가 높이 들렸다. 그것은 그 갈라진 틈내 흑갈색 소용돌이 내로의 절대 투항을 요구해오고 있었다. 자비가 없기론 그녀 이상 가는 여자가 없었다. 그는 무릎을 꿇고 그녀의 뒤에서 외롭게 무너져갔다. 가끔은 버둥거렸다. 타고난 흡입력과 수축력으로 마지막 한 방울까지 쥐어짠 그녀가 마침내 그를 밀어냈다. 뒤로 벌렁 드러누운 그는 가쁜 숨을 내몰았다.

"담배 괜히 끊었나 봐."

후회하진 않지만 아쉬울 때가 있었다. 담배 자체보다 흡연자를 더 경멸한다고 그녀가 말했던가? 김시주, 보휘의 맹목적 숭배자, 놈이 모르는 건 그뿐만이 아니었다. 그녀는 귀에 대고 가끔 속삭여줘야 한다. 되지도 않는 말 따위가 좋다.

"엄마한테 가봐야 해. 그만 가."

몸을 돌려 젖은 음모를 드러내며 그녀가 말했다. 그들은 샤워를 하고 룸을 나섰다.

호텔 엘리베이터가 1층에 도착하자 굵은 고구마라고나 해야 할 스포츠머리 중년 남자와 탱탱한 청바지 위에 배꼽을 드러낸 젊은 여자가 서둘러 안으로 밀고 들어왔다. 언젠가는 동창이나 처남이나 시아주버니가 엘리베이터 문 앞에 서 있겠지. 그런 날은 어느 날 갑자기 쿵 하며 눈앞에 떨어지니까.

지유가 BMW를 빼오는 동안, 송보휘는 호텔 정문 앞에 차분히 서 있었다. 지유는 그들의 낮과 밤이 언제까지 유효할지 알 수 없었다. 보휘는 언젠가는 아주 굉장한 걸 요구해올 여자다. 성적으로 또 머니로. 그 많은 영화와 소설이 모두 거짓일 순 없다. 욕구에 억눌린 여자를 되돌려놓기란 사실상 불가능하지 않은가? 그것은 우선 충족되어야 하고, 그 후엔, 태연하고 냉랭해진 여자 옆에서 남자는 진저리를 치는 것이다.

가끔은 지유도 홀로 있고 싶었다. 섹스 후 집으로 돌아가면 아내가 기다리고 있었다. 약간의 죄의식이 좋았다. 그런 게 윤리 아닌가? 가정을 지탱시키는. 그는 현실적인 사람이었다. 돈을 벌어 가정을 튼튼하게 구축하는 일에 관심이 많았다. 강남 아파트, 대형차, 골프회원권, 초우량 대기업 주식, 상담 고문 역할로 받은 벤처 주식, 언제 대박 날지 모르는 시골 땅, 콘도회원권, 임대 주고 있는 오피스텔 등. 이런 것들은 사법, 입법, 행정부의 모든 고위직이 공히 누리고 있는 우리 시대의 경제 아이

콘들이며, 어떤 순서로 열거해도 시세 차이가 있을 뿐 그 하나하나가 재산 형성을 위해 차마 빠뜨릴 수 없는 품목들이었다. 경제공황은 평가절하된 그것들을 싸게 거둘 수 있는 현금성 자산이 새삼 중요하다는 사실을 일깨워주었다. 이러한 물적 토대 위에서 일류대와 최고의 직업, 검증된 배필을 자식에게 부여하는 것이 선진국의 문턱에 들어선 대한민국 부모가 해야 할 일이었다. 없는 것들이 자식새끼가 일류 대학에 합격했다고 자부심이 밴 얼굴을 쳐드는 걸 볼 때면, 일곱 살 아들의 영어유치원비 2백은 너무 약소하다는 생각이 들었다. 아내도 그 점에선 한목소리를 내고 있었다. 아이가 없는 보휘는 이런 부성애와 모성애를 결코 이해할 수 없으리라.

관계 후, 그렇게 거친 욕구의 충족 후엔 밀려오는 공허도 컸다. 지유는 강남대로가 언제부터 이렇게 좁아터지게 되었는지 짜증 섞인 얼굴로 30미터 앞 신호등을 노려보았다. 보휘는 고개를 돌리고 말없이 창밖을 내다보고 있다. 이 여잔 무슨 생각을 하고 있는 건가? 스와핑, 마약, 그것만은 안 된다. 그가 국회에 진출하지 마라는 법이 어디 있는가? 관료, 교수, 대기업 임원 출신만 기획재정위원회 후보가 되는 게 아니지. 위원회는 자산운용과 기업 인수합병에 전문적인 지식과 실전 경력을 가진 금융통이 필요할 거야. 이론 박사들이 이 땅의 경제를 망치고 있어.

지유는 신사동 사거리에서 보휘를 내려줬다. 그녀의 에쿠스가 거기 부티크에 있었다. 그리고 그의 골프채도 그 근처에서 주인을 기다리고 있었다.

하소야는 신사동 중심가의 스타벅스 테라스에서 커피를 마시며 이 주일의 영화잡지를 들쳐보고 있었다. 차양이 햇볕을 가려주고 있었지만 그녀는 초점을 모으려는 듯 가늘게 눈을 찌푸렸다.

실내는 금연이었다. 세계 어디건 흡연자들은 부랑자처럼 거리에 나와 있었다(그들 중 일부는 햇볕을 즐기는 거리의 철학자로 위장하고 있었다). 오후 네 시 반, 하늘은 푸르고 구름이 느릿느릿 흘러가는 평화로운 때였다. 무엇보다 은행 결제가 끝나가는 시간이었다. 사우스 코리아의 수도 서울특별시 신사동은 빌딩이 즐비했다. 여기가 전후 60년이 채 안 된, 포성이 끊이지 않던 폐허, 바로 그 도시라고 누군가 말을 해야 한다.

영화잡지는, 자잘한 글씨가 지면이 빽빽하도록 들어찬, 그런 피곤한 편집이 곧 젊음을 의미하는 듯한 기사들로 100여 페이지를 메우고 있다. 영화도 때로는 활자로 읽어줄 필요가 있었다. 배우들의 사생활이야 새 애인과 세 번째 이혼과 위자료 청구 재판과 폭행 사건 등 액터나 액트리스나 그게 그거처럼 들리지만 감독에 대해서라면 몇 자 읽어두는 게 도움이 된다. 서울의 고층 빌딩 원룸에 혼자 사는 31세의 여자가 밤이면 뭘 하겠는가? 섹스도 없고 축구 중계도 없다면? 미니 시리즈가 역겹다면? 읽던 책을 덮고 하품을 하게 된다면? 음악을 들어도 울컥 하지 않는다면? 유일하게 아는 포르노 사이트에서 유해 사이트 경고 표시가 깜박인다면? 최신 영화라도 다운받아 보는 게 그나마 손쉬운 일이 아니겠는가. 맥주에 크래커를 곁들이면 두 시간 정도는 소화가 가능하다.

소야가 최근에 관심을 가진 감독이 이번 주 잡지의 메인을 장식하면서 그의 신작이 4페이지에 걸쳐 소개되어 있었다. 복잡한 국제정치 음모를 다룬 영화의 남녀 주인공은 역시 국제적으로 노는 자들이었다. 그들의 사생활은 추측만 난무하고 베일에 싸여 있는 반면 공적 활동은 실시간으로 노출되어 있었다. 아프리카와 중동의 민주화 운동에 지지 발언을 하고, 아프가니스탄의 난민촌을 방문하고, 상류층을 상대로 자선 파티를 개최해 빈민 구호자금을 모으고, 동남아시아에서는 박해받는 야당 정치인을 만나는 등 대단히 박력 있게들 움직이고 있었다. 그들은 세계라는 커다란 나침반의 두 바늘처럼, 다음 행선지로 북극과 남극 사이 6대륙의 어느 한 곳을 각각 지목하고 있었다. 그들의 존재 여부와 그들의 활약 내력이 위선적이라거나 역겹다는 느낌은 오지 않았다. 최근 들어 활동 영역을 넓히고 있는 FJ가 세계를 무대로 뛰고 있는 그들을 염두에 두고 있는지는 잘 모르겠다. 자신이 최고위원이라면 소야는 유엔의 얼굴을 한 이 대단히 분주한 액트리스를 공략할 것이다. 무엇보다도 허영기가 있어 보이니까. 대원들 상당수는 누가 뭐라 해도 허영기가 있는 자들이다. 누군가 그 점을 지적해주면 깜짝 놀란 표정을 짓게 되지만 가슴 저 밑바닥에서는 수긍하고 있기 십상이다.

소야는 이번에 개봉하는 영화의 여배우에게 끌리고 있는 자신을 본다. 그녀는 자주 쌍권총을 쏴대지만 권총 뽑는 스타일이 고전적이라고 할 수 있다. 그 검은 총구에서 총알은 가차 없이 나간다. 총알이 나갈 때의, 이제는 되돌릴 수 없는, 긴박과 허망이 엉키는 그 순간을 아는가? 그리고 소야는 무엇을 보았나? 죽은 자의 뭉개진 얼굴 또는 피 흘리며 떨고 있는 다리들. 공포의 두 눈, 벌어진 입, 믿을 수 없다는 듯 얼어붙은 그 표정들. 잊었고 잊어가거나 잊고 싶은 희생자들. 때론 아무것도 안 보일 때, 총알이 튀며 먼지만이 피어오를 때, 총소리의 먹먹한 여운만 귓속을 울릴 때 그때 그녀는 차라리 안도했던가? 아님 분노했던가? 영화관에서의 그녀는 죽음이, 총성이 폭넓게 공유되고 허가되어 있는 현장으로 그녀 자신 기꺼이 숨어들어갔다. 그녀가 베푼 모든 죽음도 슬며시 화면 속으로 스며들어 포맷되는 걸 그녀는 보았다. 죽음 전후 그녀는 어디 있었나? 그래, 그건 견딜 수 없이 육체고 섹스고 죽음 이후 그 것 역시 육체이자 섹스였다. 때론 하혈과 배설이었다. 머리는 텅 비고 심장의 피가 다 빠져나간 듯한 시간들, '오늘 정의가 실현되었다'고 속 삭여오는 소리를 그녀는 환청처럼 듣고 또 들었었다.

그건 이 아름다운 여배우도 그렇다. 그녀는 섹스와 죽음을 경유해서 우리에게 온다. 침대에서라면 소야 역시 그녀에게 코치를 받아야 하지 않을까. 36세에 영화감독과 배우와 야구 선수 등 총 일곱을 거치고 그 녀는 지난주 15세 연하의 힙합 가수와 만났다. 문제의 감독과 문제의 배 우가 두루 흥미로운 그 영화의 국내 개봉은 다음 달 하순이었다. 이번에 도 혼자서 조조를 보러 가게 될 것인가? 그렇지 않고 오후나 저녁 타임 에 누군가와 함께한다면? 지금 실내에서 커피를 기다리고 있는 저 푸른 슈트의 컨설턴트는 어떨까?

스크린 골프를 끝내고 건물 1층의 스타벅스에서 테이크아웃 커피를 들고 나오던 지유는 여자를 보는 순간 더는 걸음을 뗄 수 없었다. 여느 때 같으면 그는 길을 건너기 전 커피의 3분의 1을 마시고 근무처 빌딩 앞에서 3분의 1, 나머지는 책상에서 처리했을 것이다. 그러나 오늘은 여자와 테이블 하나를 두고 떨어져 앉아 급할 것 없다는 동작으로 천천 히 커피를 휘저었다.

여자는 잡지를 접더니 선글라스를 끼고 담배 연기를 내뿜었다. 그의 가슴에 설명할 수 없는 통증이 오면서 숨이 막혀왔다. 그건 병의 징후 는 아니었다. 타오르는 갈증의 다른 이름. 여자는 도심의 오후 공기를 휘저을 만큼 아름다웠다. 만질 수 없는, 손상시킬 수 없는 아름다움이 여자의 얼굴과, 팔, 다리, 가슴, 그리고 검은 머리칼에 묻어났다. 짐승 같은 욕구의 충족 끝에 오는 커다란 공허의 입속에서 그는 여자가 다른 차원의 욕구를 불러일으키는 걸 알았다. 여자의 휴대폰이 울렸다. 그는 바짝 긴장했다. 네, 소리 끝에 한참 휴대폰을 들고 있던 여자가 마침내 입을 열었다.

"그런 인터뷰는 안 해요……. 아뇨, 난 내 원칙이 있어요. 대사 부인과 속 얘기는 할 수 없죠. 다른 분을 찾아보세요……. 아니에요, 끊어요."

여자는 폴더를 닫고 휴대폰을 손 안에서 한 번 굴리더니 테이블 위에 내려놓았다. 우아하게 절제된 손놀림. 방금 총알이 나간 권총을 내려놓는 무법자의 얼굴.

"실례합니다. 보통 사람은 인터뷰 안 하나요?"

여자는 선글라스를 벗고, 그녀 앞에 선 멀쩡한 30대 후반 남자를 빤히 올려다보았다.

"남의 전화를 엿듣는 취미가 있으세요?"

"공공장소에서는 목소리를 더 낮춰야 할 겁니다. 타인의 사생활을 들어야 할 의무는 없으니까요. 권리를 침해당한 사람은 바로 나죠."

"커피를 두고 오셨네요."

지유는 커피를 도로 들고 와서 여자 앞에 앉았다.

"여자라고 취재 안 하는 거, 그거 차별 아닙니까?"

"대사 남편도 안 해요. 대사는 하죠. 뭐하는 사람이세요?"

"기업을 사고팝니다. 분석도 하고요."

"지루한 직업이군요."

"그 말은 내 입에서 나와야 합당할 것 같은데……."

"맞긴 맞나 보네요."

"사무실이 이 근처입니까?"

"이 건물 치과에 다녀요."

스케일링 예약은 일주일 전에 해두었다. 고려경영컨설팅 대표이사 지유가 오후 서너 시 이후 가끔 이용하는 스크린 골프장이 있는 빌딩 3층의 치과였다.

"6개월 만인가요?"

게임은 그만, 하는 표정으로 그가 말했다.

"아마, 봄이었죠."

"내 명함은 버렸습니까?"

"서랍에 있을 거예요."

"뭐가 그렇게 자신만만합니까?"

"그래 보이나요? 약속이 있어서 실례할게요."

여자가 일어서서 고개를 까닥했다.

"그날 밤, 주 회장이 자살한 건 알고 계시죠?"

"신문에서 봤어요."

"민경규 판사가 쓴 추모사도 읽어봤소?"

"노블레스 오블리주 말인가요? 한 의식 있는 자산가에 대한 추모와 함께 고인의 뜻을 받드는 복지재단의 실천적 과제에 관한 적절한 충고였죠."

"신문을 자세히 읽는구려."

"그런 편이죠."

그 말끝에 여자는 돌아섰다. 주 회장의 1억 원권 수표 몇 장이 그의 은행 계좌를 스쳐 지나간 일로 한동안 수사관에게 시달렸다는 말을 할 기회도 없었다. 지유는 그녀의 뒷모습을 뚫어져라 바라보았다. 여자는 물결 위에 떠 있듯 조용히 보도를 스치며 멀어져갔다. 여자의 미끈한 종아리는 눈부신 고통을 부여하며 사라졌다.

여자가 남기고 간 레몬 향이 주위를 맴돌고 있었다. 여자는 과연 존재하긴 했던가? 무엇이 그녀를 이토록 격렬하게 그에게 다시 오게 한 건가? 그는 커피를 마저 마셨다. 어쩜 다시는 만날 수 없을 거라는 생각이 가슴을 미어지게 했다.

소야는 전철을 기다리고 있었다. 익명의 존재로서 수많은 사람 중의 하나로서 어딘가로 가고 있는 서울 시민으로서 그녀는 지하철역의 벤치에 앉아 왼편에서 오게 되어 있는 전철을 기다렸다.

'그날 밤, 주 회장이 자살한 건 아시죠?' 커피숍에서 남자는 그날 밤에 대해 말했다. 그래…… 그날 밤이었다. 타워의 15층 현관문은 잠금장치가 풀려 있었고 여자는 은퇴한 고관처럼 등나무 의자에 몸을 깊숙이 파묻고 앉아 있었다. 그녀의 존재 외엔 거실은 비어 있다는 느낌이 들었다. 청동 조각품 몇 개가 현관과 장식장과 텔레비전 받침대에 흩어져 놓여 있었고, 그녀 뒤 벽에는 투박한 항아리를 그린 그림 한 점이 걸려 있었는데 그림이 어딘가 낯이 익었다. 그날 밤, 주 회장의 거실에 걸려 있던 근대화가의 그림들. 그러고 보니 그곳엔 무언가 하나가 빠져 있었다. '그것이 이 그림!'이라고 바보처럼 외치고 싶어졌다. 그 모든 것은 순식간에 머리에 떠올랐다. 그리고 곧 지워졌다. 소야는 다름이 아니라 '솔개'라는 전설적인 총잡이를 만나러 왔다.

"1년을 꼬박 당신을 찾아다녔어요."

소야는 선 채로 말했다.

"미안하군. 난 할 일이 좀 있었어."

"3년을 찾아다닌 대원도 있었죠."

"내가 죽였지."

얼음 같은 목소리로 그녀가 말했다.

"뭘 선택하실 건가요? 15층에서의 투신? 아님 가스 폭발?"

"가방에 든 게 권총 아닌가?"

"그건 호신용이에요. 일주일 드릴게요. 뭘 하든 충분한 시간이죠."

"그래? 그대는 죽어봤나?"

"내가 들어본 중 최고의 유머예요."

"널리 퍼뜨리게."

40대 중반의 나이에 그녀는 킬러로서의 정점을 지나 회상하는 얼굴과 목소리로 돌아가 있었다.

"죽어보진 못했지만 일주일이면 신변 정리와 하나님을 영접할 준비론 부족하지 않을 거예요."

"……잘났군. 그래 그는 어떻던가?"

"그는 잘 있어요. 자세도 바르고 목소리도 좋아요."

"다행이군."

소야는 어깨에서 숄더백을 내려 끈을 풀고 입구를 열었다. 여자는 조용히 응시하고 있었다. 소야는 가방에서 뚜껑이 봉해진 봉투를 꺼내 여자에게 건넸다. 여자는 테이블에 놓여 있는 작은 가위를 집어 봉투 밑동을 오리고 내용물을 꺼내 읽었다. 잠시 후, 여자의 눈에서 눈물 한 줄기가 소리 없이 흘러내렸다. 그녀는 그것을 닦을 생각도 하지 않았다. 여자가 고개를 들었다.

"운다고 흉보나?"

"아닙니다. 하지만 감동은 하지 않습니다."

"그래야지. 그래야 우리 대원이지."

"당신은 이제 대원이 아닙니다."

"알고 있네. ……그이가 나를 용서했네. 용서했어."

여자는 잠시 눈을 감았다 떴다. 5년 전 그의 곁을 말없이 떠난 그녀였다. 그의 그곳을 국부마취한 후, 나이프로 자르고 떠난 여자. 그가 보낸 자객을 둘이나 해치운 솔개는 이제 세 번째 손님을 맞이하고 있는 중이었다. 더는 손님을 무시해서는 안 된다고 솔개는 생각했다. 그리고 그녀의 유일한 아들, 호적에 올릴 수도 없었던 그 불쌍한 놈이 절벽에서 떨어져 간 그날 이후 그녀는 살 만큼 살았던 것이다. 아들의 아버지, 그에게서 강탈해간 돈도 이제는 다 떨어졌으며 이 아파트의 월세를 낼 돈도 남아 있지 않았다. 그 때문은 아니었다. 그녀는 죽은 아들 나이 또래의 청년들과 아래와 뒤가 허물 만큼 사랑을 해봤다. 에이즈는 관리하면 되지만 죽은 아들은 그런 식으로는 돌아올 수 없었다. 그이가 오늘 편지로 말했다. '모든 것을 용서할 테니 그만 죽어가라'고. 그를 사랑했지. 아들만큼, 그녀 자신만큼. 지금도, 지금도 사랑하고 있다. 소야라고 했나? 젊은 날의 나를 보는 것 같아. 그녀를 죽이면 나의 젊은 날을 죽이는 게 되겠지. 그래서는 안 되지.

"크리스마스까지 시간을 줄 수 있겠나?"

"그건 내 직권이 아닙니다."

"그래, 그렇겠지. 그러나 나는 그렇게 해야겠네."

둘의 눈이 부딪쳤다. 소야는 재빨리 가방에 손을 집어넣었다. 그리고 권총을 빼내 겨누었다. 그러나 여자는 보이지 않고 목덜미에 차가운 금속만이 느껴졌다.

"왜 최고였다고 하는지 알겠군요."

"전에는 상대가 그런 말을 할 시간이 없었지."

"이건 그만 치우고 크리스마스에는 좋은 소식 주길 바래요."

"고맙네."

소야는 권총을 도로 가방 안에 넣고 뒤돌아서서 현관으로 나갔다. 어째서 크리스마스인지는 물어보지 않았지만 캐럴이 울려 퍼지는 번화한 거리에서 부음 소식을 듣기를 소야는 바랐다. 엘리베이터는 올라올 때와 마찬가지로 밑에서 무엇이 잡아당기는 것처럼 소리 없이 내려갔다. 소야는 거울을 바라보았다. 목은 흠 하나 없이 무사했다. 목덜미에 닿았던 차가운 권총, 그건 분명 글록26이었다.

나싱 맨 드림 레이디

"모른다고? 그게 말이 되나? 물량이 어디서 쏟아지는지 모른다니 그게 말이 되냐고?"

강하상은 휴대폰을 집어삼킬 듯 침을 튀기고 있었다. 동서강관이 종가에 크게 밀린 게 심상찮았다. 파업이 노사 간의 상호 양보로 원만히 타결되고도 주가가 하루 상승 후 이틀에 걸쳐 상승분을 다 까먹더니 결국 이 모양으로 결론이 나고 있다. 매도 창구는 특징이 없었다.

실적 보고 차 들어온 신 차장을 본체만체하며 강은 생각에 잠겨 있었다. 전화를 걸어온 골드파이어의 유 펀드매니저도 정보가 없기는 매일반이었다.

지유는, "너무 과민하게 반응하지 마. 자율 반락 아닐까?" 하고 전화로 지껄였다.

"떨어지면 떨어지는 거지, 건건마다 이유를 달 거까진 없잖아."

제법 충고까지 했다. 지유의 말투는 평소에도 냉소적이었지만 오늘
은 조롱기까지 담겨 있었다. 강은 지유란 인간이 손톱깎이 밖으로 튕겨
져 나간 손톱 걱정을 할지언정 진심으로 누굴 걱정하는 걸 본 적이 없었
다. 강이 그렇게 생각하는 동안 지유는 신사동의 고려경영컨설팅 대표
이사 책상 앞에서 손톱을 깎으며, 종가에 동서강관을 확 밀어버린 자신
의 기습적인 베팅 기법에 대체로 만족하고 있었다.

강하상은 '사단법인 스포츠안마 서초지부'가 세 들어 있는 건물 5층으
로 올라갔다. 엘리베이터에서 내린 고객이 다가오는 기척을 여기보다
더 잘 알아채는 곳은 이 일대에서는 없었다. 새벽같이 일터로 나와 바삐
움직인 남자가 오후 네 시 이후에도 근육이 뭉쳐져 있지 않다면, 그자는
제대로 일을 하지 않았다고 봐야 했다. 그래서 이 시간에 여길 찾아오
는 성실한 남자들을 맞이할 때의 지배인의 가슴은 반가움 못지않게 어
떤 애처로움으로 먹먹했다. 그 심정이 그대로 중년 여성의 후덕한 얼굴
에 드러났으므로 고객들은 정부의 거처에 들렀을 때처럼 진심 어린 환
대가 주는 따뜻한 위로를 느낄 수 있었다.
"어서 와요. 어머, 자기 얼굴에 땀 좀 봐. 밖이 많이 더운가 봐."
여길 올 때는 서늘한 얼굴일 수는 없었다. 얼굴이 붉게 부풀어 오르도
록 바삐 걸어왔다고 봐야 했다.
사우나 옷장과 똑같이 생긴 개인 옷장에, 옷장으로서는 과분한 아르
마니 양복과 랄프 로렌 셔츠를 벗어 옷걸이에 걸고 사각 팬티는 이등분
으로 접어놓고 양말은 집에서의 버릇 그대로 까뒤집어 구석에 쑤셔 넣
었다. 강은 업소용 반팔 티셔츠와 반바지로 갈아입고, 베니어판 칸막이
로 둘러싸인 룸에 입장해 1인용 분홍 침대 위로 엉금엉금 올라가 똑바

로 누웠다. 동서강관이 왜 사람 속을 썩이는지 가만히 앉아서 생각하는 건 따분한 일이었다. 그래서 눕거나 엎드려서 생각해보면 답 비슷한 게 떠오를지도 모르는 일이었다.

머릿속엔 답은커녕 아무 생각도 안 떠오르고, 고문실에처럼 붉은색 전구 하나가 대롱 매달려 있는 회백색 천장만 눈에 뿌옇게 담겨왔다. 오 양의 나긋한 손길에 자극을 받으면 좀 나으려나. 그런데 잠시 후 들어온 건 못 보던 아이였다. 다리가 짧고 얼굴은 경양식집 식탁보처럼 마름모 꼴이었다. 다리가 길고 얼굴이 계란형인 아가씨는 어디 있느냐고 지배 인에게 묻는다면 여인은 말없이 텔레비전 드라마를 켜리라.

"오 양은?"

"오수지요?"

"그래."

"그만뒀어요."

"왜?"

"글쎄요. 개인 사정이 있겠죠. 특별히 원하시는 게 있으면 말씀하세요." "그런 게 아냐."

오 양만큼 강하상의 몸을 잘 아는 아이는 없었다. 오 양의 손길이 가 닿는 부위마다 자신에게 그토록 섬세한 구석이 있었나 싶게 열두 가지 다른 반응이 나왔다. 강은 오 양 앞에서 한 점 감춤 없는 정직한 사내였 다. 실수처럼 슬쩍 건드린 그 부위도 복종하듯 바로 반응했다. 새 아이 가 그의 몸을 일일이 암기하고 외로운 영혼을 이해하기까지 또 얼마나 많은 시간이 걸릴 것인가? 아이가 뜨거운 김이 피어오르는 젖은 타월로 뻣뻣한 뒷목을 풀고 있을 때 아내의 전화가 왔다.

"늦을 거냐고?"

일찍 와서 초등 2학년 딸아이 수학 숙제를 봐줬으면 좋겠다고 해 짜증을 내며 끊었다. '넌 뭐 하는데?' 하마터면 그렇게 내뱉을 뻔 했다. 무슨 팔잔지 낯짝도 모르는 남자의 씨가 벌써 둘이다. 생김새부터 정이 안 가는 이 녀석이 배다른 다섯 살 남동생 대하는 걸 보면 속이 뒤틀릴 때가 한두 번이 아니지만, 새 아빠 입장에서 꾹 참아온 게 벌써 여러 해째다. 이 녀석과 희정의 딸 성연이 어른이 되어 만날 확률은 얼마나 될까? 그들이 공모해서 그를 비난하고 공격하는 상상을 하다보면 소름이 끼치고 밥맛이 다 달아난다. 재난이란 게 일반적인 유형을 벗어나 괴상한 모습을 하고 있을 수도 있지 않은가? 오늘 딸아이의 숙제를 봐주는 게 그런 재난을 방지하는 데 작은 도움이 될까? 가만, 혹시 이건 화해의 손길인가, 아내가 내미는. 강은 잠시 심각해졌다.

아이의 손이 멈칫했다. 여자들은 전화 받는 목소리만 들어도 누구와 통화하는지 다 안다. 오 양은 질투도 했다. 특히 최유나의 전화에 민감하게 반응했다. 전에 없던 강도로 성선을 자극해 사정을 하게 만들었다. 그렇게 되면 두 번째 사정은 무한정 끌어 유나를 미치게 한다는 걸 오 양은 몰랐다. 아이의 손이 허벅지에서 성기로 옮겨갈 때 진동으로 돌려놓은 휴대폰이 부르르 떨었다.

"강관이 소문이 안 좋네."

보휘다. 세상사 시시콜콜 일러바치는 자를 상시 곁에 두고 있음이어라.

"그냥 소문이야." "그래? 난 출장을 가도 되는지 확실히 알고 싶어서."

"문제가 있으면 연락이 갈 거야. 먼 곳이야?"

"동경."

보휘 입에서 나라 이름을 들어보지 못했다. 뉴욕, 시드니, 뭄바이를 말할 때면 그곳이 꼭 종로, 논현동, 영등포처럼 메아리쳐온다.

"나, 언젠가 너하고 한번 꼭 간다. 동경이건 도쿄건."

"꿈 깨. 끊는다."

보휘는 필요 이상 차갑다. 얼어붙은 그곳, 서리가 끼어 있지 않을까? 그곳도 밤이 되면 열리나? 온기가 없어. 재혼을 하지 않는 건 감히 그가 염려할 바 아니다. 지유가 그녀 주위에 있지만 그들 사이는 이제 파트너에 가깝다. 그들이 졸업 후, 각자 시중은행의 PB와 국내 굴지의 자동차사 홍보실 직원 신분으로 할리우드 스타 못지않게 차려입고는, 고급 레스토랑과 회원제 클럽을 드나들고, 골프, 스키, 테니스에 이어 백 번의 밤을 함께 하고도, 결혼 상대로는 스타 요리 강사와 대형 로펌 변호사를 택한 건 그들의 차가운 현실감각을 반증하는 것이기도 했다. 그들의 개성이 결국 서로를 파멸시키고 말 것임을 두 사람은 진작 알아차렸을 것이다. 그들은 눈물 한 방울 짜내지 않고 마지막 섹스를 예의처럼 치른 후 등을 보이고 돌아섰다. 강하상 눈에는 그들이 괴물처럼 보였고 지금도 어느 정돈 그렇다.

송보휘가 홀로 된 지금 와서도 지유는 이혼을 강행할 생각이 없다. 김시주라면 그녀에게 지극 정성을 다할 것이다. 그러나 그 빈털터리가 무슨 수로 그녀에게 접근하나? 재벌가의 2세 3세들이, 상속과 지분 문제로 변호사를 끼고 사는 그놈들이 보휘와 어울리는 건 서로 이유가 있어서이다. 강이 작전물량이나 얻어볼까 싶어 취한 척 전화했을 때, "자라, 이 변태야!" 하고 끊어버린 그녀였다. 언젠가 술김에 키스를 하려다 제대로 빰을 얻어맞았다. "쿨한 년들은 빰은 안 때려. 침을 뱉지." 그러니까 그건 배려였다. 정말 지금 생각해도 눈물 나게 고맙다. 요즘은 친구끼리도 성추행으로 고소하는 시대다. 그런 그녀도 뭔가 불안한 감이 들었나? 동서강관, 그 이름에 녹이 스는 느낌이라도? 강은 회음부를 꾹꾹 눌러대는 아이의 손을 제지했다.

"키스나 해줘."

언제부터인지 키스가 좋아졌다. 여고생 입술을 사는 놈들도 있다던데 이 몸도 대포폰을 하나 마련해야 할 거 같다.

본부장은 서까래가 무너져가는 이 집의 수육에 미련이 많았다. 본부 아침회의를 여기서 열어 새벽 5시에 일어나 달려오게도 했다. 새벽부터 설렁탕에 수육이 정상이었는지는 모르겠다. 오늘처럼 저녁 7시에 단둘이라면 꽤나 친분이 있는 자리로 비칠 것이다. 두 시간 전, 오늘은 어떠냐고 본부장의 전화가 왔을 때 강하상은 '사단법인 스포츠안마 서초지부'의 옷장 앞에서 셔츠의 소매 단추를 채우고 있었다. 개인적인 체험을 좀 해보시겠냐고 마사지 걸이 속삭여왔을 때 '체험을 왜 너와 하나?' 코웃음 치며 거절한 건 성숙한 인간의 모습을 보여준 것이었다. 그러나 본부장의 한잔 제의를 또 다시 미루는 건 불필요한 고집이 될 것이었다. 본부장은 아주 가까운 사람이었다. 가까운 사람일수록 호의를 베풀고 상호 예의를 지켜야 한다.

"저번엔 주수가 얼마 안 되다 보니 큰 재미는 못 봤소. 알잖소? 나 그거 개인적으로 안 써요. 본부장 자리가 배정된 판공비로 영업이 가능한 자리 같아? 어림도 없어요. 내 월급 다 처넣고도 모자라는 자리야. 사명감과 애사의식 없이는 하루도 버티기 힘들다고."

무슨 소리 하는 거야, 저번의 그것도 모자라서 또. 정보만 준다고 끝나는 게 아니다. 본부장은 필히 돈을 먹어야 흡족해한다. 이 자식을 잘 라야 한다, 언젠가는.

"그 자리에 안 있어보면 모르죠. 뒤에서 욕하는 놈들 다 입만 살아가지고, 실제로 시켜보면 정말 하루도 못 버틸 겁니다."

"강 센터장 같은 이들이 다섯만 있어도 강남 본부는 살아."

본부장은 소주를 놓고 돌아가는 여종업원의 엉덩이를 잠시 바라보다 눈을 돌렸다. 그의 허여멀건 얼굴에 수상한 결의의 빛이 서렸다.

"11월엔 어디에 투자를 해볼까 해. 자금을 좀 만들어서. 지금 석 장 정도가 부족하거든."

"요즘은 변수가 많습니다. 또 중간에 불순한 자금이 끼는 걸 다 감시하고 있고 경계하죠."

본부장이 눈을 찌푸렸다. 불순이란 말에 심기가 불편한 듯하다.

"왜 모르겠소. 요번 건이 워낙 기회가 좋고 놓치기 아까워. 본부장 정도 되면 사실 직접 핸들링 하기가 힘들어요. 남의 눈도 있고. 그 외엔 좋은 점이 많지. 저번에 사장님과 자리를 할 때 강 형 얘길 넌지시 한 적이 있소. 관심을 보이시더군."

내게? 내 실적이겠지.

"강 형도 결국 내 자리로 건너와야 하지 않겠소? 믿을 놈이 있어야지."

뇌물을 쓸 모양이군. 덜 골치 아픈 자리로 가시고 싶겠지. 그래서 자금이 좀 필요하다? 그런데 당신, 당신은 임원이고 임원 된 지 이년이면 꽤 챙기지 않았나? 나보다 몇 배는 받는 사람이 그 돈은 어디다 쓰고 직원에게 손을 내미나? 본부장이 어디다 투자했는지 알아내야겠다는 생각을 지울 수 없었다. 어디 개발지대라면 동참을 해야 하지 않겠나, 부동산도 적당히 있어야 부의 균형 감각이 생기지. 그건 그렇고 사장에게 뇌물이라. 사장은 신년사에서 역대 농협 회장들 예를 들어 '윗물이 맑아야…….'를 읊으신 분이 아닌가. 그런 분께서 본부장을 특별히 챙기고 본부장은 후임으로 나를 추천한다? 좋은 얘기였다.

하긴 본부장은 어차피 거쳐야 할 자리다. 야전사령관 자리를 거치지 않고 본진에 합류할 수는 없다. 실전의 승자는 개선한 로마 장군처럼 그 위상이 다르다. 임원 회의에서도 말발을 세울 수 있다. 서류만 뒤적이는 원로원 인간들과는 눈빛이 다르다. 우린 피 냄새를 맡으며, 큰 희생을 치르고 자란 야생동물이다.

"10월에 따로 연락드리겠습니다."

동서강관, 이 물건만 제대로 매도하면 3억, 그깟 석장 정도야 기꺼이 융통해 드리지. 부디 많이 버시오. 더는 이런 재미없는 부탁 오가지 않게.

"그럽시다. 강 센터장은 언제 봐도 듬직하오. 덩치값 못 하는 자들이 얼마나 많소?"

신천, 문정, 역삼 지점장을 말한다. 셋의 몸무게를 합하면 270킬로그램이 넘는다. 먹는 것에 비해 실적이 미흡하다. 실적은 그런 덩치들을 더없이 왜소하게 만든다. 그들이 본부회의석 상에서 고개를 숙이고 살을 떨고 있던 게 2주 전이다. 그만두면 그 덩치들을 어디에 써먹을 건가? 다이어트 광고에나?

내키지 않았지만 본부장을 따라 압구정의 한 카페로 가 방송국 합창단 출신 마담이 따라주는 위스키를 마셨다. 아직 시간이 이른 듯 방향제 냄새가 밴 쾌적한 실내엔 인공적인 정적이 가득했다. 이런 분위기라면 손님은 누구나 자신의 목소리를 자기 귀로 직접 들을 수 있다. 녹음을 해둔다면 평소와는 다른 목소리로 말하고 있는 자신을 확인할 수 있을 것이다. 정 마담이 지난주 공을 쳤다는 곳이 자살한 주 회장의 캠프에서 가까웠다. 본부장은, 주 회장도 그의 차명계좌도 들어본 바 없다며 고개를 흔들었다. '이렇게 엮이기 싫어하는 인간이 나는 왜 엮으려 들어?' 하고 강은 생각했다.

정 마담의 나긋나긋한 손길이 본부장의 손등, 허벅지, 목덜미로 분별없이 옮겨 다녔음에도 본부장은 기분이 별로였다. 이 집의 민 양이 오늘 나오지 않았다. 본부장은 다리통이 굵고 그악스럽게 말하는 여자를 좋아했다. 본부장이 좋아하는 건 민 양이 아니라 민 양 같은 여자였다. 아마도 제대로 걷어차이고 싶은 모양이었다. 본부장은 노래방 시설이 갖춰진 작은 무대로 올라가 한없이 민 양을 그리워하는 눈빛으로, 울먹이는 목소리로, 듣기도 싫은 70년대 팝송 한 곡을 뽑았다. 곡명이 'solitary man'이었다.

강하상은 또 다른 노래를 부르겠다고 숨을 고르고 있는 본부장을 향해 '브라보'를 외치며 박수를 쳤다. 정 마담이 내릴 것도 없는 스커트를 엉덩이에서부터 쓸어내리며 일어섰다. 그 동작이 어떤 신호로 여겨져 강은 마담을 뒤따라갔다. 손을 뒤로 뻗어 남녀 공용 화장실의 문을 잠그고는, "어머!" 소리를 내는 그 입술을 찍어 눌렀다. 그 상태로 좌변기 문에 그녀를 밀어붙이고 마사지로 단련된 오늘의 성기를 희멀건 허벅지 사이에 밀착시켰다. 호흡이 거칠어졌지만 잠시 후, 저절로 쪼그라든 그걸 달리 처리하지 못한 채 떨어져 나왔다. 마담이 한심한 눈빛으로 강을 바라보았다. 집히는 대로 현금을 꺼내 내밀자 말없이 받아서 스커트 주머니에 넣고는 문을 열고 나갔다. 화장실에서는 홀로 남은 돼지 한 마리가 바지춤을 추스르고 있었다. 홀에서는 우는 건지 호소하는 건지 본부장의 노랫소리가 마이크를 타고 웅웅거리며 울려 퍼지고 있었다. 괴로운 돼지의 좌뇌에 오늘 처음으로 명확한 답이 하나 떠올랐다. 동서강관이 일어서야 그의 그것도 꼿꼿함을 유지할 수 있다는 사실이.

"한 방에 끝내는 거죠."

압구정 클럽에서 약 3킬로미터 떨어진 서초동의 한 예식장 건물 일층엔 겉보기보다 훨씬 멋진 레스토랑이 있다. 탁 트인 실내, 궁전용 샹들리에 다섯 개가 별 모양으로 매달린 높은 천장, 일정 공간을 확보한 채 띄엄띄엄 놓여 있는 고급 재질의 묵직한 테이블들, 그리고 가죽 장정의 메뉴판 양면을 가득 채운 이태리 필기체의 알아듣기 힘든 커피 이름들.

도시 남녀가 이곳에서 처음 얼굴을 맞대고 있다면 그들은 출발부터 상대를 좋게 보지 않을 도리가 없게 된다. '한 방'이라는, 눈이 번쩍 뜨일 만한 말은, 그 멋진 레스토랑에서도 창가 쪽 가장 좋은 자리를 차지한 30대 남자가 맞은편의 40대 여자에게 던진 것이다. 남자는 호리호리했지만 강인해 보였고 인상은 날카로운 가운데 유들유들한 느낌이 있었다. 짧은 머리는, 젤을 발라 세심하게 빗질한 덕에 완벽한 가르마를 드러내고 있었다. 6, 70년대 젊은 은행원 중엔 이런 머리형이 분명 존재했다. 여자는 통통한 얼굴에 눈이 찢어지고 콧등이 주저앉았고 화장이 짙었다.

같은 향수라도 여자에 따라 다른 향을 풍기는 걸까? 남자와 나란히 앉아 여자를 마주 보고 있던 시주는 가볍게 얼굴을 찌푸렸다. 코는 왜 성형수술하지 않았을까? 그런 의문이 들게 하는 여자도 처음이었다. 콧등이 낮은 들창코가 섹시하다고 누군가 말해주었음에 틀림없다. 미용실에서 갓 만진 머리를 양 귓볼 밑으로 애교인 양 두 가닥 늘어뜨린 여자는 호기심과 경계심이 섞인 눈으로 가르마와 시주를 번갈아 조심스럽게 바라보았다. 시주는, 핑크 빛 투피스 속에 가둬둔 여자의 풍만한 살이 단추 사이로 삐져나오고 있는 삼엄한 광경에 얼마간 기가 죽어 있었다.

"무슨 뜻인지?"

여자는 '한 방'에 대한 풍부한 예문이 필요하지 않겠냐는 즐거운 기대감을 드러내 보였다.

"사람들이 왜 실패하는 줄 압니까? 장기적으로 반복해서 수익을 내려고 해서 그렇습니다. 기회가 왔을 때 한 번에 끝내고 물러나야 합니다. 무슨 말인지 아시겠습니까? 시장에는 무수한 기회가 있지만 한 개인에게 돌아오는 기회는 정해져 있어요. 그걸 잡아야 합니다. 그리고 돈을 찾아 은행에 넣어둬야 해요. 그게 번다는 것의 정의입니다."

여자의 찢어진 두 눈이 경외감으로 물들어갔다. 시주와 눈이 마주치자 입가에 살짝 미소를 지었다. 오랜만에 양복을 갖춰 입었더니 시주는 양복 속 몸이 자신의 것처럼 느껴지지 않았다. 옷은 왜 이렇게 또 헐렁해져 있는가.

"이분은 대한민국 굴지의 금융기관에서 초대형 매매를 하셨던 분입니다. 대공황이 오기 전에 모든 주식과 선물을 현금화 했던 분이죠. 제 말이 무슨 뜻인지 정확하게 파악하고 있습니다."

시주는 입꼬리로 조금 웃었다. 공황이 왔을 땐 포지션을 정리할 것도 없는 닭 장사였지만 녀석의 기회론은 일리가 있다. 녀석의 한 방이 실패의 가능성을 전혀 고려하지 않고 있다는 게 문제지만.

"세력이셨다면서요?"

여자가 이미 알고 왔다는 듯 말했다.

"정통파였죠. 큰 물건 전문이셨습니다."

가르마가 대신 대답했다. 보휘가 가르마에게 그렇게 일러두었나? 대형 증권사의 자산운용부 과장은 조 단위는 아니지만 수천억 원대의 자산을 주물렀다. 시가총액 30선 이하는 주식이 아니라고 생각하던 시절이 있었다. 주식이라 해도 내 영역은 아니라고. 큰 물건을 사고팔 때의 묵직함, 그 떨림과 진동을 즐겼다. 항공모함이 뜨고 지는, 거기 편승하는 기분, 그것은 시장을 좌지우지하는 거대 세력권과 궤를 같이 하는, 주류 본진에의 소속감을 주었다. 그래서였을까? 잘 못 손댄 코스닥에서 코를 꿴 게.

"이렇게 직접 뵙게 되어 영광이에요."

시주는 여자의 목례에 얼떨결에 고개를 숙였다. 이 상황을 즐길 만한 마음의 여유가 있다면 얼마나 좋으랴? 속에서 신물이 올라오고 있었다.

"사기는 어떻게 당하는지 아십니까? 돈을 건네주면 당합니다. 펀드가 증명하지 않습니까? 전문가? 헛소리입니다. 그들은 공공 사기꾼이에요, 아는 건 뭐도 없어요. 전 거래만 합니다. 수익을 확인하시고 이익금의 30퍼센트를 제 계좌로 이체하시면 되겠습니다. 물론 극비 정보 제공원의 몫은 제 배당금에서 친히 지불할 겁니다. 확실하게 해두기 위해 여기 계약서가 있습니다. 잘 읽어보십시오. 진정한 프로는 손실 배상을 하지 않습니다. 배상 운운하는 건 다 사기꾼입니다. 애인 돈을 갈취하는 자들도 그런 놈들이죠. 거래 중단을 원하시면 비밀번호만 변경해도 됩니다. 그럼 그 순간부터 우리는 완전한 타인이 됩니다."

여자는 계약했다. 이익금의 25퍼센트, 애초의 제안에서 5퍼센트가 할인되었다. 1차 계약 기간은 한 달, 두 번 연장이 가능했다.

"다시 말씀 드리지만 난 질질 끄는 건 싫어합니다. 한 번에 끝내고 깨끗이 정리하는 게 좋습니다."

"그건 저도 그래요."

여자가 맞장구를 쳤다. 가르마는 고개를 끄덕이고 바로 표정 관리에 들어갔다. 여자가 일어서서 벌써 부자가 된 걸음걸이로 레스토랑을 나갈 때까지, 신뢰를 주는 진중하고도 느긋한 미소가 입에서 떠나지 않았다. 한 방을 품고 있는 잭팟의 시간이 여자 앞의 허공에 무지개처럼 펼쳐지고 있었다. 둘만 남자, 가르마는 한잔하자고 호기롭게 말했다.

둘은 이 일대에서 보기 드물게 허름한 복매운탕집을 찾아 들어갔다. 강남인들이 '정취가 있는 집'이라고 부르는, 주방 근처 배추 잎사귀가 흩어져 있는 곳이었다.

"프로라는 인상을 줘야죠. 여자는 사무적인 남자를 신뢰합니다. 그래서 전 백수들이 얼쩡대는 대낮에 고객을 만나지 않습니다. 물론 고객과 밥도 먹지 않습니다. 인간적으로 엮이는 걸 경계하죠."

"그럼 사무실에서 만나야 하는 것 아닙니까?"

"그렇다고 제 방에서 만날 수야 없지 않습니까? 요샌 재택시대다 보니 말입니다."

"이해합니다. 그런데 계약 내용을 보니 한 방에 몰락하는 수도 있겠소."

"허허, 변동이 커야 먹을 게 떨어지죠. 김형, 그 여자가 벌 확률은 내가 벌 확률하고 같소. 맞지 않소?"

복매운탕이 나왔다. 살점이 어느 정도 붙어 있나 눈대중하는 가르마의 끈적끈적한 이마에 땀이 번지고 있었다. 시주는 잠자코 국물을 떴다. 그릇 위로 올라오는 뜨거운 김을 대하자 눈물이 고였다.

"보휘씨의 친한 친구였다면서요?"

그는 과거형을 썼다. 보휘가 그렇게 말했다는 듯.

"그렇소."

"멋진 여자죠. 난 말이오, 한번 시도해봤는데 완전 얼음이더군요. 뭐 꼭 그녀라야 된다는 법은 없잖소. 지상의 반이 여자라니, 정말 신나지 않습니까?"

"글쎄요. 필요한 건 한 사람 아닙니까?"

"한 번에 하나, 그건 내가 지킵니다. 양다리를 걸치는 건 휴대폰 때문에라도 배전의 노력이 들어갑니다. 정말 비상한 노력을 경주해야 한다니까요. 한 번에 하나, 그게 좋습니다."

"결혼하면 되겠수다그려."

"선생은 결혼해봤소?"

"유지를 못해서 그렇지, 결혼은 해봤소."

"가정이란 좋은 겁니다. 독신이 상상하지 못할 내용이 거기 있는 것 아니겠습니까? 그렇지 않습니까?"

"상상하는 내용도 있습니다."

가르마가 웃었다. 시주도 웃었다. 가정이라…… 이등분, 삼등분으로 쪼개지며 마침내 허공처럼 텅 비어버리는.

가르마는 소주를 계속 마셨다. 그는 한 건 한 데 대한 지축을 하고 있었다. 한 방 터뜨리면, 즉 2억 5천의 절반만 따면 1억 2천, 거기서 25퍼센트면 3천 정도인가? 글쎄, 그걸 벌 수 있을지는 신만이 알 것이다. 가르마는 음식값을 계산하는 시주 뒤에서 이물감이 느껴지는 녹말 이쑤시개를 가볍게 물고 있었다.

"조만간 연락드리겠습니다. 신세는 갚아야죠."

시주는 가르마와 악수했다. 이건 기약 없는 아르바이트였다. 보휘가 이 친구를 보낸 이유가, 단지 내 처지를 생각해 잔돈푼이라도 만지게 해주고 싶었던 거라고 진정 믿어야 하나?

가르마와 헤어진 시주는 버스 차창에 머리를 기대듯 하고 앉아 있었다. 심야의 만원 버스는 만월처럼, 멀리 강을 끼고 묵직하게 이동하였다. 귀갓길은 비애의 냄새를 풍겨왔다. 시장 넥타이를 맨 70대 노인도, 아침에 입고 나간 정장이 구겨져 돌아가는 오피스 걸도, 배낭을 무릎에 내려놓은 여고생도, 힘든 하루를 보낸 탓인지 지친 모습으로 버스 실내등의 희미한 불빛을 받고 있었다.

보휘는 치마를 펄럭이며 도심의 건물들을 타고 넘어 계속 쫓아왔다. 그 웃음, 재어놓은 고기에서 새어나오는 붉은 즙 같은 그 웃음, 그게 무얼 뜻하는지 알 수 없었다. 그녀와 함께했던 그날 밤은 10년을 뛰어넘어 여태 숨 쉬고 있었다. 그해 초여름 어느 날, 졸업 논문에 쓸 자료를 찾아 여의도의 선배 사무실로 찾아갔던 그. 그의 곁에는 거래 현장에 한번 서 있고 싶다고 한 보휘가 있었다. 컴퓨터와 PDA와 휴대폰에까지 실시간 시세가 뜨는 온라인 시대에 거래 현장이 따로 있을 리 없었지만 객장은 느낌이 또 달랐다.

그들은 증권회사 객장에 앉아서 선배의 호출을 기다렸다. 폭락장이면 으레 텔레비전의 인터뷰가 진행되던, 수백 개의 붉고 푸른 숫자가 지나가는 전광판 앞에서 그들은 뉴스의 객체가 된 기분을 맛보았다. 실전이 진행되는 그곳은 생각보다 고요했다. 그러나 그들은 그 내부에 화산의 끓는 물 같은, 뛰쳐나오려는 억제된 숫자의 악마적인 힘을 보았다.

선배는 복사한 자료에 저녁을 얹어주었다. "여긴, 먹거나 먹히거나야. 먹히지 않으려면 항상 두 눈을 크게 뜨고 있어야 해. 머리는 차갑게 심장은 마라토너처럼 튼튼하게 유지해야 하지. 뭐, 너무 쫄 건 없어. 드물긴 하지만 승자는 존재하니까. 그 승자가 자신이 될 거라는 믿음이 오늘도 우릴 살아가게 하지." 소주에 맥주, 묘한 악센트가 들어간 살벌한 강의를 다 듣고 밤 10시, 선배를 태운 택시가 떠나간 전철역 앞에 그들은 서 있었다. 그녀가 말했다. "바래다줄 거야?" 뜻밖의 요청에 시주는 놀라면서 고개를 끄덕였다. 발그레한 볼에 머리칼이 흐트러진 그녀는 이해할 수 없을 만큼 아름다웠다. 시주는 홀린 듯 그녀를 따라 지하 역사로 내려갔다. 시간이 어디로 어떻게 흐르고 있었던가. 3호선으로 갈아타는 그날의 긴 통로와 반원통의 천장에 대해 누가 그보다 더 입체감 있게 설명할 수 있겠는가? 바닥에 울리는 그녀의 구두소리가 그의 뛰는 심장을 또박또박 찍어오고 있었다. 그리고 3호선 철 물체가 들어왔다. 무슨 말을 했나? 특별한 말도 기억에 남을 만한 행동도 없었다. 그저 바래다주었을 뿐인데, 그날 밤은 그 어떤 밤보다 깊숙이 그의 기억 속에 똬리를 틀고 있었다. 처음부터 끝까지 왜 그렇게 가슴 조였던 것인지, 왜 그렇게 터질 것 같았던지. 과장된 것일까? 잘못된 기억인가?

그런 밤은, 그 밤과 견줄 수 있는 밤은 다시는 오지 않았다. 그 밤은, 밤의 의도와는 무관하게 두 남녀 사이에 형성된 지극히 개인적이고 사소한 몸짓, 눈빛, 소리, 파장들의 기억 창고를 남겼다. 어쩜 그건 시주 개인의 사물함일 뿐인지도 몰랐다. 보휘는 그의 내부를 뒤흔들고 지나간 바람처럼 이미 보이지 않는 곳에 가 있었다. 그리고 지유가 그녀 옆에 태연히 다시 서 있었다. 그는 기억한다. 문리대 캠퍼스에서 걸어 나온 두 사람은 웃으며 그의 앞을 지나쳐갔다. 계단 밑에 서 있던 그는 존재하지 않는, 존재하더라도 시든 나무이거나 빛바랜 간판이거나 지저분한 담벼락에 다름 아니었다. 그는 또 보았다. 눈앞에서 살짝 휘감기던 푸른 치마의 끝단을. 바닥에서 약간 떠 있던 그 고통은 자기 연민의 독을 품고 쓰라린 달콤함으로 가슴을 찔러왔다.

그 후로 12년, 보휘는 수시로 찾아왔다. 늦은 밤 전철 플랫폼의 뿌연 불빛 아래서, 오전 11시의 피 말리는 매매 직후, 파산 후 첫 통음의 기억 속으로 그녀는 날아오거나 다리를 꼬고 마주 보거나 멀리서 걸어오고 있었다. 어느 날, 눈앞에서 닭다리를 뜯고 있는 그녀를 보고 얼마나 놀랐던가? 그녀의 환영이 머물다 간 자리, 그곳은 더 이상 빈 공간이 아니었다. 그렇게 공간들이 차곡차곡 쌓여갔다. 그리고 여고생 공책 같은 그것들을 다 무너뜨리고 싶을 만큼 강렬한 욕구가 한 번씩 밀려왔다.

보휘를 직접 보지 못할 이유가 어디 있는가? 시주는 그녀의 사무실 근처를 오르락내리락하며 배회했다. 지하철에서 금방 내린 사람처럼 무가지를 말아 쥐고 우연히 부딪치길 바라며. '그만둬야지' 하면서도 주머니에 만 원권 몇 장을 넣고 거길 두 차례 더 오갔다. 하루는 퇴근 시간에 맞춰 맞은편 3층 찻집으로 가서 목이 빼도록 거리를 내려다보았다. 보휘는 나타나지 않았고, 글쎄 그녀를 태운 차가 벌써 빠져나갔을 수도 있었다. 그녀의 차에 대해선 그는 아무것도 몰랐다. 그날, 돌아오면서 동네에서 혼자 주꾸미를 먹었다. 동네 두 군데 주꾸미집 중 한 곳이 1인분도 취급했다. 소주잔을 들고 무심코 바라본 벽 거울에 한 남자가 떠올랐다. 시주는 깨끗하게 다린 옷에 말끔히 수염을 깎은 닭집 남자의 불그스레한 얼굴을 보았다. 남자도 시주를 보고 있었다. 남자는 무슨 말을 할 듯했는데 그의 말이 싫어질 것 같았다.

그 후로도 보휘를 볼 기회는 있었다. 아시아 기업문화 심포지엄 기사가 신문에 났다. 그녀의 진행 하에 전문가들이 주제 토론을 하게 되어 있었다. 청중석의 그를 보게 되면 보휘는 무슨 생각을 할까? 그는 짙은 안경을 꺼내 써보고 심포지엄 3주 전부터 콧수염을 길렀다. 동생이, 지저분하게 수염은 왜 기르느냐고 눈을 흘겨, 불량한 애들이 가게를 기웃거려 겁을 주려 한다고 눈에 힘을 주었다. 그러나 결국 못 갔다. 그런 모습이 더 눈에 띌 것 같았다. 사실 그녀를 지켜보는 데는 심포지엄 이상이 없었다. 그곳에서 그녀는 얼굴을 전면에 내놓고 두 시간을 버텨야 하는 것이다. 수시로 하품하며 그 얼굴을 느긋하게 바라볼 수 있지 않을까? 그녀 얼굴 앞에서 거리낌 없이 하품한다는 것, 생각만으로도 그건 비틀린 희열을 주었다. 열망이 권태를 잉태하고 있었던 것일까? 아마 하품하지 못했을 것이다. 그녀는 그의 무의식까지 지배하고 말 터였다. 그녀는 그토록 아직 그녀의 위치에서 내려오지 않았다. 그리고 시주는 얼어붙은 땅바닥과 같은 그의 위치에서 여전히 한 발자국도 더 나아가지 못하고 있었다.

마침내 보휘를 본 건 작년 봄이었다. 라디오 방송국 앞 찻집, 테이블이 무척 낮았다. 그녀는 모 인기 경제학자와의 대담 프로에 출연했는데 다음 스케줄까지 한 시간이 비어 있었다.

"너, 말랐구나."

여자는 남자의 몸부터 살폈다. 변호사와 이혼한 지 1년이 넘은 보휘는 더 세련되어 보였고 말은 부드러우면서도 힘이 실려 있었다.

"넌 좋아 보여."

그 말이 역습이기나 한 것처럼 보휘는 순간적으로 얼굴을 붉혔다.

"지금도 카푸치노 마시니? 달콤한 남자처럼."

그래놓고 이내 웃었다. 시주는 가끔 마신다고 말했다. 사실은 마실 기회가 없었다. 커피숍에 갈 일이 없었다.

"옛날이 그립다. 다들 너무 바쁘게 살아. 별 실속도 없으면서."

그녀의 얼굴에 아련한 미소가 떠올랐다. 내가 온 이유는…… 그 말이 목구멍까지 차올랐다가 도로 꺼져갔다. 그녀는 계속 얘기했다. 이명처럼 소리가 와글와글했다. 잊었다고 생각했는데 그 옛날의 이루지 못한 욕구가 재차 솟구쳤다. 그녀의 젖가슴을 베고 30분만 잤으면… 아니, 5분만, 1분만… 보휘가 무슨 말끝에 웃었다. 그 웃음을 헤치고 음악이 울렸다.

"네, 의원님. 그러겠습니다. 그리로 가겠습니다. 네."

전화를 끊고,

"꼴에 초선 주제에 누가 알아본다고 밀실 따위를 찾네." 했다.

"바쁘구나."

"시주야, 중순에는 시간이 날 거야. 내가 연락할게."

시주는 집 전화번호를 가르쳐주고 주로 오전에 있다고 말했다. 그날, 닭을 30마리도 더 팔았다.

전화는 오지 않았다. 처음 3개월은 가급적 외출을 삼가고 벨 소리에 신경을 곤두세웠다. 놓친 건 아니었을 것이다. 동생도 있었으니까. 이젠 그날 입속에 삼켜버린 돈 얘기는 하지 않겠다고 마음을 굳혔다. 예전에 융통해준, 아마도 기억하지도 못할 얼마의 돈도 잊기로 했다. 술을 한잔 마시고 얘기를 하고 싶었다. 아무 얘기나, 사는 얘기 등. 그도 들어줄 용의가 있었다. 무슨 얘기든, 남자 얘기까지. 시간이 지나면 그의 장점을 보휘가 발견해나갈 수도 있지 않을까? 예전에는 그녀가 아예 알려고 하지 않았던 많은 면들까지. 그런 자기만의 기대감은 점차 옅어지고 조금씩 적의가 쌓여갔다. '나는 지금 닭집 종업원이 아닌가?' 오랜 생각 끝에 시주는 그 엄연한 사실이 직시하는 결론에 이르렀다. 그럼에도 그는 여전히 전화를 기다리고 있었다. 마침내 오늘 가르마를 만나보라는 전갈을 받기까지.

술 마신 발은 저절로 '25시 찜질방'을 향했다.

집에서 300여 미터 떨어진 C동 대로변에 있는 그곳은 8인용 엘리베이터가 두 대 작동하는, 안전장비가 갖추어져 있고 위생에 대해서도 특별히 할 말이 없는 현대식 찜질방이었다. 숙박 손님을 위해서는 발까지 완전히 덮을 수 있는 까칠한 카키색 담요를 무료 제공하고 있었다. 담요에서 곰팡이 냄새가 올라올 때도 있지만 손톱 밑에까지 배어 있는 닭 냄새에 비하면 그건 한시적인 것이었다. 시주가 일주일에 이틀은 이곳에서 자고 들어가자 동생과 조카의 눈길이 오히려 갈구로 바뀌었다. 그의 부재는 그들의 자유가 되어갔다. 속옷 차림, 사소한 수다, 편안한 잠, 여유 있는 샤워. 그들은 그의 현존과 부재를 동시에 염원하고 있었다.

시주는 탕에 몸을 담갔다. 열기가 뼈마디를 파고든다. 거추장스러운 것들이 사라지고 자신의 몸만을 가득히 느끼는 밤, 이 밤이 지나면 다시 내일이, 거절할 수 없는 하루가 온다. 신발을 신는 몸, 닭기름을 버리러 가는 몸, 술 박스를 나르는 몸, 허기진 몸, 쓰린 위와 부글거리는 대장의 몸, 길게 늘어선 줄 속의 몸, 공중화장실로 들어가는 몸, 어슬렁거리는 몸, 벗은 여자를 간절히 갈구하는 몸, 한바탕 웃겨주기를 기대하는 몸, 갈 데도 가고 싶은 데도 없이 길 한복판에 멍청히 서 있는 남자의 몸.

시주는 몸의 물기를 닦아내고 4층의 남녀 혼용 휴게실로 올라갔다. 언제나처럼, 주저앉거나 길게 누워서 만화책을 읽거나 오락 프로그램을 보고 있는 남녀들. 창가에는 검은 가죽 시트로 감싼 무거운 전기 안마의자가 네 개 있고, 그중 두 개는 부부로 보이는 중년 남녀가 차지하고 앉아 온몸을 덜덜 떨고 있다. 저 정도로 떨지 않으면 건강이란 지킬 수 없는 건지도 모른다. 시주는 천 원에 10분이나 작동하는 안마의자에 대해 언제나 미심쩍은 눈길을 던져왔다. 효능이 아니라 매번 10분을 꽉 채우는 그 우둔함과 속셈에 대해.

시주는 근 1년 반에 걸쳐 3층 욕탕에서 4층 남녀 휴게실로 이어지는 가파른 계단을 오르내리며, 방만한 여체와 침구 세트와 만화책이 흩어져 있는 한가하고 무료한 공간에 적응해왔다고 할 수 있다. 갑작스레 눈앞을 가로막는 의외의 덩치 앞에선, 사뭇 위엄을 내비치기까지 하는 자신을 발견하고 흠칫 놀라기도 했다. 그 놀란 사람은, 동전을 넣고 컴퓨터게임을 할 때도 결코 경망스럽게 소리를 지르지 않았다.

누구든 25시 찜질방에 들어온 이상 매점 노인의 시선에서 벗어날 수는 없었다. 24시간 교대 근무를 하는 매점 노인은 욕탕의 현자처럼 벽과 기둥을 경구로 가득 채웠다. 홍익인간이 어쩌고 했다가 '만족을 알면 화를 피하느니라.'로 훌쩍 넘어갔다. 화장실엔 코팅 처리된 '감동적인 경구'가 칸칸마다 부착되어 있었다. 뱃속을 비우며 덤으로 머리까지 헹구고 나면 들어갈 때와 나올 때가 다르다는 말이 전혀 틀리지 않았다. 노인은 찜질방의 지주로서 광활한 정신세계를 주도하고 있었다.

평소의 노인은 표정이 없고 잔돈 내주는 동작이 뚱했다. 그는 느리긴 하지만 맡은 바 책무를 차질 없이 행하는 이의, 음료수와 목욕용품에 관한한 정확한 인수인계를 원칙으로 삼고 있는 이의 답답하도록 분명한 진행을 보여주었다. 그는 존재에 대한 사소한 증거처럼 확실하게 기거하고 있었다. 그가 퇴근할 때, 그는 세상은 아침 7시임을 증명했다. 누구라도 그를 바라보고 있으면 그가 내일 아침 6시 40분에 정확하게 이곳으로 돌아올 것임을 알 수 있었다. 퇴근한 그가 토스트 가게에 들러 계란 토스트를 우물거리며 내다보는 바깥세상은 모든 것이 제대로 정돈되어 있고 또 건물이건 자동차건 보이지 않는 시간이건 모두가 그 방향으로 차질 없이 줄을 서고 있었다. 그는 때로 가벼운 흥분을 느끼며 스타벅스에 들러 숭늉 냄새 나는 커피 한 잔으로 하루의 노고를 스스로 위무했다. 참치회사 영업부장 시절에도 이토록 행복했던 적이 없었던 것 같았다. 이렇게 규칙적인 생활을 5년이나 하다 보니 7년 전에 죽은 아내 생각일랑 며칠이고 떠오르지 않기도 했다. 그는 행복한 노인이었다. 두 달에 한 번은 작은 놈이 손녀를 데리고 찾아오기까지 않는가. 웃는 방법만 좀 학습한다면 그는 누가 봐도 완벽한 인생일 것이었다.

노인의 일터, 그곳은 유폐된 유토피아였다.

전 세계의 노무자들 중 대한민국 노무자는 혜택받은 점이 있다고 할 수 있다. 찜질방은 한 끼 밥값으로 쉼터가 되어준다. 그러다 보니 여기도 상주하는 이들이 있었다. 그들은 외상으로 밥을 먹고 식당 냉장고에 소주를 넣어두고 홀짝였다. 돈을 번 날엔 술을 마시고 들어와 호통치듯 낙지 소면을 시키고 캔맥주를 땄다. 그런 밤엔 그들은 트림도 자랑처럼 하고 대자로 누워 잠들었다. 혼자 오는 여자들도 있었다. 그들은 여성 전용 룸으로 기어들거나 사자를 피하듯 누각에 올라가 모로 누웠다. 밤이면 정성스럽게 화장을 하고 나가는 젊은 여자들은 이곳을 원룸 확보 전의 임시 거처로 삼고 있었다. 10대들에게 이곳은 편의점과 함께 2대 성소라 부를 만했다. 가출했거나 집이 싫은 아이들이 컵라면을 끼고 살며 심신을 단련했다. 실외 휴게실엔 그들이 피워댄 담배꽁초로 분유깡통이 가득 찼다. 깡통엔 또 누런 가래침들이 잔뜩 끼어 있어 담배를 눌러 끄기 그만이었다. 낮에는 기척도 없이 하나둘 모여든 할머니들이 오랑우탄처럼 두 손을 늘어뜨리고 힘들게 발을 떼며 어슬렁거렸다. 그들은 퍼질러 앉아 보자기를 풀고 흰 밥과 붉은 반찬을 늘어놓았다.

주말이면 가족 단위 이용객들이 밀어닥치며 사람이 발에 차일 정도로 넘쳐났다. 그럴 땐 휴게실을 가득 채운 몸들의 열기로 실내 공기가 무겁게 가라앉으며 기도가 답답해졌다. 오늘은 평일인데도 사람이 적지 않다. 밤에 기온이 떨어지고 있는 탓이다. 오늘따라 여러 쌍의 남녀가 특별 시연인 듯 여기저기 누워 있다. 어떤 남자의 털투성이 다리는 여자의 양 무릎 위에 빗장처럼 가로놓여 있다. 어떤 여자는 잔뜩 부풀린 엉덩이를 남자 얼굴에 바짝 갖다 대고 있고 어떤 여자는 남자 품에 반 안겨 있다. 그들은 숨죽이며 은혜로운 시간을 만끽하고 있다. 구석에는 그런 쌍들이 더 많다. 동굴 속 수도사의 거처 같은, 옴폭 파인 공간들엔 가벼운 신음도 고인다. 앓는 짐승 소리가 들릴 때도 있었다.

어느 날 밤이었다. 젊고 아름다운 여자가 그의 벗은 몸을 탐하고 있었다. 감히 꿈도 꾸지 못할 만큼 멋진 여자가 그를 어루만지고 목덜미를 핥고 깊숙이 혀를 빨아들였다. 그는 팽창하는 성기와 온몸을 훑고 가는 전류를 느꼈다. 그건 꿈이었지만 꿈만은 아니었다. 눈을 뜨자 거칠고 투박한 손이 그의 엉덩이와 사타구니를 옮겨 다니고 있었다. 썩은 생선 냄새가 뒤에서 풍겨왔다. 그의 성기는 여전히 발기해 있었다. '얼굴 안 봤어. 죽여버리기 전에 가라.' 놈은 잠시 숨죽이고 있더니 일어서서 가버렸다. 그 뒤로 아무도 오지 않았다. 긴 밤이었다.

시주는 대형 텔레비전 앞에 목침을 베고 누웠다. 지금 나오는 화면은 '찜질방 토크'라는 거였다. 황토색 복장 연예인들이 열 명 가까이 모여 앉아 유쾌한 수다를 떠는데, 남녀가 그렇게 박수를 쳐가며 얘기를 주고받은 지 한참 되는 것 같았다. 주로 신체와 관련된 일화를 내놓는 걸로 유명한 프로그램으로, 이제는 방귀를 많이 뀌는 연예인은 출연시키지 않고 있었다.

그의 곁에는 머리에 수건을 맵시 있게 동여맨 중년 여자들이 벌겋게 달아오른 얼굴로 맥반석 계란을 까먹고 있었다. 그들은 시주를 없는 사람 취급하며 돌아가면서 갖가지 얘기를 늘어놓았다. 피부가 번쩍번쩍하는 한 여자만이 건성으로 얘기를 들으며 텔레비전을 곁눈질하였다. 그 여자가 텔레비전을 좀 더 편하게 보려고 엉덩이를 비트는 순간, 그게 신호라도 되는 양 사건은 터졌다. 파란 찜질방 옷을 입고 뛰어다니던 사내아이가 여자의 눈앞에서 식혜 컵을 차서 엎질러버린 것이다. 이때까지 아무 말 없이 누워만 있던 50대 여자가 벌떡 일어나, "아이고머니나, 이를 어째." 하며 입을 벌렸다. 엉덩이를 비튼 여자는 곤혹스러운 표정을 지었지만 아무 행동도 취하지 않았다. 시주는 50대 여자와 엉덩이를 비튼 여자와 파란 옷 아이와 엎질러진 식혜를 한꺼번에 보게 되었다. 눈에 담긴 그 광경은 이상하게 완벽해서 뭐라도 하나 빠지면 균형을 잃고 무너질 것 같았다. 그것은 되돌릴 수 없는 광경이었다. 세계의 한 단면처럼 차갑게 존재하고 있었다.

한 여자가, 그러니까 꼬마의 엄마이거나 이모가 멀리서 뛰어와 엉덩이를 높이 들고 수건으로 바닥을 훔치기 시작했다. 시주는 그녀 곁에서 나란히 걸레질을 하고 있는 자신을 떠올렸다. "뛰지 마!" 어른은 매번 그 말을 해야 한다. 그리고 아이는 언제나 뛰는 것이다. 실내에서, 거리에서, 차도를 가로질러.

마침내 연예인이 들어가고 자정 뉴스가 국회의사당과 평양 거리와 백악관을 차례차례 내보내더니 자동차와 휴대폰 광고로 넘어간다. 세계의 일정표엔 앞뒤로 몇 가지 신상품이 붙는다. 시주는 지금 그것들을 원한다. 오만 원권 뭉치로 채워진 보스턴백을 운전석 옆자리에 올려놓고 여자의 음성이 흘러나오는 휴대폰을 받으리라. 그런 다음 양친의 산소까지 두 시간을 달려가는 것이다. 저, 떠납니다. 당분간 못 올 거예요.

시주는 여성 전용 누각 아래 있는 12개의 빈 동굴 중 한 곳을 찾아 들어가 잠을 청했다. 약간 피곤한 상태로 그냥 곯아떨어지는 것, 그것보다 좋은 수면법은 없다. 상념에 잠기기보다 일단 자버리는 게 얼마나 깨끗하던가? 잠들기 5분 전은 누굴 미워하거나 사랑하기에 적합한 시간은 못 되었다.

멍멍은 먹물이다

강하상은 비명을 삼키고 있었다. 오전 10시 20분, 동서강관이 낙하하고 있었다. 보휘가 "웃기는 물건 아냐?" 하며 전화를 걸어와 짜증을 냈다. 공황 땐 전 종목이 비 오듯 떨어졌으니까 개인적인 비난은 면할수 있었다. 하지만 이런 단독 낙하는 투자자에게 큰 실망을 주기 마련이었다.

"내가 전화할게!"

보휘와 통화를 끝내자마자 걸려온 머저리 동창의 전화를 신경질적으로 끊었다. 휴대폰이 계속 통화 중이자 녹음되고 있는 유선전화를 찾은 것이다. 답답하니까 했겠지만 이럴수록 원칙을 지켜야 한다. 언제고 조사받을 때 이 모든 것은 불리한 증거로 제출된다. 그땐 지우려는노력마저 범죄다.

강하상은 양 손바닥에 얼굴을 파묻었다. 정보는 어처구니없었다. 강관의 대주주가 범죄에 연루되어 조사받고 있고 일부 공모자는 도피 중이라 했다. 범죄 내용은 크게 세 가지였다. 분식회계, 외화 밀반출, 위장 계열사와의 검은 거래. 오후 4시에 강관은 공시를 했다. 헛소문에 불과하다고. 다음날 주가가 그걸 곧이곧대로 반영해줄지는 의문이었다. 한번 데미지를 심하게 입으면 원상회복이 쉽지 않다.

누굴까? 어떤 놈이 이런 역정보를…….

J파, 그들과는 페어플레이 협정을 맺고 있다. 우린 서로의 먹이에 대해 엄밀한 존경심을 갖고 있지 않은가? X파, 지금 모 전자부품업체 작전 건으로 조사받고 있다. 검찰의 관심을 분산시키고 인력소모를 시켜 유리한 형세를 조성하기 위해? 가능성이 낮다. 차라리 비싼 변호사를 사서 형량을 줄이는 게 실제적인 도움이 된다. W파, 정보가 그쪽으로 새어나갔다면 녀석들은 저번의 패배를 만회하기 위해 복수를 획책할 수 있다. 그런데 이런 치명적인 루머를 소리 소문 없이 순식간에 퍼뜨리려면? 인터넷도 찌라시도 통하지 않고 어떤 경로로? 문제는 그것이 루머라 하더라도 범죄 건이 성립되고자 하면 우습게도 사람과 주가를 동시에 물고 늘어지며 춤을 춘다는 것이다.

'이럴 때, 이 외로운 순간에 내가 왜 사무실에 앉아 있어야 하는가?' 강하상은 액션영화 한 편을 댕기고 오자 하한가에서 상한가로 통쾌하게 반전되어 있던 그 옛날의 영광을 기억해냈다. 강은 휴대폰을 들어 오늘도 그를 반기는 코맹맹이 소리를 호출했다.

"그만 나오시죠."

강하상은 휴대폰을 떨어뜨릴 뻔했다. 최유나는 얼굴이 순식간에 굳어버린 강하상을 두 눈을 동그랗게 뜨고 올려다보았다. 오랜만에 막 오르려는 참인데 전화 한 통이 여자의 느낌을 망쳐버렸다. 강하상은 허둥대며 옷을 입었다. 바지를 꿰차고 셔츠의 단추를 서둘러 잠그는 손이 떨리고 있었다. 그는 지갑을 열어 십만 원권 몇 장을 던지듯 탁자 위에 내려놓았다.

"어머니가 편찮으셔."

최유나가 그 말을 믿을 리 없었다. 그 따위 변명이야 아무래도 좋았다. 오늘도 확답을 못 들은 게 화가 날 뿐이었다. '수입 아동복 숍 보증금이라고? 한 5천이면 되겠어?' 베갯머리에서 한 언질을 철석같이 믿고 3학년 2학기 복학을 미뤄둔 상태였다. '좀 기다려 봐.' 오늘은 복장 터지는 그 소리 대신 다른 말을 들었어야 했는데, '예스' 했으면 영감을 아주 뽕 보내주려고 했는데.

강이 모텔 밖으로 나가자 휴대폰이 다시 울렸다.

"타시죠."

눈앞에 검은 차가 미끄러져 섰다. 뒷문이 열리고 강이 타자 차가 출발했다. 바리깡으로 머리를 바짝 치켜 깎은 청년이 운전대를 잡고 있었다. 강의 옆자리엔 목이 없는 덩치 하나가 말이 필요 없다는 듯 묵묵히 앞을 보고 있었다. 날 이렇게 거칠게 다루어도 되나? 강은 제법 화가 나려 했다. 깡패 새끼들이 투자금융사 센터장 알기를 뭐같이 알아.

"전화 한 통 하겠소."

깡패가 웃었다.

"하시오."

뭔 허락을 다 받느냐는 목소리였다.

"김 양, 박 사장과의 약속 5시로 미뤄줘요."

무슨 일이 있어도 5시까지는 돌아가야 한다는, 바로 그 뜻이었다. 돌아가지 않으면 신고가 들어갈지도 모른다는 경고를 제발 눈치채 달라. 깡패는 표정이 없었다. 깡패가 비감에 찬 러시아 민요가 울려 퍼지는 전화를 받더니, "알겠습니다." 하고 끊었다.

"차 세워."

깡패가 앞자리에 대고 내뱉자 차가 섰다.

"내리시오."

강은 싱겁기 짝이 없는 두목이 아무튼 고마웠다. 차가 떠나자 다시 휴대폰이 울렸다.

"원금만 돌려주시오. 넉넉하게 일주일 드리겠소."

강은 택시를 타고 사무실로 돌아갔다. 동서강관은 극적인 반전과는 너무나 거리가 먼 종목이었다. 믿고 싶지 않은 종가의 다섯 자리 숫자가 뿌옇게 시야를 덮어왔다. 하체에서는 말라버린 정액이 고운 가루가 되어 떨어지고 있었다.

두목의 계좌는 오늘부로 5억 3천 손실을 보고 있었다. 녀석을 신고하면? 아들 태원의 발가락 하나만 부수겠다고 했다. 그리고 또 말했다. 음모 108가닥이 필요하다고. 하이 톤의 쇠줄 같은 목소리였다. 역삼동의 유명한 이탈리아 음식점 사장이 깡패 두목인 줄 어찌 짐작이나 할 수 있었겠나? 13억을 들고 와서는 "파스타 좋아하십니까?" 하고 묻지만 않았어도 낌새를 챘을지 모른다. "7억 채워서 딱 20억만 만듭시다. 그 이상 벌면 센터장님 다 드세요. 진심입니다." 그 말을 믿고, 아니 일말의 기대를 갖고 동서강관에 몰빵을 찍었으니, 이 참상에 대해 달리 할 말이 떠오르지 않는다.

"좀 기다려주십시오. 주가도 반등할 겁니다."

강이 다시 전화를 하자,

"당신 같은 자를 어떻게 믿습니까? 대낮에 씹이나 하는 분을." 하고
두목이 말했다.

강은, 모멸감이 뭔지 적당한 나이에 배워가고 있었다.

"좋을 대로 해. 난 못 주니까."

말을 씹어 뱉었다. 아무리 생각해도 그건 본인이 한 말이 아니었다.
본인의 미쳐버린 자아에서 새어나온 억눌린 흐느낌이었다. 두목의 전
화는 없었다. 그 침묵이 세 시간 이어지자 강은 심장이 타들어갔다. 욕
을 들어야 했다. '개새끼야!' 소리를 듣고 싶었다. '죽고 싶냐?'는 소리도.
두목의 번호는 암흑 속에 잠겨 두 번 다시 떠오르지 않았다.

그날 밤 9시 서초동 파이어클럽 포에버 룸은, 그들이 오신다는 연락
을 받고 진작 테이블 세팅이 끝나 있었다. 강하상은 애널리스트 기, 펀
드매니저 유, 비기닝증권 조 상무와 함께 로얄 살루트 21년산을 앞에 놓
고 호화로운 소파에 앉아 있었다. 결론은, 누군가 어떤 프로가 이 음모
를 주도하고 있다는 거였다. 상당히 담대하고 민첩한 놈으로 신중히 대
처해야 했다. 이 시점에선 주가 하락을 막기 위한, 눈에 띄는 어떤 조치
조차 위험한 시도가 될 수 있다. 당국은 손해를 본 개미들의 투서가 들
어가면 일단 대량 거래 계좌부터 조사할 것이다. 그럼, 정보와 계좌가
굴비처럼 엮여 있는 우린 표적수사 안으로 들어서게 된다. 큰돈 중에 정
상 유통된, 탈세로부터 자유로운 돈이 얼마나 되겠는가? 여러모로 예
후가 좋지 않아 보였다.

그들은 술을 마셨다. 키가 실로폰처럼 제각각에 얼굴도 천차만별인
계집이 넷 들어왔다. 3백만 원에 맞추려면 아이들은 벌거벗는 것만으
로 부족하다. 남자의 뇌를 마비시켜야 한다. 오늘이 지상의 마지막 밤

인 것처럼, 동물들이 뻔뻔하고 진솔한 야만성을 노출하며 서로를 동물의 일원으로 여기는, 성스러운 육욕의 밤. 강하상은 언제 정액이 뿜어 나왔는지도 모르게 술을 마신 상태였다.

"쟤들이 무슨 작전 팀이야? 쫀쫀해가지곤."

변기에 머리를 박고 토하고 있는 강의 등 뒤에서 한갓 스무 살 계집이, 무릎 꿇고 축축한 성기를 빨아대던 년이 그들 전부를 비웃고 있었다. 유 펀드, 녀석은 계산서를 들고 언제나 승강이를 한다. 허접한 자식. 그나저나 이 모임도 이젠 끝이 보인다. 오늘 아무도 진심으로 웃지 않았다.

점심을 거른 강하상은 사무실 책상 앞에서 꼼짝하지 않았다. 공문 철을 갖고 들어온 여직원은 센터장의 부석부석한 얼굴과 충혈된 눈동자, 초췌한 기색에서 지난밤의 과음만으론 설명하기 힘든 어떤 지난한 고뇌를 읽고 있었다. 그렇다, 그의 인생에 위기가 다가왔다. 실질적이고 위협적이며 가차 없는 위기가.

강은 식은땀을 흘리고 있었다. 본부장이 이 건에 연루되지 않은 건 둘 다를 위해서 얼마나 다행인가. 본부장은 누굴 죽이려 하냐며 닦달을 할 것이었다. 이 순간이, 늘어지게 잔 탓에 피부에 생기가 돌아온 최유나에겐 한가한 시간이었다.

"자기, 왜 전화 안 해?"

"집에 일이 있다 했잖아. 내가 할 때까지 기다려."

"피, 혹시 여자 생긴 거 아냐?"

"쓸데없는 소리."

"그럼 죽는다, 진짜야."

멍멍은 먹물이다 | 189

더는 귀엽지가 않다. 톡톡 쏘는 맛도 다 어디 갔나? 그러나 실제로 변한 건 강하상 자신이었다. 동서강관은 약보합권에서 서성이고 있다. 조금씩 아래로 미끄러지는 느낌, 10분에 0.1퍼센트씩 스멀스멀, 마치 늪지대처럼. 강은 혓바닥이 마르는 게 어떤 건지 알았다. 사채업자에게 시달리는 자들의 사연을 꼬챙이에 꽂힌 과일을 먹으며 남의 얘기처럼 아니, 사디스트적인 희열을 느끼며 듣던 강이었다. 그런 그가 어떤 빈틈없는 음모에 휘말려 들어가는 듯한 공포를 느끼고 있었다. 거기다 기껏 5천을 투자한 민 사장까지 전화해 신경을 훼손하고 있다. 계집애 같은 성격에 무슨 주식을 한다고……. 강은 몇 번 망설이다 멍멍에게 전화를 했다.

"두 장만 들어가라 했잖소?"

"어쩌다 보니."

"두 장 안으로 들어갔어야죠. 이제 와서 누굴 원망할 수 있겠습니까?"

"그게 아니라 앞으로 어떻게 될 건지."

"그건 모르죠. 우리가 좌지우지할 수 있는 차원이 아니에요. 경고하는데 우릴 끌고 들어갈 생각은 말아요. 캡틴도 당신의 무모한 투자에 대해 우려를 하고 있어요. 금감원의 조사가 들어가면 당신이 단독으로 저지른 우매한 행위에 대해 우리도 알게 되겠지만 말이오."

두 장은 20억이다. 강은 개인계좌로 17억, 고객계좌로 135억을 동서강관에 쓸어 넣었다. 강의 말을 듣고 몰빵 찍었다는 몇 놈의 투자금액만도 합이 300억이 넘지만 금액 자체가 신빙성이 없고 법적으로 책임질 일도 아니다. 그러나 적게 잡아도 100억 이상은 물려 있는 것 같다. 그들이 강을 협박하지 않는 건 그간 신세진 일이 있어서라기보다 엮어

봐야 돈은 안 나오고 괜히 검찰만 바빠지기 때문이다. 시세는 역시 시세에 답이 있다.

멍멍에게 1억 이하는 거스름돈이었다. 정보를 주고 멍멍은 거스름돈인 수수료를 거둬갔다. 멍멍이 캡틴을 들먹이는 건 겁을 주려는 거다. 자기가 연관되는 데 대한 두려움이 있다. 사실을 알면 캡틴이란 자는 멍멍을 죽일 것이다. 그나저나 강하상, 그가 미쳤다. 왜 그 많은 물량을, 개인 대출까지 받아가며 '고물상'에 지르고 만 것인가? 우리의 자랑스러운 글로벌 기업인 삼성전자, 포항제철, 현대차를 놔두고 말이다. '외국에 나가 봐. 휴대폰, 반도체, 자동차 아니면 우리나라는 아무것도 아니야. 뭘 알고들 지껄이라고 그래.' 기업체 직원이 아니라 음악가의 입에서 나온 그 소리를 좀 더 진지하게 생각했어야 했다. 5천 년 역사상 최초로 세계가 주목하는 대한민국이다. 좁게는 대한민국 기업들이다. 그런데 너는 국내에서도 그 존재가 미미한 고물상에 경배하고 있냐? 강은 자기혐오에 곁들여 우울증이 찾아오려는 조짐에 몸을 떨었다. 이러고 넋 놓고 앉아 있을 수만은 없다. '우선 멍멍을 움직이자. 그도 살려면 나와 보조를 맞춰야 할 것이다.'

멍멍은 창고를 개조해 만든 사무실의 철제 책상에 앉아 있었다. 사무실은 가설의 느낌이 들고 이동성이 편하고 접근이 용이하지 않아 한 백 명 파묻기에 좋은 곳이었다. 각목이나 폐타이어나 기름통 같은 것들이 어딘가에 있지 않겠는가? 사람을 공중에 높이 매다는 도르래는 어디 있나? 고기 적출용 식칼은? 선박용 밧줄은? 신발 밑바닥으로 대충 문질러 지운 혈흔들은? 강은 그 모든 것의 주관자이신 멍멍 앞으로 부름을 받은 듯 조심스레 다가갔다.

"앉으시오."

강이 사무실 한가운데 덩그러니 놓인 검정 가죽 소파에 살찐 무릎을 붙이고 앉자 눈꼬리가 올라간 여직원이 차를 가져왔다. 여직원은 로봇처럼 관절이 뻣뻣하고 얼굴은 숙명적으로 차가웠다. 그런 여자가 탄 커피는 검은 음모가 도사린 듯 시커멓다. 멍멍은 커피 잔조차 제대로 들지 못하고 떨고 있는 덩치를 한심하다는 눈빛으로 바라보았다. 동서강관은 몇 개의 프로젝트 중 하나에 불과했다. 조직 입장에선 그건 쳐내도좋은 가지였다. 거기 투여된 자금은 크지 않았다. 강하상이 오버 한 것이다. 많은 가지들이 여기 접목되어 있었다. 그런데 유독 그의 가지만부풀려져 생살을 드러내며 부러지고 있었다.

"여기가 어딘지 아시오? 또 하나의 사무실이오. 당연히 여길 아는 자는 많지 않소. 모두 이름깨나 있는 자들이지. 무슨 말인지 아시겠소? 캡틴도 여길 모르오."

"그럼……."

"그렇소. 내가 바로 먹물이오."

먹물, 말로만 듣던, 금감원은 물론 재무부를 조롱한다는 작전계의 거두, 일명 검은 괴수.

"죽기 전에는 날 찾지 마시오. 아시겠소?"

강하상은 미궁에 빠진 기분이었다. 멍멍이 먹물이라니? 그는 이제 어떻게 되는 건가? 먹물의 뒤에서 투박한 베니어 문이 열리더니 줄무늬와이셔츠 차림의, 날카로운 인상의 젊은 남자가 걸어 나와 강의 옆을 스치듯 지나쳐 밖으로 나갔다. 트레이더인지 채무자와 1대 1 거래를 하는자인지 겉모습만 봐서는 짐작이 가지 않는 그에게 먹물은 전혀 눈길을주지 않았다. 그렇다고 강을 보고 있는 것도 아니고, 탁자 위의 보고서

파일을 건성으로 넘기고 있을 따름이었다. 강이 갔다고 생각하는 모양이었다. 어차피, 일어나 가는 것 외에는 할 일이 없었다. 하마터면 주차권에 대해 문의할 뻔 했으나 여직원이 컴퓨터에서 시선을 돌려 말없이 그를 올려다보는 순간 제정신이 돌아왔다.

차의 시동을 어떻게 걸었는지 알려고 하지 말자. 평균 매입가 대비 43퍼센트나 하락한 동서강관의 종가가 머리에서 떨어지지 않았다. 그것은 여자의 애액처럼 불쾌하게 달라붙어 있었다. 나락으로 떨어진 주가가 수직 상승하며 이 모든 공포와 불안을 한 번에 날려버릴 수 있다면! 메피스토펠레스에게 영혼을 판 파우스트가 단번에 이해되었다. 평소에도 강하상은 영혼을 팔고 세속의 단맛을 맛보는 것에 대해 매우 긍정적으로 생각하고 있었다.

강의 아내는 밤 11시 넘어, 친정에서 잠든 아이들을, 큰아이는 업고 작은아이는 안고 들어왔다. 낮에, 그 많은 시간도 부족해……. 하긴 놈이 밤에 시간이 났겠지. 거기가 젖은 채로 들어왔나? 창녀, 김희정보다 나은 거라곤 알량한 가게 두 개였는데, 그것도 저번의 세계적인 경제공황에 날아가버렸다. 현금 10억은 진작 말아먹은 자랑스러운 남편이 강이었다. 빈 껍데기인 그녀가 그를 가로질러 안방으로 들어가는 모습을 강하상 역시 허깨비가 되어 보고 있었다. 강은 끊었던 담배를 입에 물고 어둠 속에서, 차들도 잠이 든 아파트 단지 마당을 묵묵히 내려다보았다.

호프 거품의 날들

장이 끝나자마자 강하상이 전화해, 폭락 후 반등 기미가 없는 동서강관의 원군을 요청해왔다. 지유는 애널리스트 섭외비로 우선 작은 것 한 장을 부치라고 말하고 은행 계좌번호를 두 번 반복해서 불러주었다. 문자는 언제고 말썽의 소지가 있었다. 휴대폰을 내려놓고 컴퓨터 키를 하나 때리니 총천연색 그래프를 깔며 떠오르는 멋진 종목, 동서강관이다.

동서강관, 이놈은 정말 진중한 놈이다. 위로는 아예 움직일 생각을 안 하잖아. 이렇게 엉덩이가 무거워야 물량 모으기가 쉽지. 코스닥처럼 온갖 잡놈이 달라붙어 인수합병이네, 인수 후 3자 배정 유상증자네 하며 주가가 통통 뛰어다니면 보통 어지러워야지. 미꾸라지처럼, 매집하려면 올라 있고 풀려면 빠져 있는, 그야말로 사람을 심란하게 하는 코스닥이 아닌 건 정말 다행이야. 요 몇 개월 물량을 풀고 당기며 장난을 좀

첫지만 워낙 무거운 놈이다 보니 지쳤는지 이젠 덤벼드는 놈도 없고, 하여 이렇게 저가에 방치해두고 조금씩 매집해가는 재미가 제법 쏠쏠하다. 다들 겁들은 얼마나 많은지 악재 하나만 풀면 여기저기서 던지는 꼴이라니. 기관도 예외 없다. 녀석들도 매에는 못 견딘다. 그런데 강하상, 네가 이렇게까지 코너에 몰릴 줄은 몰랐다. 아니다 싶으면 진작 좀 풀지 그랬어? 장이 마감되면 찻잔을 앞에 놓고 음악을 들으며 머리를 식혀야 하는데 강하상 걱정에 이렇게 마음이 편치 않으니.

그건 그렇고, 가만. 지유는 서랍을 열고 깜박 잊고 있었던 뮤지컬 '시카고' 특석 초대권 두 장을 꺼내 들여다보았다. 어쩌자고 오늘이 그날이다. 송보휘의 전 남편인 진 변호사가 등기로 보내온 이걸 보는 순간 이놈이 미쳤나, 했었다. 알다시피 록시 허트는 클럽의 코러스 싱어이자 정비공의 아내로 정부를 살해한 여자다. 그 역을, 진 변호사의 애인인 오페라 가수가 맡음으로써 뮤지컬 시카고는 폭풍 같은 인기를 누리고 있었다.

그녀가 집행유예 기간에 살인녀 역을 맡아 전격 출연한 건, 그날 그 무서운 밤, 전기밥통을 번쩍 들어 남편의 이마를 정통으로 내려친 자신의 행위가 상습폭행에 대한 정당방위가 아니라 의도적인 살인이었다고 간접적으로 고백하는 것이며, 이는 사법부와 국민을 조롱하고자 하는 도발적인 도전으로 봐야 한다는 견해가 대두되고 있었다. 인터넷에선 그녀를 재조사해야 한다, 악몽을 경험해본 자만이 할 수 있는 용기 있는 도전이다 등 격렬한 논의가 지금까지 계속되고 있다. 그녀에게 징역 2년에 집행유예 3년을 선고한 판사, 애초에 3년 징역형을 구형한 검사는 매체의 줄지은 인터뷰 요청을 거절했고, 그녀를 변호했던 로펌 소속 진 변호사만이 뮤지컬 출연은 그녀 본연의 일이자 창조적 예술행위로써 아무도 거기에 대해서 왈가왈부할 수 없다고 딱 잘라 말하고 있었다. 아무튼 선정성 뉴스에 목말라 있는 매체로선 그녀는 최고의 핫이슈였으며, 그녀 또한 응답하듯 록시 허트 역을 열연함으로써 대중의 폭발적인 관심 속에 못말리는 인기를 구가하는 중이었다. 그야말로 서울에 어떤 악녀가 탄생한 것이다. 드라마 속 웬만한 팜므파탈은, 실제와 허구가 구별되지 않는 그녀의 호연에 아연실색하며 뮤지컬의 연장 공연 소식에 저마다 가슴이 철렁 내려앉았다. 이토록 뜨거운 관심을 받고 있는 뮤지컬을 없는 일인 듯 무시할 수는 없는 노릇이었다.

진 변호사가 지정 날짜가 인쇄된 초대권을 보내온 건, 그 날짜 그 시간에 두 사람을 직접 확인하겠다는 뜻으로 지유는 받아들였다. 그렇다면 못 가줄 건 없었다. 그와 보휘가 앉아 있으면 그 자리는 저절로 주위를 밝힌다는 것쯤은 그놈도 알 것 아닌가. 놈이 설마 무슨 불륜의 현장이라도 잡은 듯 가소로운 충고를 해오지는 않겠지. 놈이 오페라 년과 재미 볼 때, 보휘가 얼마나 외로웠던가 생각하면 그럴 수는 없는 일이다.

그렇지 않아도 그린오션호텔에서 그러고 간 다음 얼굴을 뵙지 못한 송보휘에게 전화해, 그들이 우리를 시험하려 한다고 하자 그녀는 묵묵히 듣고 있다가 "가보지 뭐." 하고 선선히 응낙했다. 지유는 건물 뒤 단골 헤어숍으로 가서 미세스 유에게 머리를 맡겼다. 목과 귀 부분을 살짝 다듬고 뒷머리에 볼륨을 좀 주고 거품 샴푸를 하는 정도다. 미세스 유에게 머리를 맡기고 있으면 미처 정리되지 못한 생각들이 조용히 부유한다. 돈과 관련되지 않은, 어떤 놈 생각을 하는 건 실로 오랜만이다.

진 변호사가 그녀가 아니라 그에게 초대권을 보내온 건 공공연한 도발로 봐야 했다. 뭐야, 아직도 보휘에게 관심이 있다는 거야? 아니면 보휘더러 놈의 행복한 꼴에다 살인녀의 매력과 인기를 실감하라는 건가?

그 어느 편이든 보휘의 심사를 건드리기엔 부족하지 않겠지만 그들도 우리를 질투하지 말라는 법은 없다. 인기가 바로 돈은 아니다. 누가 그 살인녀를 광고 모델로 쓸까? 부엌칼 광고라면 모를까. 그리고 로펌은 요즘 돈 좀 버나? 살인녀가 정서적 안정을 찾으려면 사치품과 명품만은 중단 없이 공급되어야 할 터인데.

평소에도 가급적 정장 차림인 그녀이기에 대중적인 뮤지컬 공연에 따로 의상 신경 쓸 일은 없었겠지만, 웬걸 극장에 나타난 걸 보니 짧은 시간에 복장과 헤어와 피부에 공을 들인 흔적이 역력했다. 전 남편과 전 남편의 여자에게 도도하게 보이고 싶기도 했을 테고 지유의 옆자리를 빛내고 싶기도 했으리라.

뮤지컬은 공전의 히트작답게 무대 세트와 음악과 춤과 이야기가 잘 어우러진 한 편의 대향연이었다. 그것은 시작부터 달콤한 피 냄새를 풍기며 욕망과 치정의 고원지대로 숨 가쁘게 치달려갔다. 몇 가지 반전은 이야기를 끌어가는 요소지만 실 매력은 다른 곳에 있었다. 우리의 뇌와 심장이 품고 있는 죄와 욕망에 대한 혐오와 갈망, 탐닉을 대변하고 있는 배우들의 얼굴을 탐조등 불빛이 어지러이 훑고 있었다. 그 얼굴들에서 숨겨진 자신의 얼굴을 보며 관객은 전율하고 있었다. 록시 허트는, 볼륨 있는 몸매를 타이트하게 감싸고 있는 검정 드레스 차림으로 무대의 공간을 획득하듯 점거해갔다. 애잔한 심사를 담은, 허스키하면서도 풍부한 성량으로 노래할 땐 관객 하나하나에게 숨겨진 이야기를 들려주는 듯했다. 상대 배우들은 그녀의 호소하는, 무심한, 처연한, 도취된, 승리를 만끽하는 감정의 다양한 분출에 맞춰 응하고, 경멸하고, 동조하고, 질투하면서 그 어떤 식으로든 그녀를 높이는 데 기여하고 있었다.

공연 도중 보휘의 손을 살짝 잡자 축축한 땀이 만져졌다. 긴장하고, 남몰래 흥분하고 있는 보휘를 보며 지유는 이 여자가 저 록시 허트만큼 이나 복잡한 심리에 태생적인 음란함을 지닌 여자가 아닐까 싶었다. 보휘가 록시 허트와 사귈 수도 있으리라는 생각이 드는 건 전혀 엉뚱한 상상이 아니었다. 비공식적이라면 그녀는 악마하고도 손을 잡을 여자니까. 그녀의 그런 면이 두려우면서도 거절하기 힘든 힘으로 느껴져 왔던 지난 시간들이었다. 공연이 끝나고 밖으로 나가자 입구에 회색 스트라이프 무늬 양복을 입은 진 변호사가 서 있었다. 전문직 남자가 업무를 끝내놓고 짓는 안도감 같은 피곤이 얼굴에 있었다.

"와줘서 고맙소."

그는 지유에게 말을 던진 후, 보휘에게는 미소를 담아 고개를 끄덕였다.

"록시 허트의 표정이 지난번보다 살아난 것 같네요."

보휘가 전 남편을 쳐다보며 말했다. 2년 만에 보는 얼굴이었다. 그래 저런 얼굴이 있었지, 그녀는 생각했다.

"언제 공연을 본 적 있소?"

"해신섬유 박 전무에게도 초대권을 보냈더군요."

"그랬소? 그야 공연기획사에서 보낸 걸 거요. 아무튼 또 봐줘서 고맙구려."

두 번이나 공연을 보면서 아무 말도 하지 않는다? 지유는 속으로 고개를 저었다.

진 변호사와 헤어져 보휘를 도곡동 아파트까지 바래다주자, "들어오지." 하고 그녀가 말했다.

그의 허리띠를 풀고 있는, 정장 차림의 그녀를 그는 지금 내려다보고 있다. 살인녀의 캄캄한 입속에서 길을 잃고 싶은 건 기다란 성기만은 아니었다. 지유는 울부짖고 있는, 갈기갈기 찢긴 자신의 영혼을 보고 있었다. 그 방황하는 영혼 앞에서 보휘가 하나하나 허물을 벗고 있었다.

오늘밤은 더 뜨거워야 한다고 침대 위의 한 살아 있는 육체는 말하고 있었다. 그러기 위해선 지유가 록시 허트 년의 풍만한 육체와 그 육체가 품고 있는 음탕함의 끝을 읽어도 좋다고 허락하고 있는 듯했다. 침대는 증오와 욕망이 들끓는 용광로가 되어가고 있었다.

"박 전무도 집까지 바라다줬나?"

떨어져 나간, 땀에 젖은 허벅지를 느끼며 지유가 말했다.

"아니. 그는 약속이 많은 남자야. 공연장에 배우나 가수를 데려갈 수는 없잖아? 걔들은 다른 용도가 있다고 생각하는 자이니까."

"그래, 공연장이나 데리고 다니면서 그 작자는 너한테서 뭘 바라는 거야?"

"아무것도. 그는 그저 내가 그를 마음에 좀 들어 하길 바랄 뿐이야."

"재미있군. 그렇다고 큰돈을 쓸 놈이 아냐."

"그야 모르지. 아무튼 그 사람 지나치게 의식하지는 마. 난 네가 생각하는 것 이상으로 널 자주 생각해. 내 옷장을 열면 언제나 입고 싶은 충동이 일게 하는 옷은 하나도 없어. 넌 기적이야."

"그래서 이런 은총을 내리는 거군."

"그게 곧 사랑은 아닐 거야, 미안."

지유는 새벽 두 시 너머 차를 몰고 집으로 돌아갔다. 그 역시 사랑과는 거리가 먼 남자였다. 한때 두 사람은 서로 사랑했다. 그건 사실이었다. 지금은 사랑 없이도 함께 있을 수 있었다. 그것은 기적이라기보다 노력으로 쟁취한 소중한 전리품이었다. 성실한 연인들만이 그런 걸 성취해낼 수가 있다. 만약 그에게 다시 사랑이 찾아온다면 그건 어떤 모습으로 다가올까? 그런데 사랑, 그게 가능하기나 할까?

"다들 기다리고 있습니다."

회의 시간을 20분 넘긴 08시 50분이 지나자 새내기 여비서가 노크를 하고 들어와 말했다. 당일 일정을 내선 전화로 보고했다가 한 소리 듣고 난 후론 하루에 몇 번이고 이렇게 맞대면을 한다. 월급을 지불하고, 하대를 하지 않고, 업무 외의 시간을 뺏지 않는 조건이라면 그다지 가혹한 처사라고 볼 순 없다. 다소곳이 서 있는 모습이 성욕을 억누르고 있는 것처럼 보이는 건 그녀 탓이지 다른 누구 책임도 아니다. 금방 어떤 죽음을 읽은 후라 그런지, 그녀의 억제력이 한계에 달한 듯 폭발성을 띠고 육박해온다. 그 짓이라면 그녀는 좀 더 기다려야 하리라.

"곧 가죠."

지유는 보던 신문을 책상에 내려놓았다. 어젯밤 뮤지컬 관람 후에 가진 섹스는 드물게 격렬했다. 그 후유증으로 사무실에 늦지 않았다면 보휘도 지금쯤 기사를 읽었으리라.

민경규 전 판사가 숙환으로 별세한 건 깜짝 뉴스였다. 3월 말 캠프의 파티 장에서만 해도 그는 수십 개의 촉수를 지닌 축축한 숙주와도 같은 모습으로 생존하고 있지 않았던가? 그의 죽음엔 군부독재 시대에 그가 보여준 드문 용기와 로펌 대표직에서 은퇴한 후 무료 법률상담이라는 뜨거운 길을 갔던 올곧음에 대한 후배 법조인의 헌사가 붙어 있었다.

우리 모두 민경규를 알고 있지 않은가? 서슬 퍼런 독재시대에 사상범에 대한 두 건의 소신 판결로 정치권력으로부터의 독립이라는 귀중

한 원칙을 지켜냄으로써 무너져가는 사법부의 위상을 끌어올린 그였다. 오늘날까지 판결과 양심이라는 주제를 다룸에 있어서 그의 이름 세 글자를 인용하는 것은 전혀 지적받을 일이 아니었다. '독재정권이 떠나갔을 때, 그때 우리의 공과를 판결하는 재판관은 따로 있다. 그것은 민주, 민중이라는 이름이다.'

민경규는 그날의 도래를 누구보다 일찍 꿰뚫어보고 있었다. 목이 달아날 정도는 아닌 두 건의 소신 판결이라면 그러한 보험으로 적당하다고 볼 수 있었다. 그 대가는 길고 긴 영광이었다. 권력을 물려받은 행정, 입법부의 실무자들이 앞다투어 알짜 정보를 제공해왔다. 로펌의 대표로 자산 증식에 속도가 붙을 때도 감히 전 국토에 산재한 수만 평의 토지와 정부 입찰에서 승리한 초고속성장 주식들, 세 채의 강남 아파트와 수십억의 세금 탈루 따위에 대해 의문을 표해오는 자는 없었다. 지나치게 달려온, 비대하고 피로해진 심장의 휴식을 위해 잠시 일을 놓지 않았더라면 자산 관리에 따른 잡다한 업무량에 애를 먹었으리라. '무료 법률 상담'이라는 간판이야말로 의사의 어떤 처방전보다 노쇠한 판사의 마음을 안정시켜주었다. 세상에 아름다운 여자들이 존재한다는 사실만으로도 그의 심장은 갈수록 터져나갈 것 같았기에.

그런 그가 좁은 관 속에 누워 시시한 인간들이 지껄여대는 조사를 듣고 있게 되다니. 자세히 봤으면 캠프의 그날 밤, 그 옴팡한 눈에 까닭 모를 눈물이 고여 있지 않았을까? 먼저 간 주 회장의 길동무로 그가 과연 적합한 인물인지 지유는 판단이 서지 않았다.

회의실 공기는 긴박하면서도 불온하고 비장감이 맴돌았다. 자산운용 회의는 늘 그렇듯 전 주 대비 상품수익률 점검을 하고 앞으로의 투자 방향에 대해 의견을 조율하는 자리이지만, 내심은 다들 요번 달 월급은 제때 나올 건지, 얼마라도 성과급이 가능할 것인지 꽁지가 타는 심정으로 타진해보고 있었다. 지유를 제외한 인원은 모두 넷이었다. 여자는 둘, 분석적이고 세심한 투자가 장기인 조 양 맞은편에서 드럼통 몸을 의자에 붙이고 미동도 않고 있는 심 양은 미련곰탱이처럼 보이지만 배짱 투자엔 적수를 찾기 힘든 인간 불도저였다.

"금융주의 침체는 더 지속될 것 같습니다. 달러는 여전히 폭탄이지만 당분간은 온건한 흐름을 보일 것 같고요. 원자재 투자는 선별적으로 유리해 보여요. 전 석유 비중을 30퍼센트 늘리고 싶습니다. 엔화 선물은 헤지 해야 할 겁니다. 러시아 비중도 고려해봐야 될 거예요. 푸틴이 러시아를 어디로 끌고 갈지 더 지켜보는 게 좋을 듯싶습니다."

미국 아이비리그 MBA인 조 양의 재잘거림을 지유는 묵묵히 듣고 있었다. 국내파 경영학 석사인 인간 불도저 심 양은, 투자한 상품 건건마다 날렵하게 대응하려는 조 양의 기민함에 호응할 수 없었다.

"포지션 변경은 직감이나 통계로 가능한 게 아니죠. 문제가 뚜렷해 보이는 쪽만 건드리는 게 좋지 않겠어요?"

좀 지나치게 감정적인 대응이다 싶은 심 양의 발언에 아무도 입을 열지 않았다. 침묵이 장기가 되어가고 있는 47세의 공 부장은 눈만 껌벅거리고 있었다. 대표이사 지유가 보기엔, 연말이 가기 전에 그의 자리를 머리가 획획 돌아가는 젊은 친구로 바꿔야 제때 소화가 될 것 같았다.

"처음 참석했는데 할 말이라도?"

지유는 최근에 영입한 투신 이사 출신 이 실장을 쳐다봤다. 비리로 잘렸다는 건 그만큼 용감했다는 뜻이리라.

"굳이 건드린다면 석유 쪽이 좋아 보이네요. 러시아는 오히려 비중을 더 늘려야 하는 게 아닌가 싶고요. 천연가스가 상승 쪽으로 방향을 잡은 것 같아서요.”

이 실장이 말했다. 말끝에 실장은 헛기침을 했다.

“좋아요. 참고하죠. 개인적으론 현금 비중을 더 늘렸으면 합니다. 좋은 먹잇감은 언제 나타날지 모르니까요. 그만하죠.”

부자들의 인생 설계에 관여하는 게 주 업무인 대형은행 PB 팀장 자리를 박차고, 당시의 인맥을 활용해 고려경영컨설팅을 설립한 지 6년 만에 처음으로 전년 비 마이너스 성장을 기록한 대표이사 지유가 결론을 내렸다. 사실은 상품 투자 규모 자체가 대공황 전에 비하면 한심한 수준이어서 늘리고 줄이고 해봤자 큰 수익을 기대할 수 있는 것도 아니었다. 기업 매매 건을 더 물어오고 거래 과정에서 발생하는 가외 소득을 늘려야 이 조직의 운영과 번영이 가능했다. 이 미증유의 불황에 기업 인수 및 중개업무의 뒷거래에 정통한 이 실장을 영입한 건 시일이 다가오고 있기 때문이기도 했다. 리처드가 동서강관의 추가 자료를 요청해온 건 긍정적인 신호였다.

집무실로 돌아온 지유는 알맞게 우러난 홍차를 한 잔 마시며, 젊은 놈들이 햇볕에 태운 갈색 얼굴에 국산 브랜드 딱지가 붙은 슈트를 입고 개폼을 잡고 있는 화보로 가득 찬 이번 호 남성 패션잡지를 게으르게 뒤적거렸다. 사회의 각 분야에서 성공한 전문직 남성들이 건강과 섹시함과 지성미를 과시함으로써 이제 전문 모델들의 자리는 점점 위축되어 저가 의류에나 모습을 드러내고 있었다. 누가, 내세울 거라곤 젊음과 몸뚱어리뿐인 남성 모델 이름 따위를 외우려 하겠는가? 여자들이 남자에게서 옷이나 몸매를 본다고 생각하는가? 능력 있는 남자의 센스를 보는 것이다. 그리고 센스 있는 남자의 연봉을 알아 맞춰보는 것이다.

예상했듯이 잡지에서 고급 재질의 밀크 빛 편지봉투 하나가 흘러내려 떨어진다. 고려경영컨설팅 대표이자, '세계 자본시장의 격전지 탐방'이라는 시크한 글을 조간 경제신문에 고정 연재하고 있는 칼럼니스트이자, 젊은 금융인 베스트드레서 10인에 선정된 패션리더로서 이 잡지의 화보 여섯 페이지에 걸쳐 네 벌의 슈트와 두 벌의 트렌치코트를 선보였던 지난해 11월 호 이후, 그 잡지사 광고부의 모 차장이 보내오는, 상당한 금융자산가들이기도 한 독자들의 구미를 당길 만한 금융 광고에 대한 협조 요청문이 들어 있는, 매번 그게 그거인 편지를 또 읽어볼 수는 없는 노릇이었다. 그 대신 그는 색다른 편지, 믿기 힘들게도 대학 시절 엠티를 갔던 바닷가에 위치한 한 호텔에서 보내온 편지 봉투를 열어봤다. VIP 회원이 누릴 수 있는 각종 혜택과 부대시설 이용 할인과 단체숙박 특전 따위를 늘어놓은 안내문을 들여다보고 있자니 어쩔 수 없이 하품이 나왔다. 인터넷 덕분에 사람이 어디서 뭘 하는지 다 알게 되었으니 한갓 지방 호텔의 지배인까지 편지를 보낼 용기를 갖게 되었으리라.

지유는 인터넷으로 들어가 본인 이름 곁에 '부인 이하영 : 요리사, 방송국 고증위원'이라고 적힌 걸 보고 저걸 어떻게 뜯어내나 고민해보고 있었다. 어떤 놈이 아내를 납치하고 3억을 요구하는 건 너무도 쉬운 일이었다. 생각이 있는 추리작가라면 납치한 여자가 만들어 내오는 요리를 하루 세 끼 시간 맞춰 범인에게 먹이리라.

이렇게 한 원로 법조인이 가고, 회사 자산은 정체 중이고, 이름 모를 호텔이 턱 앞에서 추파를 던지는 쓸쓸한 시간들 속에서 목요일 오후가 다가오고 있었다.

지유는 목요일 오후를 한심하게 스크린 골프장에서 흘려보내고 있었다. 골프채를 내려놓고 4시경 1층을 통째로 차지하고 있는 스타박스로 갔으나 여자는 없었다. 그가 알아낸 바로는 그녀의 치과 진료 예약 시간은 목요일 오후 3시였다. 3시부터 푸른 마스크를 쓴 남자가 그녀의 입안을, 이빨 사이사이를 두세 가지 도구를 이용해 샅샅이 탐구할 예정이었다. 입안에 고이는 핏물을 두어 차례 뱉어낸 그녀가 간호사가 건네주는 손거울을 통해 반짝반짝 빛나는 이빨을 확인하고 의사의 노고를 치하한 다음 엘리베이터를 타고 내려와 8차선 도로에 접한 대형 유리문 또는 건물 내부 통로 쪽 후문을 열고 막 들어오거나, 한 손에 커피를 든 채 테라스의 테이블에 가방을 내려놓고 앉거나, 화장실문을 열고 나오면서 시름을 타는 그와 눈이 부딪치거나, 지유는 그런 일이 불가능한가 생각하며 한숨을 쉬었다.

지유는 지난주 여자가 앉았던 테이블 바로 곁에 자리를 잡았다. 잠시 후, 추억의 테이블은 광대뼈가 불거진 50대 남자와 턱이 뾰족하고 아랫입술이 튀어나온 40대 여자의 차지가 되었다. 남자는 앉자마자 뭔가, 애정보다는 주로 돈 쪽으로 설득하려 애썼고 여자는 못마땅한 표정으로 듣고 있었다. 얼핏 봐도 북방계로 보이는 그들이 1·4후퇴도 한참 지난 지금 왜 저기, 강남의 심장부에 그것도 테라스에 앉아 시야를 어지럽히는지 알 수 없었다. 딱히 이유를 알 수 없을 때 지유는 곧장 분노하곤 했는데 그건 결코 자제가 안 되는 종류의 감정이었다. 그러나 오늘은 아까부터 피어오른, 가슴속 정처 없는 한 줄기 허전함이 분노마저 집어삼킨 탓에, 그저 맥없이 고개를 꺾고 앉아 신발 끝 뭉툭한 검정 덩어리를 내려다보고 있을 따름이었다.

강남의 젊은 금융인이 오후 네 시 넘어 이토록 침울한 모습으로 홀로 커피 잔을 대하고 앉아 있는 건 보통 주가나 환율, 펀딩 계약 건과 관련이 있었다. 때로는 여자와 관련이 있기도 하지만 그럴 경우 대개는 원하지 않는 임신이나 돈 문제에 얽힌 숙고, 또는 관계를 정리해야 할 타이밍을 잡기 위해서였다. 그러나 지유의 경우는 달랐다. 분명히 시작은 된 것 같은데 실제로 손에 잡히는 건 아무것도 없었다. 연애든 뭐든 이야기가 진행되려면 사람을 봐야 할 것 아닌가. 그는 지금 마법의 시간을 꿈꾸며, 그 주인공을 기다리고 있었다.

어느 순간, 우연히 돌린 시선에 그녀의 모습이 어디서 뛰어 들어온 것처럼 잡혔다. 그녀는 카운터에서 막 돌아서고 있었다. 그리고 걸어왔다, 그를 향해. 그렇게 보였다.

의자 끝부분에 엉덩이를 걸치고 앉아 커피가 나오기를 잠자코 기다리고 있는, 화장을 지운 맨얼굴의 성 처녀! 올이 촘촘한 흰 니트에 보랏빛 주름치마가 그녀를 다른 세계에서 건너온 여자로 보이게 했다. 틀어 올린 검은 머리칼 아래 햇볕에 그을린 목덜미는 커피가루가 믹스 된 카푸치노 거품이 이는 듯했다. 지유는 테라스를 둘러보았다. 빈 테이블이 하나 있어, 그곳이 상습 흡연자인 그녀의 차지가 될 것이었다. 이윽고 그녀가 주문한 커피를 받아 유리문을 열고 테라스로 걸어왔다.

여자가 빈 테이블에 앉으려다 주춤했다. 여자를 망설이게 한 건 제품 소개서나 관광 안내서보다 약간 두꺼운, 제본이 된 종이뭉치였다. 자판기에서 파는 2천 원짜리 자기계발서는 '마음먹은 대로 되는 인생'이란 제목을 달고 있었다. 여자는 사용한 휴지처럼 그걸 테이블 끝으로 밀치고 커피를 내려놓았다. 커피를 한 모금 마시고 날렵한, 초고층 빌딩을 최대한 축약시킨 모양새의 은빛 라이터를 켜려던 여자가 마침내 그와 눈이 부딪쳤다. 여자는 무심한 눈길을 한번 던지고 담배에 불을 붙였다.

지유도 그녀를 조용히 쳐다보기만 했다. 말을 걸거나 알은체 눈짓을 보내지 않았다. 여자는 담배를 다 태우고 커피 잔을 내려놓고 홀가분하게 일어서서 걸어갔다. 지유는 그녀를 따라갔다. 여자가 눈치 채거나 돌아봐도 상관없다는 듯 조심성이 배제된 걸음걸이였다. 지유는 영화에서 뒤를 밟는 자들이 코너에서 몸을 숨기는 걸 자주 봐왔다. 그러나 지금은 코너 따위에서 멈칫하다간 여자가 신기루처럼 사라져버릴 수가 있었다. 여자가 건널목을 건너가자 지유도 그녀를 좇아 건넜다. 여자는 한번도 돌아보지 않고 꼿꼿한 자세로 휴대폰을 받으며 건너편 보도 위로 올라가 계속 걸어갔다.

여자는 거대한 홈플러스 건물을 끼고 돌아 후미진 물품 창고 쪽으로 걸어갔다. 회색 창고 코너에서 멈춘 여자는 벽에 등을 기대고 두 손을 늘어뜨린 채 서 있었다. 지유가 다가갔다. 여자는 뚫어져라 남자를 보고 있었다. 남자는 말없이 서 있었다. 뭔가 어려운 걸 설명하려는 자 같았다. 여자는 담배를 물었다. 불을 붙이고 연기를 내뿜었다.

"돈 많아?"

남자는 가만히 여자를 바라보았다.

"많아질 수가 있지."

여자가 웃었다.

"여기서 기다려줄래?"

남자가 고개를 끄덕이자 여자는 담배를 떨어뜨린 후, 발로 비벼 끄고 본관 건물을 찾아 그 안으로 들어갔다. 남자는 제자리에서 서성였다. 한참 후 여자가 돌아왔다.

"화장실에 휴지가 없네."

"……다른 층에 있을 거야."

"됐어. 생리대는 됐다 뭐해."

지유가 눈을 크게 뜨자 여자는 고개를 갸웃했다.

"우린 우연일까, 계획된 걸까?"

캠프에서 여기까지 여자의 생리현상으로 그를 재차 공략하고 있는 이 여자는 본인 말대로 우연인가, 아닌가? 아니라면 잘못된 정보를 갖고 있거나 어떤 변태와 날 혼동하고 있는 거다. 지유는 여자의 눈을 들여다보았다. 검고 투명한 눈은 아무것도 말해오지 않았다.

"캠프에서는 우연이었소. 오늘은 내 계획이지만."

"난 오늘이 우연이에요. 캠프에선 계획적이었지만."

그들은 다시 거리로 나왔다. 나란히 걷는 것도 떨어져 걷는 것도 아닌, 앞서거니 뒤서거니 엇박자 동행이었다. 여자가 택시를 잡았다.

"또 만나겠죠?"

그 말을 던지고 여자는 택시를 탔다. 지유는 꿈을 꾼 듯 멍하니 서 있었다. 저 택시는 아주 먼 곳에서 그녀를 태우고 달려와 지금 막 그를 스쳐 지나간 게 아닐까?

지하철 역사의 벽시계 바늘이 07시 30분을 지나고 있었다. 이 시간대면 강동구 C동은 방사형의 외곽에서 몰려온 점령군이 지층 깊은 곳에서부터 솟아올라 보도를 점자처럼 메워나갔다. 점령군은 전동차 외에도 승용차와 버스를 타고 왔다. 최근 들어 자전거와 스쿠프가 늘어났고 인근 모텔과 찜질방에서 묵은 자들은 걸어서 출근했다.

C동은 30년 전만 해도 영등포와 함께 서울의 부도심권으로 각광받았으나 전철 개통이 늦어지고 상대적으로 송파구가 부상하면서 아직까지

도 변두리 이미지를 벗어나지 못하고 있었다. 시장 뒤편의 전설적인 창녀촌(강 건너 특급 호텔에 투숙한 외국인들이 관광택시를 타고 5분 만에 달려와, 젓가락을 두들기며 팝송을 불러 젖히는 작부 겸 창녀들을 무지막지하게 쓰러뜨리고 죽는다는 여자의 소리를 들으며 흥분하던)이 철거되면서 오염지대라는 오명에선 탈피했지만 서울의 중산층 가족에게 스스럼없이 다가가기엔 여러모로 번잡하고 난잡스러웠다. 상대적으로 역동성은 살아 있어 오후 네 시면 쇼핑센터와 복합극장과 수백 개의 음식점, 술집, 커피숍이 밀려드는 젊은이들로 가득 찼다. 10층짜리 쇼핑센터 개관식 때 가수 비가 다녀간 게 어언 7년 전이었다. 70년대부터 쭉 이곳은 젊은이들의 메카였다. 2002년 월드컵 4강 진출 때는 밤새도록 뿔나팔과 꽹과리 소리가 거리를 뒤흔들었다. 붉은 셔츠를 입은 젊은이들은 도로를 점거하고 택시 위에 올라가 대형 태극기를 흔들며 목이 터져라 대한민국을 외쳐댔다. 젊음은 이곳에서 유별난 것이 아니었다. 이 거리가 곧 젊음이었다. 장사꾼 입장에서 보자면 회전율이 높은 1급 상업지대였다. 매출 규모와 임대료가 '꿈날개'가 위치한 S동과는 천양지차였다. 이곳 삼거리의 대형 치킨센터는 생맥주잔이 마를 날이 없었다. 기름은, 생살이 익어가는 달콤한 냄새를 풍기며 밤새도록 끓고 있었다. '꿈날개'가 보기에 거기는 공장이나 다를 바 없었다. 허나 그곳도 이제 쇠퇴의 기미가 보인다. 맞은편에 BBQ가 들어섰다.

9월 중순의 태양은 C동을 대로와 건물의 외벽부터 달구기 시작해 갓 구워낸 빵처럼 따뜻하게 데워갔다. C동의 대로에서 S동으로 이어지는 50여 미터 길이의 먹자골목 내 미처 치우지 못한 쓰레기더미도 열을 받아 발효되고 있었다. 썩어가는 달착지근함이 좁고 질척한 골목을 맴도는 가운데, 양편으로 늘어선 가게들의 차양 사이 빠끔히 열린 하늘은 높고 가늘게 찢어져 있었고, 땅바닥엔 빛과 그늘의 얼기설기한 무늬가 직조되어 있었다. 그곳을 빠져나온 아침 햇살은 '꿈날개'까지 폭넓게 전진하다, 삼호연립에서 세 방향, 대로변과 주택가 언덕배기와 시장 골목으로 갈라져 뻗어나갔다.

집을 나와 언덕을 내려온 시주는 시장 골목으로 들어섰다. 평소 과일더미가 있던 공판장 좌판 주위엔 신문지 몇 장이 나뒹굴고 있었다. 말을 더듬는 과일 장수 조 씨는 공판장 주인의 처남인데 지나가는 누구에게나 인사부터 하고 봤다. 그런 조 씨가 몸이 아픈지 며칠째 보이지 않는다. 그러고 보니 가게에 과일이 떨어져가고 있다. 시주는 손님이 남긴 과일을 아무 생각 없이 먹을 때가 있었다. 특히 배에는 저절로 손이 갔다.

시장 골목이 끝나는 곳에 2층짜리 단위 농협이 시골 보건소 건물처럼 서 있다. 실제로 보건소였다고 하는 이 건물의 흰 외벽이 햇볕을 받고 있는 것을 볼 때면 머지않은 곳에 바다가 있다는 착각이 찾아온다. 더불어 시장 젓갈에서도 바다 냄새가 끼쳐온다고 외치고 싶어진다.

보건소는 축협 지소가 되었다가 농협과 합병된 후, 농협 지소로 이름이 바뀌었다. 축협 직원은 농협 직원이 되었고 시주의 축협 계좌도 농협 계좌가 되었다. 시주와 농협의 거래는 오래전에 휴지기로 들어갔다. 계좌에 7,500원이 남아 있지만 1만 원 이하는 CD기에서 찾을 수 없다. 농협을 보면 7,500원이 떠오르고 그 돈이 없어졌으면 딱 좋겠지만, 그러려면 담당 직원이 전산 조작으로 횡령해야 하는데 그건 정교한 작업이 수행되어야 한다.

돈에 관해서라면 굉장한 꿈이 있다. 23년 후에는 전 직장에서 십 년을 부지런히 부어온 국민연금을 탄다. 어떤 인간한테 하루 백반 한 끼에 소주 한 병이 죽을 때까지 보장된다고 생각해보라. 앞으로 20년은 더 살아야 할 이유가 있다면 바로 그런 거였다. 시주는 생맥주 한잔을 마시러 온 허름한 차림의 사람들 앞에서, 국민연금이 상대적으로 적은 납입금에도 불구하고 민간연금에 비해 얼마나 많은 돈을 돌려받게 되는지 틈만 나면 떠들어대곤 했다. 마치 연금관리공단 직원이 연금의 장점에 대해서 설명을 하다 말고 스스로 감격에 겨워 흥분하는 꼴이었다. 동네 남자 몇은 연금 얘기가 나오면 바로 이죽거리거나 못들은 척 딴청을 피웠다. 연금과 거리가 먼 그들은 닭집 남자의 과거를 못마땅해하고 그의 20년 후를 질투했다. 과거와 미래를 아우르는 그토록 원대한 질서엔 4대 보험의 사각지대에 놓인 그들의 날품팔이 생이 전제되어 있었다.

구청 청소부로 채용되는 순간 국가공무원으로 신분이 바뀌면서 일시불로 연금을 탈 수 있다는 소리를 어디서 들었더라. 최근의 공단 홈페이지에서는 그 조항을 찾을 수 없었다. 어쨌거나 청소부로 채용되려면 강철 체력을 앞세워 수십 대 일의 경쟁을 통과해야 한다. 담배를 끊고 3년은 체력 단련을 해야 한다는 뜻인데 단단히 결심하면 못할 것도 없다.

어제 늦게까지 아이들이 뛰어놀았을 놀이터는 공 떨어지는 소리 하나 없이 조용하다. 검은 잡새 몇 마리가 머리 위를 가로지르자 허공도 깨끗이 빈다. 지난주 대낮에 이곳을 지나쳐 갈 땐 마트 제복을 입은 여직원 둘이 벤치에서 싸온 도시락을 먹고 있었다. 그들은 도시락을 다 먹고 자판기 커피를 마셨겠지. 커피는 그들의 작은 문화인데 어떤 여자들에게는 테이크아웃 커피가 구입해서는 안 될 사치품목의 제일 위 칸에 올라 있다.

그는 지금 올림픽공원의 호숫가 벤치에 앉아 있다. 08시가 갓 넘은 시간이다. 호수 수면은 잔잔하다 못해 완강해 보이기까지 한다. 호수 건너 인라인 스케이트장에 몇몇 젊은이가 아침 공기를 가르고 있다.

시주는 원색의 복장과 복잡한 장비들이 질주하는 모습을 한참 바라보았다. 그들의 질주와 코너에서의 유연한 선회는 어릴 적 동대문 스케이트장에서 본 아이스하키 경기를 연상시켰다. 당시의 아이스하키 경기는 무척 고급스럽고 이국적이었는데 압도적인 장비 탓도 있었다. 기계치라고 할 수 있는 시주에게 인라인 스케이트는 그때처럼 두려움을 안겨준다. 인라인 스케이트가 기계라는 생각은 논란의 여지가 있다. 작동해야 하는 것, 나사 달린 것, 여러 개의 버튼 달린 것, 카메라, 텐트, 오디오는 말할 것도 없고 그의 기억엔 유모차조차도 그 접고 폄과 정지와 운행, 부피 조절 등에 이르면 승용차보다 더 복잡한 기계가 되었다. 생각하면 재현을 유모차에 태우고 다녀본 기억이 많지 않다. 녀석은 처음부터 걸어서 그에게 왔다. 다리에 힘이 붙으며 녀석은 점차 시주와 대등해지기 시작했다. 그리고 죽음으로써 영원히 대등해졌다.

그의 앞으로 초로의 남자가 아담한 몸매의 50대 여인 손을 꼭 잡고 타박타박 걸어간다. 그들은 색깔만 다른, 같은 메이커의 운동복을 아래위로 갖춰 입었다. 여자는 챙만 있는 모자를 썼고 남자는 대머리인지 뚜껑이 있는 모자로 머리 꼭대기를 덮어 두었다. 두 사람은 한번 젊게 살아보려는 자들처럼 보였다. 아마도 동문이나 서문 쪽 아파트 단지에서 온 이들이리라. 동문 쪽 아파트로 말하자면 밤마다 꼭대기에 초록 띠 네온을 내둘러 마치 신세대 도깨비들이 굿판을 벌이는 것 같았는데, 네온이 번쩍번쩍할 때마다 마른번개 회초리가 대단지 거주 남녀들의 알몸을 후려치는 환영이 공중에 떴다.

동문 쪽 아파트 단지 주변의 부동산 중개소들은 〈급매매 9억 5천〉〈전세 3억 7천〉〈전월세 1억에 180〉 같은 딱지를 붙여놓고 임자가 나타나기를 기다리고 있었다. 한 시절, 예비군 야간 소집에 응해 그 일대에서 경계 보초를 선 것만 몇 번이었나? 얼마 전 지나가다 보니 옆 동의 예비군 병장과 함께 오비 캔맥주를 따던 작은 슈퍼가 부동산 사무소로 바뀌어 있었다. 급매로 처분한 아파트는 5년 만에 오르지 못할 나무가 되어 있었다. 시주는 돈다발이 주렁주렁 달린 그 나무를 쳐다볼 엄두가 나지 않았다.

담배 한 갑, 생수 한 병 사는 데도 엘리베이터를 이용해 슈퍼까지 가야 하는 그 하강 상승의 반복 구조에 흥미를 잃었다고, 토요일 오전이면 벽을 뚫거나 가구를 질질 끄는 윗집의 횡포도 마침내 끝났다고, 선글라스를 쓰고 복도에서 모로 오가던 여자 탤런트의 배배 꼬인 자태도 잊었다고 그는 믿기로 했다. 33평씩 분리할 수 없는 허공이 나룻배처럼 눈앞에서 천천히 떠가고 있었다. 그것은 붙잡을 수 없는, 붙잡기엔 너무도 아득한, 지나가는 허망이었다.

아침부터 회한에 잠기기 위해 여기 온 건 아니다. 보라, 한 마리 암말이 그 모습을 드러내듯, 커브를 돌아 마침내 그녀가 뛰어오고 있다. 이렇게 뛰지 않으면 이 가공할 몸의 탄력을 유지할 수 없다고 그녀는 그동안 줄기차게 호소해왔다. 두 달 전부터 이 시간대면 20대 여자는 완만하게 커브를 돌아서 그의 앞을 껑충껑충 직선으로 뛰어가 다시 커브를 돌아 사라져갔다. 시주는 그녀를 놓칠까 봐 공원으로 가는 걸음을 빨리 한 적도 있었다. 몇 년이나 여자 없이 지낸 남자의 잽싼 발걸음이었다. 오늘은 그녀가 시주를 제대로 의식한 것 같다. 머릿속에서 주먹을 한 방 날려온 여자는 이제 영원히 떠나간 건가? 부재, 그것은 시주에게는 친숙한 이름이었다.

9월의 해가 점차 높아진다. 밥집 '바보 멍텅구리'로 들어서자 탁자를 훔치고 있던 멍텅구리 아줌마의 육중한 엉덩이가 달려든다.

"김칫국인데."

고개만 돌린 아줌마는 오늘도 뚱한 표정이다. 그 표정이라면 익숙하다. 그는 고개를 주억거리고 유리를 통과한 햇볕이 직각으로 접힌 식탁에 앉아, 옆 의자에 펼쳐져 있는, 벌써 누가 일별한 아침 일보를 집어 제목들을 훑는다. 어떤 인간이 성공 비법을 번호를 붙여 말하고 있다. 성실, 정직, 노력, 용기 외의 비법은 없다고. 패배의 비법은 뭐였더라? 그는 말한다. 그것은 '박스 기사'라고. 어느 날, 아침 일보에 박스 기사 하나가 뜨자 주식이 며칠을 곤두박질치더니 투자액의 3분의 1이 순식간에 날아가버렸다. 세계적인 상업은행의 한 투자분석가가 밑도 끝도 없이 한국엔 진정한 의미의 바이오벤처가 존재하지 않는다고 선언한 것이다. 바이오 주들이 거품이라는 얘기였다. 황우석 교수 사건이 터지기도 전이었다. 한 30대 후반 미국 남자가 홍콩의 전망 좋은 사무실에서 커피잔을 옆에 놓고 두드려댄 그 보고서가 왜 그를 직접 겨냥하게 되었나? 그거야말로 바이오가 지향하는, 그 생명의 유기성을 입증하는 것인가. 생명, 하긴 그 후유증조차 끈질긴 생명력으로 그를 괴롭혔다.

누구라도 그러하듯 시주도 재기를 노렸다. 이번에는 코스닥 시가총액 138위에 랭크 된 통신기기 기업이었다. 지유는 시주에게 그 주식의 도저히 눈 감을 수 없는 메리트와 앞으로의 대형 계약 건에 대해 장엄한 목소리로 열거했다. 세계 증시 시가총액 1위의 '시스코' 같은 기업은 아니 되겠지만 코스피 시가총액 50위 안으로 진입하는 건 시간문제라고 하며 강하상과 송보휘가 그 주식을 사기 위해 여타 주식을 팔고 있다고 귀띔했다. 시주는 담당 상무와 따로 자리를 가졌다. 상무는 그 투자 건으로 떨어질 자기 몫의 규모를 저울질하였다. 그러나 이 베팅에서 거대한 해일이 밀려왔다. 내륙의 깊숙한 지점까지 떠내려간 주가를 망연자실 보며 시주는 화장실의 타일 벽을 주먹으로 쳤다. 그것으로 끝이었다. 더는 버틸 수가 없었다. 회사 자산의 투자 손실이 문제가 아니었다. 업계를 떠날 작정으로 빚이란 빚은 다 끌어들여 한 방을 내지른 위대한 그였다.

돈을 벌면 아내 이름으로 허브 가게를 차려주고 3년만 전국을 떠돌아다녀볼 작정이었다. 그 다음에 뭘 할 건지는 산에서 바다에서 강이나 호수에서 생각해도 될 일이었다. 그 생각은 너무도 강하게 그를 잡고 있어서 다른 판단을 할 여지가 없었다. 어쨌든 퇴사는 이뤄졌다. 빈털터리로 퇴사해야 한다는 점이 다를 뿐이었다. 사표를 내자 인사부장은 감사실의 실사를 받은 후에야 처리가 가능하다고 딱딱한 목소리로 말했다. 상무가 말했다. "당신은 떠나면 그만이지. 난 앞으로 어떻게 버티나? 다음 주총에 목이 잘리면 앞으로 뭘 하고 살면 좋을까? 택시 몰까?" "죄송합니다." 그는 진심으로 사죄했다. 상무는 퇴사하면 택시 다섯 대를 사서 운영하면 될 것이다. 하지만 그는 자신의 좋은 시절은 갔다고 생각할 것이다.

그 후, 동료 몇이 모여 앉은 호프집에서 1500시시를 마신 여직원 하나가 울었지만 왜 우는지는 알 수가 없었다. 그녀를 위로해야 하는 거 아닌가 하는 생각이 들었지만 모든 게 시들해지며 먼저 자리를 뜨고 말았다. 그들이 거기 호프집에 남아 있는 한 인생이 그들을 돌볼 거라는 생각을 했던 것 같다.

채권자들은 그가 도주하는 걸로 판단했다. 대출로 얼룩진 33평 아파트와 거래도 뜸한 콘도 회원권, 전라남도 마늘밭 1,270평을 매각했다. 마늘밭을 포함한 그 일대의 자연녹지는 DJ 정권 동안 전국 최저 상승률을 기록했고 그 이후도 전국 평균 상승률을 현저히 밑돌았다. 골프 회원권이 있었다면 그건 잠시 남겨뒀으리라. 우리의 망한 선배들은 남아도는 시간을 죽이느라 더 열심히 공을 쳐대고 있었으니까. 그리하여 대출금을 제한 순매각대금이 채권자들에게 선순위별로 배분되었다. 개인 채권자들과는 달리 금융기관은 법률과 사규, 일련의 사무 절차를 존중하는 공적 집단이었다. 엄격한 존중심에 입각해 특정 일자에 채무자를 재판정으로 불러냈다. 재판 과정에서 신용 카드가 정지되고 빚이 확정되었다. 빚은 연율 19퍼센트로 이자가 불어나고 있다. 지금도, 민형사상의 책임을 묻고 싶다는 등기 편지를 꺼내든 우편배달부가 골목에 버티고 서서 수시로 '김시주 씨!'를 외쳐대지만, 발신인에게 작은 성의라도 보이고 싶은 그의 소망이 채워질 가능성은 없는 게 현실이다. 경제공황은 개인의 처지 따윈 배부른 투정이라는 듯 사표를 낸 날로부터 4년 후에, 지금으로부터 1년 전에 전격적으로 일간신문과 텔레비전 화면을 시커멓게 덮으며 도래했다.

"좀 쉬어."

안 그래도 쉬고 있던 그였다. 사표를 던지고 1년 후, 어느 날 재현이 죽었다. 그 후, 밤이 되어도 집에 들어갈 생각을 못하고 거리를 떠돌았다. 그때 지유가 그를 찾았다.

"지분 정리하면 얼마나 될까?"

"지금 우리 회사 자산 가치야 형편없지만 네가 지분을 넘기겠다면 액면가는 쳐줄게. 네 처지를 생각해서."

거래 기관들로부터 받은 뇌물을 담당 상무에게 바치고 떨어지는 떡고물, 투자종목의 은밀한 선매수 등으로 차곡차곡 모으고 불린 자금으로 지유의 회사 지분을 사둔 게 있었다. 녀석은 마음에 안 들었지만 자산을 불려가는 그의 능력을 믿었다. 간과한 건 그의 교묘한 회계 처리 기법이었다. 동업자 지유가 자산을 축소 신고했다는 걸 나중에 들었지만 증명해낼 수는 없었다. '네 돈이나 내 돈이나 불순하긴 매한가지잖아. 그런 돈은 정확하게 계산할 순 없는 거야.' 놈의 뱀 같은 차가운 눈은 언제나 그렇게 말하고 있었다. 당시엔 어떻게든 현금을 만들어야 했다. 아내가 이혼을 요구했고 그 정당한 요구에 기본 응답은 해야 했다. 그는 아이가 차도를 건너가게 내버려둔 당사자였다.

그 시간에 아내는 어디 있었던가? 어떤 놈의 가슴팍을 더듬고 있지 않았던가? 그는 수도 없이 그런 상상을 했다. 그러한 상상 속에서 그녀가 책임의 일부를 떠맡기를 바랐다. 실제로 당시의 아내 행적을 보면 그랬을 소지가 다분했다. 2시에서 7시 사이 월요일에서 금요일까지 그녀는 거리에 나와 있었다. 영어 회화 강좌를 듣는다 했지만 들춰본 교재는 접힌 자국 하나 없이 깨끗했다. 사회체육센터의 체질 개선 프로그램은 네 시에서 다섯 시 반까지였지만 그녀는 여섯 시까지로 잘 못 외우고 있었다. 그날 그 시간에 그녀는 영어 강좌를 마치고 20분 거리에 있는 체육센터로 이동 중이어야 했다. 그랬다고 했다. 말하자면 그녀는 차 안에 있었다. 그녀가 어디에 있었건 그것은 그날의 사고사와 무관했다. 응급실로 뛰어들어온 그녀가 그의 멱살을 잡고 바닥에 함께 나뒹굴었을 때, 그의 숨통을 끊어놔도 아이는 돌아오지 않는다는 사실을 뼈저리게 깨달았을 때 그녀는 미친 듯이 달려가 벽에 머리를 들이박았다. 한 번, 두 번. 남자 인턴이 그녀를 뒤에서 껴안아 돌려세우자 깨어진 코에서 피가 뿜어져 나오는 얼굴을, 무시무시한 공포의 얼굴을 그녀는 드러내었다. 아마도 아내는 그 시간, 그 죽음의 시간에 남자와 있지 않았을 것이다. 이상하게도 그날만은 남자를 만나고 싶지 않았으리라. 그래서 혼자 드라이브 하며 머리를 식히고 있었으리라. ……그랬던 것 같다. 아니야, 시주는 고개를 흔들었다. 남자는 있었다. 그는 아마도 재현의 친아버지였다. 그들의 관계는 협박이나 섹스나 아님 더럽게도 그건 사랑이라는 거였다. 그게 무엇이었건 재현은 가고 우리 세 사람은 각자 지구 위를 걸어 다니고 있다. 그 셋 중 누가 먼저 이 세상을 뜰까? 가장 빨리 재현에게 다가갈까? 그건 몰라도 차례차례이겠지. 죽음은 누굴 빠뜨리는 일은 결코 하지 않으니까.

김칫국, 고등어 한 토막, 된장에 무친 깻잎, 오이장아찌, 계란 프라이, 삭은 김치가 상에 차려진다. 시주는 신문을 뒤적거리며 천천히 식사를 했다. 산책을 한 날은 스스로에게 상을 내리는 의미에서 여기서 밥을 먹었다. 야구모자의 앞창을 반 젖혀 올린 50대 노무자가 들어와 건너편 탁자에 털썩 앉으며, "좆 같으네." 하고 중얼거렸다. 멍텅구리 아줌마는 뚱한 얼굴로 한번 쳐다볼 뿐 대꾸가 없다. 꽤 긴 세월, 햇볕에 균열이 생기고 바람에 윤기를 빼앗겨왔을 남자의 새까맣고 메마른 얼굴은 주름이 자글자글했다. 대부업체와 병원과 상조업체 외에는 어느 곳에서도 환영받지 못할 그 얼굴이 앞니가 하나 빠진 입을 벌려 지껄인다.

"젊은 것들이 노가다 자리까지 꿰차고 들어오면 우리 같은 영감탱이들은 어쩌라는 거야."

오늘 아침 발생한 슬픈 현상에 대해 그에게도 일말의 책임이 있는 것처럼 그 싸구려 얼굴이 쏘아보았으나 시주는 반발하듯 턱을 쳐들었다.

"일자리가 없으니까내 젊은 사람들이 그거라도 할라 그라쟤."

아줌마가 그를 힐끔 쳐다본다. 그거라도 안 하는 게으른 젊은이는 묵묵히 밥만 먹고 있다.

"아줌마, 계란 후라이 하나 더 해줘."

남자가 소리쳤다.

"오백 원 더 받는디……."

"아따, 소주 한 병 시킬 테니 밑반찬이라 생각하고."

"그라이소, 일도 없는데."

남자는 여길 좀 보라는 듯 소주를 물컵에 따라 벌컥벌컥 마시고 김치 한 조각을 우악스럽게 씹는다. 집에 가자마자 여태 누워 있는 마누라의 엉덩이라도 걷어찰 기세다. 그리고 보니 남자는 인기가 시들해진 어떤 개그맨을 닮았다. 개그맨은 한때 '나도 널 돕고 싶다!' 코너로 전국을 강타했다.

밥을 먹고 바로 집으로 들어가면 자고 있는 동생 얼굴 보기가 계면쩍었다. 지난주에 강하상이 준 50만 원으로 백 끼의 밥을 사 먹고 나면? 충분히 자신이 그럴 수 있는 놈이라는 데 생각이 미쳤다. 이 동넨 공중전화보다 더 많은 PC방이, 고개를 돌리기만 하면 돌출 간판을 내밀고 있었다. 성연은 자기 컴퓨터에 비밀번호를 입력해 엄마와 외삼촌의 접근을 원천 차단했다. 숲 속 신비의 성에 누가 함부로 접근하는가? 암호를 대라, 숫자와 영문자를 섞으시오.

회원제를 이용하고 백 원짜리 자판기 커피를 마시면 PC방은 큰돈이 들지는 않았다. 점심시간에는 담배를 빼어 문 오피스 걸들을 심심찮게 볼 수 있었다. 걸들은, 돌아보면 연기만 남기고 사라지기 일쑤였다.

시주 동년배들, 스타크래프트 원조세대는 이제 게임보다는 바둑이나 고스톱, 포커에 주력했다. 제대로 돈을 걸고 한 스릴 맛보자면 성인 PC 방으로 가야 할 것이었다. 그곳에 깔린 인터넷 도박 사이트는 돈이 범죄와 결합해서 내는 최상의 조합들을 펼쳐 보이며, 유저들에게 패가망신이라는 단 하나의 패를 손에 쥐어주기 위해 24시간 분주했다. 유저들은 원금에 이자를 보태주는 예금이나 승산 확률이 50퍼센트인 주식은 바로 그 이유 때문에 외면했다. 결국은 승산 제로로 수렴되는 인터넷 도박은 투자의 왕도로서 앞으로도 박멸될지언정 결코 감소하지는 않을 것이었다.

시주는 이런저런 사이트를 들락날락하다 마지막으로 '아프리카'에 들어가 메이저 야구를 보며 시간을 보냈다(겹치지 말라고 국내 경기는 여섯 시 넘어 시작했다). 휴대폰이 없으면 이런 한가한 시간을 그 누구도 방해하지 않는다. 대리운전을 접고 2년간 휴대폰 없이 살자, 세상은 그가 중요한 자가 아니라는 사실을 바로 알려왔다. 시주가 앉은 자리에서 증발하면 제일 먼저 그를 찾을 자는, 아니 그가 놓고 갔을지 모를 천 원짜리 두세 장을 이 잡듯이 뒤질 자는 여기 PC방 알바일 것이었다.

'꿈날개'에 나가고부터 오후 네 시까지 시간을 어떻게 때우나 싶었지만, 결국은 매일매일 비슷한 곳을 돌아다니고 있었다. 사우나, PC방, 공원, 경륜장, 분식집이 그를 절친한 동료처럼 맞아들였다. 영화관에는 세 번인가 갔고 그때마다 15년 전으로 돌아간 듯 가슴이 설레었다. 그 느낌이 불편해지면서 영화는 선뜻 보기가 망설여졌다. 노인 전용 영화관은 전철로 1시간 거리에 있었고 거기 가서 슬그머니 끼어 앉아 있는 건 아직은 안 될 일이었다.

희정은, 그가 낮 시간에 알바(치킨집 근무가 정규직 일이라고 볼 때)

뛰는 걸 반긴 적도 있었으나 그건 간단치 않은 얘기였다. 거리는 구직자들로 넘쳐났고, 시주는 청년들, 심지어 노인들과도 일자리를 놓고 다투었다. 그들이 볼 때 전직 증권회사 자산 투자 담당자는 월가의 헤지펀드 운용자만큼이나 파렴치한 인물이었다. 금융 시스템을 망가뜨리고, 내수 기반을 뿌리째 흔들고, 가정을 붕괴시키고, 최종적으로 개개인의 영혼까지 어둡게 침윤시킨 주범들이 이제는 빵 한 조각을 놓고 그들과 다투고자 했다.

'내 인생의 주인공'이라는 말이 있듯 시주도 과거가 있었다. 그것은 끊어진 다리처럼 물속에 처박혔다가 격랑에 휩쓸려 떠내려갔다. 그리고 눈 떠보니 그는 구직자, 대기자, 긴 행렬 속 굶주린 남자에 속해 있었다. 그는 생쥐처럼 눈알을 굴리며 때론 겁먹은 소처럼 두 눈을 껌벅이며 소량의 먹이를 찾아 나섰다. 토끼털 귀마개를 하고 지하도 입구에서 전단지를 돌리던, 진눈깨비가 흩날리던 오전, 7년의 세월에도 알아보지 않을 수 없는 경리 여직원이 사내아이 손을 잡고 올라오고 있었다. 어찌나 재빨리 돌아섰던지 다리가 경직되며 쥐가 났다.

여름이 오려는지 정오의 햇살이 융단폭격 하는 날이었다. 한 손에 파인애플, 한 손에 주머니칼을 들고 부대찌개 식당으로 들어서자 얼굴이 땀으로 얼룩진 고교 동창이 벌떡 일어나 그의 팔을 잡아끌고 밖으로 나갔다. "자살한 놈도 있다. 난 네가 자랑스럽다." 동창이 그의 어깨를 두드렸고 그는 파인애플을 넘기고 지폐를 받아 쥐었다. 그 후로는 무슨 일을 해도 아는 얼굴과 부딪치지 않았고 앞으로 부딪칠 가능성도 딱히 커 보이지는 않았다. 그보단 손가락 사이가 갈라지고 입안이 허는 대가에 비해 수입이 시원찮은 게 문제였다. 병원에라도 가려면 밀린 건강보험료 한 보따리가 필요했다. 건강보험공단은 저소득층에게 할부 납부의 기회를 지속적으로 알려왔고 시주는 그걸 매번 끝까지 읽었다.

여전히 없애버리겠다고, 즉각 콩밥을 먹게 해주겠다고, 사람을 아예 피 말려 죽이라고 저마다 윽박지르는 개인 채무자 셋에게 2,30만 원씩 부치고 나면 남는 건 정말 10만 원에서 30만 원 정도였다. 가게에서 수입이 나오지 않게 되면서 송금을 중지했고, 과연 그를 없애러 올 것인지 경찰서의 소환장이 날아올 것인지 신문에 놈의 부고가 실릴 건지 초조하게 기다려 보았다. 없애러 온 늙은 여자는 닭 반 마리를 먹고 가더니 소식이 없고 경찰서로 좀 와보라는 소환장은 아직 날아오지 않고 있다. 왕십리에 사는 최씨 성을 가진 땅부자가 뒈졌다는 소문도 없다. '버는 대로 밀린 거 즉각 갚어.' 마치 짠 것처럼 세 사람 모두 그렇게 말했다. 그는 그러겠다고 대답했다. '세상 모든 게 성의 문제'라는, '너는 끝까지 너만 생각하는 놈'이라는, '개새끼도 은혜를 생각한다'는 그들의 지적에 그는 수긍했다. 그들이 옳았다. 성의를 보여야 한다. 내 몸뚱어리만 생각해서는 안 된다. 개새끼에게 배워야 한다.

참으로 채권자란 채무자만큼이나 가여운 자다. 한편으론 그도 채권자였다. 돈을 만지는 직업에 있다 보면 채무자 되기만큼이나 채권자 되기도 수월한 법이었다. 보증은 또 왜 그렇게 여기저기 서주었나. 본 채무자가 채무를 갚지 않으므로 당신은 무한책임을 지게 되었다는, 그러니 크게 기뻐하라는 듯한 은행의 독촉장을 들여다보고 있으면 어떤 것은 정말 기억도 나지 않았다. 그의 채무자 4인과 보증인 3인은 3년에 걸쳐 도합 170만 원을 그에게 갚았다. 그것은 받아야 할 돈의 극히 일부분이었는데 받아야 할 돈은 받을 수는 없는 돈이었다. 돈이란 돌려받기는 힘든 것이다. 추심업자를 고용해볼까 싶었지만 그 비용마저 떼이지 않는다고 누가 장담하랴. 알아두면 좋은 건, 빚쟁이들은 자기 이름으로는 아무 재산도 갖고 있지 않다는 것이다. 그들은 타인 명의 통장에서 돈을 찾아 승용차를 구입하고 고급 식당을 들락거린다. 좆이 꼴릴 때마다 가슴과 엉덩이가 풍만한 여자를 사고 ─ 여자라면 애완견 같은 사내놈을 사고 ─ 인간적이기 때문에 형편이 어려운 친구에게는 소주잔을 기울여가며, 또는 피자를 나눠 먹으며 유익한 충고를 남긴다. 돈이 있다면 시주도 그렇게 할 것이다. 철저하게 차명으로 살아갈 것이다. 영원히 남의 이름으로 존재할 것이다. 정체성 따윈 엿먹어라 할 것이다. 어차피 익명의 삶 아닌가. 서기 21세기 대도시의 삶에서 익명만큼 매혹적인 말이 있는가? 세상이 나를 모른다고 할 때 세상이 나를 잊어갈 때 나는 번호처럼 기표처럼 흙부스러기처럼 세상의 구석에서 조용히 호흡하고 지낼 것이다. 야심도 단 한 올의 절망도 없이. 아니다, 익명은 기어이 존재할 것이다. 호텔 레스토랑의 창가 자리에, 야구장 스탠드에, 동해의 해가 뜨는 콘도의 테라스에, 스톡홀름으로 가는 기내에, 젊은 여자의 질 속에 그는 우연처럼 존재할 것이다.

그가 알바마저 접고 PC방 등으로 돌아다니는 동안 빚 독촉 외엔 어떤 메시지도 외부로부터 없었다. 거북처럼 단단한 껍질 속에 목을 움츠리고 들어앉으면 모든 외부가 벽이 되어 그를 보호해줬지만, 그건 역시 자극도 수혈도 없는 고립된 삶이었다. 한잔하자는 소리를 마지막으로 언제 들어봤던가? 오늘은 죽기는커녕 휴가라도 다녀온 얼굴로 돌아다닌 지 6일째 되는 날이었다.

갈 길이 바쁜 양키스는 보스턴 7번 타자의 끝내기 투런 홈런에 고개를 떨구고 3연전 중 연속 두 판을 내주었다. 내일은 스탠드를 꽉 메운 가운데 물러설 수 없는 혈전이 될 것이다. 딱! 까마득히 날아오른 투런, 스리런 볼이 보스턴 응원단의 경악 속에 외야 깊숙이 연달아 내리꽂힐 것이다. 기대된다. PC방을 나선 시주는 4시 30분경 가게로 나갔다.

　무를 비닐에 담고 있는데, "임자! 임자!" 벼락 치는 소리가 났다. 목소리만 들어도 누군지 모를 수 없다. 열 개씩 쌓아놓은 포장 박스 넘어 고개를 빼고 건너다보니, 아니나 다를까 그 유명한 메주머리 영감이 판매대 앞에 서 있다. 오늘따라 얼굴도 한층 누리끼리하구나.

　"한 마리만 튀겨줘 봐."

　영감이 고개를 들고 당당하게 말했다. 희정은 눈에 힘을 주었다.

　"할아버지, 임자 소리 하지 마세요. 저번에 가져간 한 마리 값은 갖고 오셨어요?"

　"아따, 누가 떼먹을까 봐 그래?"

　"안 돼요. 우리 집 외상 하는 데 아니거든요. 나중에 돈 갖고 와서 사 가세요."

　"우리 아들이 내일 와. 우리 아들이 누군지 알아? 사장님이야. 큰 회사 사장님이라고."

　영감은 동네에서 알아주는 주정뱅이였다. 사방에 외상이었고 외상값을 받았다는 가게는 시야가 미치는 범위에서는 없었다. 이제는 소문이 나서 풀빵 하나도 얻어 걸리지 않는데 아직도 큰소리치고 있었다. 돈이 없으면 정이라도 가야 하지만 영감은 그런 여지를 남길 만큼 고분고분하지 않았다. 희정이 팔짱을 끼고 단호한 표정을 짓자 영감은,

　"에이, 나쁜 년!" 하고 자리를 떴다.

　"에라 이 나쁜 년아, 이 육시랄 년, 에비, 에미도 없는 천하에 호로 년!"

　영감이 고래고래 소리 지르며 멀어져 갔다. 인근 가게에선 누구 하나 나와 보기는커녕 나와 있던 몇몇마저 슬그머니 들어가버린다.

시주는 무를 담은 비닐 입구를 돌려 묶는 데 숙달된 자신의 손가락을 무연히 내려다보았다. 매수 주문을 넣고, 카드 영수증에 사인하고, 위스키 잔을 움켜쥐고, 정확한 지점에 공을 날려 보내고, 낯선 여자의 브래지어 호크를 열고, 부부 모임에서 아내의 코트를 받아 들었던 손, 그 손은 결국 아이의 작은 손을 놓쳐버렸다. 이제 굽어버린 노인의 손마디처럼 꼬부라진 손가락은 포장 박스에 들어갈 무를 15개 내외로 담는 데 고분고분해져 있었다.

"나 참, 그저껜 무슨 일이 있었는지 알아?"

희정이 시주를 돌아다보며 말했다.

"글쎄, 아래 위를 명품으로 도배를 한 아가씨가 마감시간에 와서 다섯 마리나 싸 달라 하잖아. 웬 재순가 싶어 쓰잘데기 없는 패션 얘기에 맞장구까지 쳐가며 튀겨줬더니, 아멕스 카드를 꺼내는 바람에 전화번호만 받고 보냈지 뭐야. 소식이 없어 전화를 해보니까 고객의 사정에 의해 일시 정지되었다나?"

시주는 듣고만 있었다.

"그년이 뭐라고 한 줄 알아? 아냐 그놈인지도 몰라, 생긴 게 쪽. 아무튼 좀 앉으라니까 바지에 주름 간대요. 에이 평생 서 있어라, 염병할!"

희정은 장사 6년에 말이 거칠어졌다. 거칠다고 돈이 더 벌리는 것도 아닌데 그렇게 되었다. 날씨가 서늘해지자 생맥주 손님이 뜸해졌다. 그렇다고 포장 손님이 느는 것도 아니었다. 가까운 곳만 배달하다 보니 배달 손님도 거기서 거기였다. 장거리 배달을 하려면 오토바이 한 대가 필요한데 감가상각비 빼고 떨어지는 게 있다고 확신할 수가 없었다.

오늘의 첫 손님은 택시 기사였다. 모범 제복은 프라이드 반 마리를 주문했다. 반 마리는 날개 하나와 다리 하나로 각각 2천 원, 2천 5백 원의 가격이 매겨져 있다. 한 마리가 8천 원이니까 따지기 좋아하는 손님은 손해 보는 심정이 될 수도 있다. 그러나 낱개 가격도 전국적으로 110여 개의 체인점을 관리하는 본사의 가이드라인에 따른 것이다. 기사들은 많이 먹거나 술을 시키지는 않는다. 식사 시간이 일정하지 않기 때문에 우선 허기를 때우는 정도다. 운동 부족 탓인지 가는 몸매에 비해 유독 아랫배가 볼록한 기사는, 뼈다귀의 살점까지 다 발라 먹으면서 천 원짜리 사이다 대신 냉수만 두 잔째 들이켜고 있다.

기사가 택시를 기운차게 몰고 가자 원더랜드부동산 김 씨가 닭 한 마리 반을 포장해 가고 6시가 가까워 오도록 손님이 없다. 시주가 그을음이 낀 연통을 손 보고 있는데 해성곱창 경주네가 팔짱을 낀 채 다가왔다.

"얘기 들었어요?"

"무슨 얘기 말입니까?"

"마산 아귀찜 남자 있잖아요."

"구레나룻 아저씨?"

"네, 요새 계속 안 보였잖아요."

"그런가?"

"병원에 입원했대요."

"왜요?"

"간암이래요."

"저런."

"그것도 말기라나 봐."

"……아직 50도 안 된 것 같은데."

두 달 전 시주가 대로변의 신문가판대에서 담배를 살 때, 남자는 바로 옆에서 고개를 숙이고 로또 용지에 숫자를 찍고 있었다. 신중하게 숫자를 택하는 걸 봐서 어떤 작전을 세운 것 같았다. 그때의 남자는 땀은 흘릴지언정 아픈 사람처럼 보이지는 않았다. 그런 그가 순식간에 죽음에 바짝 다가가 있었다.

"그런데 또 기가 막힌 건, 같이 장사하던 아줌마, 우린 부인으로 알고 있었잖아요. 사실은 내연관곈데 행불이래."

"아니 내연관계는 그렇다 치고 행불은 왜 행불이야?"

희정이 끼어들었다.

"얘기 들어봐. 아저씨 여동생이 가게로 찾아왔었나 봐. 가게 문은 닫혔고 옆집 순대 언니한테 사정 얘기를 털어놨는데 글쎄 가게 명의가 여자 이름으로 되어 있대요. 그러니까 결론은 가게 팔아서 병원비 대야 될 상황이 오니까 여자가 튀어버린 거야."

"뭐야? 개 같은 년이네."

희정이 흥분했다. 지물포 남자와 그 일당이 들어서며 대화는 거기서 끊겼다.

"언니, 내가 나중에 들를게."

"그래, 많이 팔아."

경주네는 팔짱을 풀지 않은 채로 총총걸음 치며 돌아갔다. 시주는 속으로 지금까지 수도 없이 그녀를 뒤에서 덥석 껴안았다. 그때마다 그녀는 발버둥 칠 만큼 치다가 붉어진 얼굴로 살짝 돌아보며 배시시 웃는 것이었다. 오늘은 멀어져가는 그녀의 뒷모습을 그저 바라만 보고 있었다.

기름을 간 후, 초벌을 해놓고 한숨 돌리는데 순찰차가 천천히 지나갔다. 며칠 간격으로 한 번씩 저렇게 천천히 바퀴 네 개를 굴릴 뿐 순경이 내리는 모습은 보지 못했다. 정복 입은 순경이 퇴근길에 닭을 사간 적은 있었다. "그냥 가세요." 했더니 "고맙소." 하고는 그냥 가버렸다. 작년에는 저 순찰차 안에 아는 동생이 있었다. 건너 건너 아는 동생은 동네에서 벌어지는, 피해자와 가해자가 불분명한 싸움을 진압하러 출동하는 게 주 일과였다. 아주 진절머리가 난다고 투덜대더니, 어떻게 손을 써서 경찰서로 옮겼다고 전해 들었다. 시주는 전과가 있어서 가게에서 시끄러운 일이 벌어져도 신고 없이 자체 해결하고자 했다. 5년 전 증권거래법 위반으로 집행유예를 받았고, 그 기간은 지나갔지만 사소한 충돌도 피하고 있었다.

"네, 그러니까 그게…… 조금만 기다려주시면…… 틀림없이…… 제발 부탁합니다."

저런 전화를 받고 난 후의 동생 얼굴은 봐줄 수가 없다. 30분은 지나야 제정신이 돌아와 할 일을 한다. 튀긴 닭을 또 튀기는 경우도 있었다. 그 30분 동안 시주도 할 말이 없었다. 그 후로도 할 말이 있는 건 아니었지만 머릿속으론 돈 나올 데를 궁리해보곤 했다. 강하상은 50만 원으로 때웠고, 지유는 투자라면 모를까 담보 없는 자금을 대여하는 놈이 아니다. 그러나 지유는 시주에게 빚이 있다. 상당한 금액이지만 지유가 부인하면 강제 집행하긴 힘들다.

일수 여자와 그녀의 친구가 들어섰다. 이년, 미친년을 주고받으며 소주를 마시던 둘은 50대 후반의 나이를 잊고 옆 테이블의 사내들을 흘끗흘끗 쳐다보았다. 저번에 혼자 왔던 비디오 남자는 일수 여자에게 허벅지를 몇 번 꼬집혔다. 그녀가 외롭지 않은 날은 드물었다. 돈 떼먹고 도망치는 잡것들 때문에 더 외로웠고 이자율은 점점 높아져갔다. 그래도 그것도 못 써서 통사정하는 술집 아가씨가 백 명도 더 된다는 소리를 했다. 희정에게도 일수 생각 없냐고 넌지시 타진해와 은행 대출도 거절했다고 하니까 그날부터 동생 대하는 태도에 일말의 경의가 있었다. 장사꾼 세계에서도 궁기가 흐르면 얕보이는 법이었다. 사실은 훨씬 전에 희정이 대출 광고지를 읽고 있는 걸 시주는 보았다. 그 결과로 요사이 못 볼 걸 보고 있다.

반가운 손님이 왔다. 항상 수수한 옷차림의 아주머니는 H 시에서 사흘에 한 번 꼴로 마티즈를 몰고 와 프라이드 두 마리를 포장해 갔다. 그녀의 중2 아들과 고3 딸이 이 집 닭에 꽂혀 있었다. 시주가 봐도 여기 닭이 맛 하나는 수준급이다. 희정은 이 가게를 무려 6개월이나 지켜보다 3개월의 공작 기간을 거쳐 인수했다. 가게는 젊은 부부가 운영하고 있었다. 남자는 덩치가 좋고 닭 도매 10년 경력이 말해주듯 장사꾼 기질이 다분했으나, 여자는 홀 서빙을 할 때조차 화난 사람처럼 입을 굳게 다물고 있었다. 장사가 생리에 맞지 않는다는 증거였다.

'한식 뷔페'를 그만둔 후, 이혼 전부터 부어온 만기 적금을 들고 새 가게를 알아보던 희정은, 월 매출 1천 8백에 순이익 6백이 보장되는 이 가게를 점찍고 서서히 여자를 공략해 들어갔다. 수십 개의 점포가 이어져 있는 라인에서 닭집은 손님을 줄 서게 하는 유일한 곳이었다. 지금은 흔해졌지만, 당시만 해도 테이크아웃 개념의 5천 원짜리(마침내 작년에 8천 원으로 올랐다) 프라이드치킨은 돌풍을 몰고 온 히트 상품이었다. 화장이 짙은 새침한 얼굴, 치킨보다 좀 더 어울리는 이름이 있을 것 같은 그 얼굴이 밤마다 남편을 들들 볶을 것을 희정은 확신했다. 가게가 동생 손에 넘어왔을 때는 조류독감이라는 낯선 바이러스가 발생하기 꼭 한 달 전이었다. 첫날 67만 9천 원의 매상은 그날로부터 6년이 가까워오는 지금까지 깨지지 않는 대기록으로 남아 있다.

개업 후 11번째 일꾼인 안성댁이 나가고, 어렵게 고용한 20대 총각마저 "일은 견뎌도 냄새는 좀 그래요." 하고 보름 만에 그만둬버리자, 희정은 대리운전을 하고 있던 시주를 긴급 호출했다. 시주는 고시원에서 짐을 쌌다. 거길 나올 때 옆방의 양 씨가 악수를 청했고 시주는 얼떨결에 그 손을 잡았다. 양 씨는 잡은 손을 힘차게 흔들며 빨아들일 듯 깊은 시선으로 시주를 바라보았다. 오랜 은둔 끝에 마침내 정부 고위직으로 발탁되어가는 자를 보는 눈빛이었다. 작년에 부천 고시원 화재 사고가 났을 때 시주는 사망자 명단에서 양 씨 성을 가진 50대 남자를 확인하고, 거기까지 흘러갔나 생각해보았지만 동일인이라는 근거는 어디에도 없었다. 그는 은연중 그 남자가 죽어버리기를 바란 것일까? 그렇다면 무슨 까닭으로?

유리문 앞에서 똑바로 머리를 세우고 안을 들여다보는 놈과 희정의 눈이 딱 마주쳤다. 호박색 눈동자가 보석처럼 영롱한 빛을 발한다. 추어탕집 남자가 몹시 자랑스러워하는 중고 그랜저 밑을 들락날락하며 사람들 눈치를 보던 아까 그 밍크 색 고양이다. 살점이 붙어 있는 닭다리 하나를 던져주자 재빨리 물고는 날듯이 뛰더니 흰 포터 밑으로 기어 들어가버린다. 고양이는 정말 닭을 좋아한다. 어느 날은 세 마리까지 본 적이 있다. 돈이 없다 보니 가게 안으로 들어오지는 않는다. 파라솔 손님이 없는 틈을 타 출입문까지 바짝 다가와서는 이왕 버릴 닭 찌꺼기 몇 점을 간절히 바랄 뿐이다. 저 녀석은 왜 텔레비전에 광고가 나가는, 전국 체인망을 갖춘 유명 브랜드의 치킨센터를 방문하지 않는 것일까? 그곳의 매장은 불빛이 너무 밝아서인가? 그나마 우린 서로의 사정을 잘 알지 않느냐는 건가?

자정이 넘어가자 손님이 끊기고 지나가는 사람도 뜸해졌다. PC방과 빨간 불빛이 새어나오는 작은 호프집 외에는 대다수 가게가 간판 불을 내렸다. 이곳은 이면도로지만 전통적인 상가 지역이어서 이 일대에서는 그래도 장사가 꽤 된다고 알려진 곳이었다. 그러나 불황의 찬바람은 이곳이라고 비켜가지 않았다.

희정은 팔리지 않은 닭 5마리를 냉동실에 보관했다. 판매대의 셔터를 내리고 유리문을 안에서 잠근 다음 계산에 들어갔다. 프라이드가 11마리, 강정이 2마리, 생맥주 500cc 9잔, 소주가 7병, 합이 15만 원이 좀 넘었다.

장사 초기에만 해도 일과를 끝내고 돈 세는 시간이 꽤 즐거웠다. 힘들어도 이 시간이 있어서 견딜 만했다. 예상보다 매상이 많은 날은 머릿속에서 분명 페르몬이 솟아났다. 일단 30만 원만 넘으면 안심이 되고 40만 원이 넘으면 실실 웃음이 난다. 한 달 매출 1천은 되어야 닭과 부재료 값과 가게세를 제하고 3백이 떨어진다. 내수 침체기에는 그 정도로 만족해야 했다. 오빠에게 100 주고 어디 가서 내가 200을 벌겠는가, 희정은 그렇게 생각했다. 남의 집 일은 하루 평균 12시간의 중노동에 더러운 꼴 참아가며 150의 한계에 도전해야 했다. 80에서 120, 아줌마의 품팔이 임금이란 게 혈압 수치와 꼭 닮아서 그게 사회의 구조상, 정상 임금이라고 말하는 것 같았다. 지금은 그 시절도 끝나고 돈을 거의 가져가지 못한다. 경기는 둘째 치고 주위에 저가형 닭집이 너무 많이 생겼다. 그거나마 나눠 먹자고 달려드는 아귀들은 그녀보다 더 나을 것도, 모자랄 것도 없는 그저 그런 인생들인데 감히 가격경쟁을 하자고 도전장을 내민 여편네 아귀도 있었다. 아귀들의 닭은 우선 맛이 없다고 손님이 이를 때가 그나마 행복해지는 순간이다. 아쉽게도 대개의 남자들은 맛도

구분할 줄 모른다. 그러니 이 집 저 집 방황하지.

희정은 이제 가게 월세를 바치기 위해 일하는 구민이 되었다. 여기저기 밀린 걸 정리하느라 소위 등록 대출업체에서 빌린 돈은 이자가 연체되며 천만 원이 넘어갔고, 이래저래 아이 학원비 나올 데가 없다. 저번 달에 금 서 돈을 팔았다. 가게도 팔아버릴까? 그 자문은 어리석었다. 제대로 깎지도 못하고 지불한 권리금 4천 5백만 원이 6년 만에 0이 되어 있었던 것이다. 남은 건 폐업 신고뿐인데, 가게 보증금으로 등록업체의 대출을 갚고 나면? 자영업은 다시는 꿈꾸지 못하게 된다.

세 개나 되는 가스밸브를 확인하고 전등을 끄고 출입문을 잠그고 거리로 나서자 제법 차가운 밤바람이 얼굴을 스쳤다. 펄펄 끓는 닭기름통의 열기에 종일 얼굴을 드러내고 있다가 거리의 이런 바람을 만나면 머리가 확 깬다. 3년간의 공사 끝에 대형 복합 상가가 맞은편에 들어섰지만, 입주가 끝난 지금 남몰래 품었던 희망은 한숨으로 바뀌었다. 그곳의 150여 가구 입주자들은 약속이라도 한 듯 닭 냄새를 피해 멀찌감치 돌아다녔다. 알고 보니 그들은 몰래 영양을 섭취하고 있었다. 유명 치킨 상표가 찍힌 배달 오토바이가 상가 앞에 수시로 세워져 있었던 것이다. 그때마다 손님 보기가 적잖이 민망했다. 두 팔을 벌리고 오토바이를 가리고 싶었으나 그런다고 과연 가려졌을까? 열 장 쿠폰 가져오면 한 마리 공짜, 매콤달콤 다섯 가지 건강 소스 제공, 전제품에 올리브유 전격 사용 등의 기치를 내걸고 당신의 입맛을 업그레이드 하라고 주문을 거는 치들! 그들이 K 구의 수천 아파트를 휩쓸고 붉은 오토바이에 브랜드 깃발을 펄럭이며 여기 앞마당까지 침범할 줄이야.

하루가 멀다 하고 뻔질나게 들락거리며 생맥주잔을 기울이고 영수증을 챙겨가던 현장 감독과 인부들조차 일찌감치 뿔뿔이 흩어졌다. "손해

배상 소송 방지 차 이용해준 거라니까." 추어탕집 남자가 냉소적으로 말했지만, 그 말은 거의 사실이었지만 아쉽고 허전하기는 매일반이었다. 공사장의 콘크리트 분진과 먼지가 뿌옇게 날아드는 가운데, 늘어진 흙투성이 옷가지 차림으로 우르르 몰려오는 인부들을 향해 "어서 오십시오!"를 외쳐대던 오빠의 활기찬 목소리가 그립다.

오빠와 함께 나서는 밤길, 2년간 매일 봐온 그 얼굴이 지금 이렇게 가까운 거리에서 더 낯설었다. 지난주 나흘간 오빠는 어딜 다녀온 것일까? 만신창이가 되어서라도 오빠는 돈을 갖고 왔어야 했다. 그럼 저번 주말에 꽃게탕을 끓이려 했다. 파와 무를 잔뜩 넣고.

데스 러브

금요일 오후 5시였다. 가게 앞에 스케이트보드를 보기 좋게 급정거시킨 상고머리 소년이 닭 열 마리 값과 배달 주소가 적힌 쪽지를 건네고 갔다. 시작부터 대박이 터지자 희정의 입이 함지박이 되었다. 닭을 튀기는 손놀림에 신바람이 났다.

30분 후, 시주는 자전거를 끌고 연립주택 단지 뒤 노인정에 닭을 배달하고 나왔다. 페달을 밟으려는 순간, 뒤 짐칸에 묵직한 무게가 실리며 자전거가 비틀거렸다. 깜짝 놀란 시주가 뒤돌아보자 낯이 익은 여자가 활짝 웃고 있었다.

"달려요!"

"미치지 않았소?"

시주는 한쪽 발로 바닥을 짚고 자전거를 기울인 채 움직이지 않았다.

"어서요!"

"왜 이러는 거요?"

"달려요. 어디 가서 얘기 좀 해요."

"난 지금 가게로 가야 하오."

"열 마리면 한 시간은 산 거예요. 아니에요?"

"……30분 내드리죠."

자전거는 찬거리를 장만하러 나온 아주머니들과 일없이 오락가락하는 노인네들, 철없이 뛰어다니는 아이들을 잘도 피하며 기다란 골목을 빠져나와 아담하고 한가한 공원으로 갔다. 올림픽공원에 갈 때면 지나쳐야 하는 바로 그 공원으로, 입구 귀퉁이에 구립 양로원이 있고 살찐 비둘기들이 지붕에서 땅으로, 먹이를 쪼아 먹은 후엔 땅에서 지붕으로 떼를 지어 날아다니는 곳이었다. 오늘은 그중 한 마리가 처마에서 하늘을 우러르고 있었다. 예언자이거나 왕따일 게 분명한 녀석은 남녀 2인 동승 자전거가 입구에 모습을 드러내도 지상의 일은 관심 없다는 듯 하늘 저 끝자락을 향해 꼿꼿이 고개를 들고 있었다.

차양이 처진 벤치 앞에 자전거를 세우기 직전 여자가 두 발을 땅에 내렸다. 종아리까지 꽉 끼는 청바지라 바퀴살에 가랑이가 휘감기는 볼거리 따윈 없었다. 그들은 모래 장난하는 아이들의 떠드는 소리가 지척에서 들려오는 낡은 벤치에 앉았다.

"어제 댁이 준 번호로 전화했더니 댁으로 생각되는 남자가 '꿈날개 치킨입니다.' 하고 받더군요. 그냥 끊었어요. 그럴 듯한 생각이 떠올라서요. 노인정은 금요일 오후면 가는 곳이에요. 당신 가게 근처인 건 물론 우연이겠죠. 하지만 내가 치킨을 배달시킨 건 우연이 아니죠. 난 당신이 잘 있나 확인하고 싶었어요."

"당신이 본 그대로요. 난 잘 있소. 반경 3백 미터 내에는 배달도 하면서."

"오다 보니 치킨집이 꽤 있더군요."

"만만한 게 닭집이니까. 어느 날 보면 하나씩 솟아나 있곤 하죠."

"경쟁이 심하겠어요."

"하나씩 없어지기도 하오."

"아, 그러니까 수요 공급이 그런 대로……."

"오늘처럼 어떤 귀인이 열 마릴 배달하면 그렇소."

"닭을 배달시킨 건 처음이에요. 국수를 말아가거나 떡을 주문해 놓는 정도였거든요."

"노인정에 누가 있소?"

"다리를 잘 못 쓰는 할머니 한 분이 계셨죠. 그녀의 사연이 잡지에 실린 적이 있어요. 75살 난 어머니를 걸핏하면 두들겨 패는 아버지를 40대 아들이 죽이고 감옥에 갔다는군요. 동호회에서는 그곳 담당으로 나하고 두 사람을 더 지목했어요. 그들과는 다음 달 초순에나 갈 예정이었죠."

"동호회라면 봉사단체요?"

"봉사도 하고 그냥 짬뽕만 먹고 헤어지기도 하고."

"……아들은 언제 출소하오?"

"3년 후예요. 하지만 할머니는 작년에 돌아가셨어요."

"돌봐주지 못했다는 죄책감 때문에 여태 들르는 거요?"

"그렇게 되나요? 돌아가신 할머니 정도까지는 아니어도 말 못할 사연을 가진 노인들이 적지 않더군요. 우린 그들에게서 위로받아요."

"위로받는다? 말이 되는군."

"사실이에요."

여자는 담배를 피워 물었다. 시주는 말없이 앉아 있었다. 그들은 왜 노인정에 나가지 않았을까? 날만 잘 잡으면 닭도 먹을 수 있는데. 그러기엔 너무 젊었나? 그러나 죽기에 이른 나이는 없다. 60대의 나이로 나란히 묻힌 그들, 아버지와 어머니. 살아 있다면 젊은 여자를 위로할 수도 있었을 그들.

"난 이제 주말인데 당신은 지금부터 바쁜가 봐요."

멍하니 생각에 잠겨 있는 그에게 여자가 물었다.

"가게에 나가 있으면 안 바빠질 수가 없소. 가게를 오래 비울 수는 없소."

"종업원이 따로 없나요?"

"작은 가게요. 난 여동생을 도와주고 있소. 내가 곧 종업원인 셈이오."

"몇 시에 문 닫아요?"

"보통 자정 내외. 주말엔 한두 시까지 열어놓소. 한땐 서너 시까지 했죠. 그때만 해도 경기가 있을 때요."

"그 시간에 버스가 있어요?"

"난 걸어 다녀요. 가게 근처에 집이 있는데 여동생이 방 한 칸을 내줬어요."

"혼자군요. 결혼한 적 있어요?"

"이혼했소."

"아이는요?"

"없소."

여기까진 소야가 다 알고 있는, 정보원의 페이퍼에 나와 있는 내용이

었다. 이렇게 일일이 물어보지 않으면 사전 정보를 갖고 있다는 인상을
주게 된다. 정보의 신빙성을 대조 확인하는 방법이기도 했다. 아이는,
'죽었소.'가 정확한 답변이었다. 그 외에도 전직 증권회사 간부 등 몇 가
지를 알고 왔다. 잘 나갈 때조차 연봉 수천만 원에 불과했던 그가 이제
와서 빈털터리로 죽어야 할 이유를 아직은 찾지 못했다.

"날씨가 꽤 선선하네요."

여자는 해가 기우는 하늘을 올려다보며 힘든 날은 이제 지나갔다는
투로 말했다. 시주는 그녀가 한 질문보다도 꼬박꼬박 대답한 자신이 더
이상했다. 마치 모든 질문과 답변이 예정되어 있는 절차 같았다.

"질문 다 끝났소?"

"저한테 뭐 물어볼 거 없어요?"

"격투기 선수요?"

쿡, 여자는 웃음을 터뜨렸다.

"아니오?"

"중학교 때 잠깐 테니스를 한 정도예요. 지금은 인터뷰를 하고 기사
를 작성하죠."

"잡지사 기자요?"

"소속은 없어요. 기사를 주문 받거나 개인적으로 만들어서 팔아치
우죠."

"레저 잡지를 하는 선배가 있는데 한번 갔더니 대낮부터 자고 있습
디다."

"전 안 자요. 마감 때는 머리가 아파 밤에도 못 자죠."

"그렇게 신경 쓰는 걸 보니 그게 벌이가 된단 말인데."

"그럼요. 이렇게 먹고 살잖아요."

오늘 닭값과 택시비는 달러 암시장에서 환전한 만 원권으로 지불되었다. 기구의 공식 화폐는 달러화와 유로화였다. 원화를 공급하는 국내 유수의 잡지 에디터들이 외부 기사의 값어치를 폄하하고 가격을 후려친다. 말하자면 그렇다는 거다. 이 직업의 참 매력은 어디를 가든 누구를 만나든 사람들이 색안경을 끼고 보지 않는다는 데 있다. 하소야에겐 그 점이 중요했다.

"그럼 책도 냈소?"

"인터뷰 모음집이 한 권 있어요."

"주로 어떤 자를 인터뷰 하오?"

"제 정신이 아닌 자들, 반동 무리들, 체제 부적응자들."

"무섭겠소."

"네, 댁도 한번 써보시죠."

"내가 말이오?"

"치킨에 대해 알아야 할 모든 것, 뭐 그렇게 말이에요."

"치킨에 대해 알아야 할 건 없소. 배고픈 아이가 더 맛있게 먹는 법이오."

"됐네요. 바로 그렇게 쓰는 거예요."

"놀리시오? 그만 가보겠소."

"김시주 씨?"

반쯤 일어선 시주와 여자의 눈이 부딪쳤다.

"30마리 어때요?"

"뭐요?"

"30마리 배달시킬 테니 저녁 시간을 내주시죠."

"제정신으로 하는 소리요? 그리고 오늘 닭은 이제 20마리밖에 없소.”

“그럼 20마리로 하죠.”

“진심이오?”

“아닌 것 같아요?”

오래전 택시 기사의 인생살이를 들어주다 그의 밤을 10만 원에 산 적이 있었다. 그날 채권 매매가 꼬였는데 술 대작 상대가 필요했을 것이다. 시주는 남의 인생에 맹렬한 흥미를 갖는 성격은 아니었다.

“당신, 혹시 그 사람이 보낸 여자요? 미국에서 돈을 꽤 벌었다는 소리가 들리던데.”

“누구 말인가요?”

“……내 아내였던 여자 말이오. 보스턴인가, 식당 하는 교포와 결혼했단 소릴 들었소.”

“난 당신 전 부인 몰라요. 난 물속으로 걸어 들어간 어떤 남자를 뒤쫓아 들어갔는데 내 평생 누굴 구하러 애쓴 적은 처음 있는 일이었죠. 아주 더러운 경험이었어요. 지금은 그 어떤 남자에 대해서 흥미가 좀 있어요. 치킨보다 조금 더.”

시주는 묵묵히 들었다.

“북한에서 세 명이 건너왔어.”

대각선 방향의 벤치에서 라디오를 듣고 있던 노인이 이어폰을 빼고 시주를 향해 말했다. 노인은 그들이 여기 왔을 때부터 그 자리에 앉아 있었다. 아이보리 색 스포츠 모자 아래 허연 머리가 듬성듬성 삐져나와 있었다.

“네?”

“북한에서 세 사람이 넘어왔다고.”

"아, 네."

"열여덟 살이었지. 난 대한민국 국군이었어. 낙동강 북부에 진을 쳤지."

노인은 이어폰을 다시 귀에 꽂는 걸 잊어버린 것 같았다. 시주는 아무 말도 하지 않았다. 소야는 노인의 등장을 극 중 장면처럼 여기는 듯 그저 지켜만 보고 있었다. 노인은 처음부터 거기 있었기에 그가 둘 사이에 개입하는 건 사실 시간문제였다.

"다 죽어. 다 죽는다고, 다 죽게 되어 있어."

노인은 전쟁이 또 일어난다고 속삭이고 있었다. 노인은 그 말을 끝으로 눈앞의 남녀가 이미 죽었다고 확신하며 트랜지스터 몸체에 이어폰을 둘둘 말아 셔츠 윗주머니에 넣고 그 자리를 떠났다. 노인이 떠나면서 "밀가루 수제비는 정말 싫어. 망할 놈의 여편네 같으니. 날 굶겨 죽이려고 작정을 했어. 작정을 해." 같은 말을 남겼다.

노인이 가자 소야는 얼른 담배를 빼어 물었고 불을 붙이고 연기를 내뿜었다. 저무는 하늘을 배경으로 포연이 가느다랗게 피어올랐다.

"7시에 복합극장 못 미쳐 태릉 숯불갈비집으로 와요. 내가 저녁을 사죠. 닭은 가게에서 팔아야 해요. 닭 없으면 사람들이 맥주를 안 마시거든."

시주는 빠르게 말했다.

"그럴게요."

시주는 자전거에 올라탔다.

"타시겠소?"

소야는 웃으며 고개를 흔들었다. 자전거가 비칠대더니 바로 방향을 잡고 멀어져 갔다. 아빠는 주말이면 소야를 태우고 구파발에서 송추 가는 길을 자주 달렸다. 뒤 짐칸의 아이에게 "거기 있니?" 소리 질러 "그 딴 소리 제발 좀 하지 마!" 하고 쏘아줬던 게 초등학교 3학년 때였다. 왕재수 여자가 내준 꽃말 외우기 걱정으로 머리에 지진이 나고 있었으 니까.

"왜 나와 있소?"

시주는 돼지갈비집 앞에 우두커니 서 있는 소야에게 다가갔다.

"사람이 너무 많아요."

"미안, 포장 손님이 있어 좀 늦었소."

식당 안은 빈자리가 하나 남아 있었다. 거기 여자 혼자 앉아 있는 건 용기를 필요로 하는 일이었다.

"불황을 안 타는 집입니다. 이 라인의 모든 가게가 수시로 업종이 바 뀌는데 십 년째 이 자리예요. 가게 시작한 지 몇 년 만에 여길 분양 받았 답니다. 성공 신화죠. 자영업이란 게 이래야 보람을 찾는 건데……."

자영업자에겐 또는 그에 준하는 자에겐 자영업이란 세계가 따로 있 고 소야는 그 세계에 대해 무지했으므로, 남자의 말은 전문적인 영역에 속한 실용 언어 느낌을 줬다. 소야는 입 다물고 게장, 으깬 감자, 샐러 드를 하나씩 맛보았다.

"맛있네요."

"고기도 맛있소."

남자는 큰 상(床)을 받아놓은 사람처럼 들떠 있다. 소야는, 사람들 머 리가 비치는 대형 유리창을 통해 밖을 내다보았다. 저 밖에서 기관총을 휘갈기는 미친 심장이 존재할까? 잘게 부서진 유리가 내려앉으며 내부 가 피바다로 변하는 광경, 여기라면 그런 불편한 그림은 떠올리지 않아

242

도 좋다. 남녀노소로 북적대는 이런 곳에서 마음이 안정되는 건 몇 년 전부터였다. 테러리스트라면 호텔이나 백화점 등 자본 냄새가 나는 곳이나 방위산업체나 원자력 발전소 같은 공공시설, 또는 인구 밀집 공간인 공항과 전철역을 택할 것이다. 그녀가 목표라면 보다 고즈넉한 곳을 택하겠지. 이 남자를 제거하기 좋은 곳이 곧 그녀를 제거하기 좋은 곳일 수가 있다.

"소주 한잔하시겠소?"

"좋죠."

"내륙으로 옮겨 앉으니 메뉴도 달라집니다."

남자는 농담 끝에 흡족한 웃음을 지었다. 바보가 더 어울리는 작자다.

"타겠어요."

남자가 얼른 집게를 들어 고기를 뒤집었다. 소야는 가위로 고기를 썰었다. 아빠는 고기 탄 부분을 미세한 곳까지 가위로 철저히 잘라냈다. 탄 음식이 암을 유발한다는 상식을 신봉했다. 하지만 그는 암으로 돌아가지 못했다. 암은 죽음 치고는 진행이 느린 종류였다.

"옷 이리 줘요. 냄새 뱁니다."

시주가 소야의 윗도리를 받아 숯불 연기가 닿지 않는 쪽에다 포개 놓았다.

"찌개는 좀 달다."

한 가지는 흠을 잡기로 한 소야가 말했다. 시주는 말없이 고기를 씹고 소주를 마셨다. 그는 사실 조심하고 있었다. 언제부터인가 음식 앞에서 자신이 게걸스러워졌다고 생각했다. 그런 모습이 창피하게 여겨졌다. 회사에 다닐 땐 음식에 대한 기대치가 지금보다 낮았다. 금융 시장의 잦은 변화가 주로 두뇌를 요구했다면 입과 성기는 값비싼 음식과 꿈틀대는 여체를 탐했다. 침을 섞어 혀를 놀리는 일, 곤두박질치는 주식을 떠올리며 묽은 정액을 뿜어내는 밤의 투어가 지루하게 반복해서 이어졌다. 지금은 음식 맛도 제대로 느끼고 마주 앉은 여자가 팁이 필요 없는 공짜 제품이라는 생각을 하고 있다. 이대로라면 죽을 이유가 미흡했다. 내일에 대한 기대치를 낮추고 일이 끝나면 피곤한 상태로 잠드는 것, 아침의 물 한 잔과 담배 한 대, 당분간 그런 걸로 만족할 수가 있다.

　둘은 소주 두 병을 마시고 일어섰다. 소야가 지켜본 남자는 술을 천천히 마시고 농담을 궁리하고 배려라는 걸 염두에 두고 있었다. 보름 전 바닷가에서의 그는 넋이 나가 있었다. 그는 죽음에서 회항해온, 힘이 소진된 물고기였다. 흐릿한 눈빛은 초점을 잃고 먼 곳을 떠돌고 있었다. 오늘 그는 평범한 소시민이 금요일 밤에 달고 다니는 불쾌한 얼굴을, 보라는 듯 과시하고 있다.

　뉴욕의 금요일 밤은 이토록 소박하지 않았다. 차가운 채찍 손잡이를 만지며 타깃을 기다렸던 뉴욕의 밤, 헤지 펀드업계의 사악한 전설 '사막의 달'은 금요일 밤엔 극한의 쾌락을 추구했다. 세 여자, 아래를 벗은 여자, 위를 벗은 여자, 성기와 항문만 드러낸 여자가 그를 맞아들였다. 그중 하나는 소야였다. 그는 교살 직전에 풀려나는 마술사 역을 자처했다. 그 특별한 취향에 대해 유감은 없었다. 그가 관리하는 파생상품은 꼬리부터 썩어가고 있었다. 악취가 기구의 최고위원회 회의석까지 미쳐왔다. 그에겐 그다운 죽음이 요구되었다. 사정이 교살 직전인지 바로 그 순간인지는 파악되지 않았다. 그의 죽음 후, 그가 건 선물은 포지션을 변경해야 했다. 산 선물이 죽은 그를 공격해 대중이 승리를 쟁취했다.

　뉴욕 스토리 이후, 사우스 코리아 하소야 대원의 경우 성적인 배역에서 유독 성공률이 높다는 꼬리표가 기구의 1급 보고서에 붙어 다니지는

244

않을까? 제거해야 될 물건들이 하나같이 변태적인 성향이 있다는 건, 각국 여대원들의 역할론 재고와 함께 자본주의 사회에서의 세속적인 성공과 강박관념 또는 권위와 콤플렉스의 상관관계에 대해 고찰해볼 기회를 제공하고 있었다. 소야는 자신이 저격수보다 훨씬 위험한 종류의 작업을 추가로 수행해왔다는 걸 물론 알고 있었다. 당연히 기구 내에서의 등급과 긍지도 일반 저격수보다 한 단계 위라고 자부하고 있었다. 기구도 그 점을 인정해야 할 것이었다.

"혹시 댁도 자살하려 한 거 아니오?"

이렇게 물은 건 입술에서 커피 잔을 내려놓은 시주였다. 식사를 끝낸 그들이 찾아 들어간 곳은 옛다방도 스타박스도 아닌, 유원지 입구의 황량한 커피숍처럼 생겨먹은 곳이었다. 당연히 제대로 된 커피는 기대할 수 없었다. 알전구와 색종이로 얼기설기 치장한 실내장식에 뜻 없는 눈길을 주고 있던 소야는 고개를 돌려 그를 바라보았다.

"당신이 선수를 쳐서 날 방해한 거고?"

"불가능한 추리는 아니오."

"불가능한 건 우리가 만나지 않았을 확률이에요."

"무슨 뜻이오?"

"이미 만났으니까."

"내가 천재하고 앉아 있구려. 아쉽지만 난 이제 가봐야겠소."

말과는 달리 시주는 의자에서 움직이지 않았다.

"닭을 파서야죠."

"마감 시간엔 내가 필요해요. 여자 혼자 있으면 위험하거든."

"이 지역이 우범지댄가요?"

"그렇진 않소만, 혹시 형사 25시 뭐 그런 프로 봐요? 단란주점에 오는 놈들이 노리는 건 여자가 혼자 있을 때요. 죽일 생각은 없었겠지만 결국 죽게 만들지. 돈 몇 푼 때문에 말이오. 난 그런 프로를 볼 때마다 자본주의가 진정 싫어지오."

"싫은 게 아니라 미운 거겠죠."

소야가 가증스럽다는 듯 그의 말을 잘랐다.

"무슨 뜻이오?"

"살인은 어디서나 일어나요. 당신 입에서 자본주의가 나오니까 꼭 투정을 부리는 어린아이 같잖아요."

"투정이라 그랬소?"

"네, 당신은 자본의 최전선에서 주식과 파생상품을 사고팔았어요."

"누구나 뭐든 사고팔며 살아가오. 재화든 서비스든."

"서민들은 피와 땀을 거래하죠."

"당신, 사회주의자요?"

"책에서 몇 줄 읽은 것뿐이에요."

"월가가 초토화되었다고 사회주의가 힘을 얻는 건 아니오. 자본주의는 자기 수정을 해서 나아갈 거요."

"그 얘기도 읽었어요. 두고 보죠."

"왜 그런 말을 하오?"

"돈 벌기가 힘들어서 그래요."

"그 말은 맞소. 게다가 가게 종업원은 지금 가봐야 하오."

"그런 분이 며칠씩이나 가게를 비우고 바닷가를 거닐었나요?"

"난 사정이 있었소. 당신은 거기서 뭘 한 거요?"

"당신을 구했죠."

"그전에?"

"글쎄요, 추억 따위를 씹고 있었겠죠."

"추억이라…… 그래, 추억 속의 남자는 지금 어디 있소?"

"남자?"

"남자가 있긴 하오?"

"물론이죠. 헌데 그는 수장되었어요, 댁 대신에."

그는 여자를 빤히 쳐다봤다. 그 노골적인 시선은 이렇게 노려보는 이유가 바로 너에게 있다고 말하는 듯했다.

"이보시오. 누가 우릴 주인공으로 무슨 각본을 쓰는 기분이오."

"기분 나빠요?"

"사실을 얘기하면 이 모든 게 꿈만 같소. 실례지만 나이가 어떻게 되시오?"

"당신보다 일곱 살 아래예요."

"내 나인 어떻게 알았소?"

"당신이 얘기했어요."

"내가?"

"그래요."

그는 나이를 밝힌 기억이 없었다. 두 사람은 마주 보았다. 그녀의 태연한 눈빛은 바로 그 때문에 흐려져 있었다. 시주는 그녀의 입술에 물린 담배에 불을 붙여주었다.

"가보셔야죠."

"다 태우면 일어나겠소."

"택시 잡아줘요."

여자는 몇 모금 피우지 않은 담배를 비벼 끄고 일어섰다. 그녀가 계산을 했다. 마침 속도를 죽인 빈 택시가 들어왔다. 시주가 손을 들자 택시는 바퀴를 멈추었다. 개인택시는 얼마나 공을 들였는지 차체가 번쩍번쩍했다. 기사는 60이 넘은, 날렵한 용모의 백발 남자였다. 뒷좌석의 승객이 한 성질 하는 여자라고 주의를 줘야 할까? 시주는 창을 노크하고 3만 원을 소야에게 건넸다.

"빚진 거요."

"언제 주나 했어요."

택시가 떠났다. 이 이면도로에서, 2년씩이나 오르내리며 찐빵 솥뚜껑과 순대 바구니와 어묵 국물이 세 집 건너 김을 내뿜는 이곳에서 여자를 택시에 태워 보내게 될 줄은 몰랐다. 이것이 영화라면 누가 봐도 아직은 끝이 아니었다.

시주는 저 먼 곳, 간판이 환한 '꿈날개'를 향해 천천히 걸어갔다. 죽은 자는 이렇게 걸어갈 수 없지. 죽은 자는 이렇게 야비하게 웃을 수 없다.

이름 없는 이들과

창밖은 뿌옇다.

비는 대지를 파고들고 강물에 뒤섞이고 허공에 아득히 펼쳐져 있다.
한밤중의 빗소리는 까마득히 먼 옛적으로 나를 데려간다. 그곳에, 추
위에 떠는 영혼들이 살아 있고, 그들이 그 밤을 지금 이곳으로 보내왔음
을 나는 알고 있다. 밤은 밤에 잇대어 지금껏 그 냉기를 전해왔다.

나는 내가 어딘가에서 왔기를, 동굴의 얼굴들, 시장의 얼굴들, 피난민
의 얼굴들, 헛간의 얼굴들에게서 왔음을 바라고 있다. 이름 없이 죽어간
모든 이들에게 깊은 유대감을 느낀다.

그리고 지금 여기, 인류의 일원이 아니라면 나는 누구인가?

소수의 탐욕과 이기심이, 광범위한 빈민을 양산하는 이 세계의 비열
한 구조에 눈을 감으면 이미 타협한 자요, 타협할 준비가 되어 있는 자

임을 인정하는 법을 배우고 있다. 항의하는 방식이 서툴고 졸렬함은, 그 방식이 내가 놓은 덫에 다름 아니기 때문이다.

나는 또 고백한다. 이 소설이 상업 장편 영화의 플롯을 답습하고 있다는 사실을. 나는 반은 자진해서 그 낡은 틀로 들어갔다. 이상하게 들리겠지만, '진부함'은 그 자체로 나를 매혹시켰다. 그리고 바로 그 장소에서, 문학이 영상과 어떻게 다른가를 입증코자 애썼다면 한갓 수사학자의 주장일까?

그리고 나는 주목한다. 매일 매일이, 출구가 없어 보이는 지리멸렬한 일상이 사실은 우리 생 전부의 무게감을 매번 요구해온다는 사실에.

우리는 더 나은 삶을 요구하지만 더 나은 '일상'은 미망일 수 있다는 점에 내 시선은 자꾸 머문다. 이 야릇한 이중성, 그건 삶이 재화나 이루어야 할 거창한 그 무엇 이상이기 때문이다. 생명과 죽음의 숙명에서 오는 우리 존재의 신비와 허약성, 바로 그렇기 때문에, 하루살이처럼 가벼운 우리가 실은 심연을 가로질러가는 존재이기도 하다.

세상은 나아질 것인가. 나아져야 한다고 생각하지만 나아질 거라는 확신은 없다.

70억의 삶이 호흡하고 있는 이 세계에서, 싸우고, 굶고, 매 맞고, 죽어가는, 그래도 한편선 웃고, 포식하고, 섹스하고, 하품하는 이 도착적인 현장에서 우리는 끊임없이 집단과 개인의 이성과 도덕성을 시험받아야 하는 시련에 처해 있다. 문학이 그 시련에 동참하는 건 의무감 때문이 아니다. 이 세계가 그러하기 때문이다.

지금 이 시간, 지구촌 곳곳에서 새 생명들이 탄생하고 있다. 세계가 어떻게 되어먹었건, 삶이 얼마나 고통스럽건, 아랑곳없이 생명들은 탄생한다. 그것이 세계가 존속해야 하는 이유는 아니지만 존속하는 근거가 되고 있다. 아마도 후자가 훨씬 중요하리라. 새 생명은 그 자체로 세계의 오염을 정화하는 산소 같은 것이 아닐까.

써놓고 보니 무슨 수상한 뇌파의 흐름을 기록한 것 같은 혼란스러운 생각까지 든다. 뇌파치곤 꽤나 질서정연하다는 소릴 들을 수 있을지 모르겠다. 강박관념이나 조울증의 유장한 기록이라는 얘긴 어떨까.

그래도 기쁘다. 나는 내가, 유익할 것도 그다지 사악할 것도 없는 한 편의 소설을 쓴 데 대해 만족한다.

보잘 것 없는 소설을 받아준 '문학의 문학'에 감사드린다. 고향의 오랜 벗에게도 인사를 전한다.

어르신들, 어머니, 형님, 형수님, 선후배님과 동료들, 정겨운 이웃들께 발간 소식을 알립니다. 계속 쓰겠습니다.

2011. 12.
어느 밤에
우영창